金庫破りときどきスパイ

アシュリー・ウィーヴァー

第二次世界大戦下のロンドン。錠前師のおじを手伝うエリーは、生活のために裏の仕事として金庫破りをしている。だがある日、その現場を陸軍のラムゼイ少佐に押さえられてしまう。少佐は諜報作戦上の重要な文書を回収し別のものと入れ替えるため、投獄されたくなければ、ある屋敷の金庫を解錠しろと命令する。エリーが少佐と屋敷に侵入すると、金庫のそばには他殺体があり、文書が消えていた。エリーは少佐に協力して、殺人を犯し文書を持ち去った容疑者を探ることに。凄腕の女性金庫破りと堅物の青年将校、正反対のふたりの波瀾万丈な活躍譚！

登場人物

エレクトラ（エリー）・ニール・マクドネル……金庫破り
ゲイブリエル・ラムゼイ……陸軍少佐
ミック・マクドネル……エリーのおじ。錠前師。金庫破り
コルム・マクドネル……エリーのいとこ。空軍の整備士
トビー・リアム・マクドネル……エリーのいとこ
戦地で行方不明中
ナンシー（ネイシー）・ディィーン……マクドネル家の家政婦
フェリックス・レイシー……マクドネル家の友人。元海軍兵
オスカー・デイヴィーズ……ラムゼイの秘書
キンブル……ロンドン警視庁の元警部補
トマス・ハーデン……工場主
モーディ・ジョンソン……エリーの友人
サー・ナイジェル・ランドルフ……新聞王
ジェローム・カーティス……ナイジェルの用心棒
レスリー・ターナー＝ヒル……オークション・ハウスの所長

マシュー・ウィンスロップ……詩人
ジョスリン・アボット……社交界の名士
バーナビー・エルハースト……ジョスリンの婚約者
空軍パイロット

金庫破りときどきスパイ

アシュリー・ウィーヴァー
辻　早苗　訳

創元推理文庫

A PECULIAR COMBINATION

by

Ashley Weaver

This edition is published by TOKYO SOGENSHA Co., Ltd.
Japanese translation published by arrangement with
St. Martin's Publishing Group
through The English Agency (Japan) Ltd.

金庫破りときどきスパイ

先生であり、師であり、終生の友である
ナンシー・ヴィークとクリス・ニューマンに

1

一九四〇年八月
ロンドン

捕まる。

ぎょっとするその思いを必死に追い払おうとしたけれど、迫りつつあるおそろしいドイツ空軍の爆撃機のエンジン音のように、わたしの頭のなかで鳴りやまなかった。仕事中にこんな感覚を味わうのははじめてで、控えめに言ってもいやな感じだった。縁起でもなかった。特にいまのようなときは。集中を切らすのは、ミスを犯す最初の一歩だ。そして、わたしたちにはミスを犯している余裕はなかった。

小雨上がりのすがすがしくひんやりした夜気を大きく吸いこんで気持ちを落ち着け、暗い通りに再度ちらりと目をやる。あたり一帯は静かだった。

灯火管制が敷かれているせいで、いまはほとんどの通りがそんな感じだ。この一カ月、勇敢な英国空軍《RAF》がイギリス海峡で空中戦をくり広げて母国を守ってくれていたけれど、カーデイフとプリマスが爆撃被害を受けていて、ロンドンに爆弾が落ちてくるのも時間の問題だとロンドンっ子の大半が覚悟していた。だからわたしたちは、夜空から標的にされないように窓をおおって明かりが漏れるのを防ぎ、じっと身を潜めた。

暗闇のマントは、ミックおじやわたしのような人間、つまりあまり芳《かんば》しくない生業《なりわい》をしている人間にとって、ものごとをたやすくしてくれる。当然ながら、どの屋敷が空っぽなのか、どの屋敷が理論上、敵機の恐怖から鎧戸《よろいど》で守られた屋内で通常の生活を送ろうとする人たちでいっぱいなのか、見分けるのをむずかしくもしている。

けれど、この標的については疑問の余地がなかった。屋敷は無人だ。確信があった。住人は留守にしていると情報源から聞いていたし、それをたしかめるために数日間見張りをしたからだ。その間《かん》、なんの動きもなかった。家政婦や掃除婦の気配すら。

突然背後にかすかな動きを感じてはっとする。頭をよぎる先ほどの予感。体は動かさず、顔だけを音のしたほうへゆっくりとめぐらせ、動きの正体である影を探した。しばらくのあいだ、不気味な静寂以外なにもなかった。そのあと近くの茂みから猫が出てきてこちらを見もせずに通り過ぎていったので、ほっと息を吐いた。むだに神経をとがらせていただけだ。しゃんとしなければ。改めて屋敷に意識を集中する。

これまでの数日間の夜と同じく、その屋敷は暗く静かに佇《たたず》んでいた。住人は国を出たのではないかという懸念をわたしは口にしていた。多くの人たち——少なくとも、そうできる人たち――は、ナチスが来る前にと国外に逃れており、もしこの屋敷の住人もよりよい場所へ行ったのであれば、価値のあるものを持っていっただろうから。

けれど、心配にはおよばない、とミックおじは請け合った。「私の情報は信頼して大丈夫だよ、エリー嬢ちゃん。お宝は金庫に入ってるさ」

ミックおじの情報屋はめったにまちがわなかったので、わたしたちは計画を進めることにしたのだった。いまのところ、願っていたとおりに進んでいる。それでも、うなじにかかる冷たい雨粒のような不安は消えていなかった。

暗闇を覗きこみ、中止にするには遅すぎるだろうかと逡巡《しゅんじゅん》する。ミックおじはすぐそばにいるはずだ。仕事をはじめる前におじのところへ行けば、明日の晩に出なおそうと説得できるかもしれない。

でも、だめ。ばかげている。一週間かけて計画を立てたのだし、これ以上時間の余裕はない。屋敷の住人がもうひと晩、あるいはあと二週間留守にする可能性はあるけれど、明日戻ってくる可能性だって同じくらいあり、そうなったらこれまでの作業が水の泡になってしまう。

それに、わたしたちにはお金が必要で、少しでも早く手に入れるに越したことはない。戦争がはじまって以来、ミックおじの商売は低迷していた。わたしたちだって愛国心はだれにも負けていないし、戦時中に空き巣に入るのがフェアとは言えないのもわかっていたから、ギリギリまでがまんしたのだ。でも、財源というのもおこがましい蓄えがほとんど尽きかけていた。もう良心の呵責《かしやく》なんて感じている場合ではなかった。背に腹はかえられない、というやつだ。

そんなわけで、警戒怠《おこた》りない警官や眼光鋭い空襲警備員が警邏《けいら》する通りへと意を決して出たのだった。ミックおじは、通常ならわたしのいとこのコルムやトビーと一緒にするこの危険な仕事に、わたしを参加させてくれた。男たちが戦地で戦っているいま、それがふつうになっていた。女たちは、わたしたちにだってできると、ずっと男たちに言ってきた仕事をしている。

そうはいっても、ミックおじがわたしの能力を信用していないというわけではない。昔からずっと信用してくれていた。ただ、わたしを守らなければという気持ちが強すぎるのだ。けれど、いとこたち《ボーイズ》がいないいま、それは過去のものになった。

わたしはふたたび屋敷に目をやった。煉瓦《れんが》造りのどっしりしたジョージ王朝様式で、敷地はきれいに刈られた生け垣と鉄柵に囲まれ、正面と裏に門がある。もっと幼くてロマンティストだったころに、いつの日か住みたいと願っていたような屋敷だ。いまは少しも魅力を感じない。どの部屋もアンティークだらけの屋敷なんて、形式張っていて堅苦しいだけだ。

その屋敷は大豪邸ではなかった。わたしたちは、住みこみの使用人がいるような大きな屋敷は狙わない。住人が金庫を開けて中身がなくなっているのを発見するまでなんの異状も感じないように、するりと入ってするりと出てくる。

わたしたちはとても腕がよく、これまではいつも成功してきた。だからこそ、今夜感じた不安になおさら心を乱されるのだ。

ちらりと腕時計を見ると、蛍光の文字盤が真夜中に近いと示していた。ミックおじは所定の位置についているはずだ。躊躇《ちゅうちょ》している時間はすでになかった。

最後にもう一度通りの左右を確認したあと、さりげなく舗道を歩いて門の端までたどり着いた。鉄扉は少しだけ開いており、それはつまりミックおじが先に入ったということだ。門からするりと入り、生け垣が目隠しになっている屋敷の横の小径《こみち》を通って勝手口に向かう。

前方の戸口にかすかな人影を認め、錠に金属製の道具が当たる小さな音が聞こえた。法律を守る気分のときのミックおじは錠前屋で、その意に屈しない錠にお目にかかったことがない。

「ああ、来たな、嬢ちゃん」わたしが近づいていくと、ミックおじが言った。「時間ぴったりだ」

錠が匠《たくみ》の手に屈したカチリという音がして、ドアが内側に開いた。

ミックおじはつかの間戸口にじっと立ち、屋敷内から物音はしないかと聞き耳を立てた。それからわたしを手招きし、ふたりしてなかに入った。

「だれも見なかったかい？」懐中電灯のスイッチを入れながら、おじがたずねた。防空用暗幕があるおかげだ。通常ならば、漆黒《しっこく》の暗闇に目が慣れるまでじっと立っていなければならないところだ。

「ええ。ただ、なにかが……おかしい感じがするの」

「不自然に暗いからだろう。町全体が墓場みたいだしな」

「そうね」そうは言ったものの、胸がざわつくのはそのせいとは思えなかった。

ミックおじがにやりとする。「だが、私たちにとってはすばらしい状況だ。そうじゃないかい、エリー？」

「たぶん」

わたしは自分の懐中電灯をつけ、おじのあとをついて勝手口から整然としたキッチンを通り、ダイニング・ルームに入った。そこでおじとともにしばらく立ち止まり、どっしりした装飾的な調度類、ビロードのカーテン、壁にかけられた絵画、つやめく板張りの床に置かれた高価な敷物を照らしていった。

懐中電灯でしばし敷物を照らしてはっとした。足跡がひとつついていたのだ。大きさからして男性のものだ。だれが泥跡をつけたのか？　拭《ぬぐ》ってきれいにされていないのが奇妙に思われた。でも考えてみれば、戦争中は多くのことが以前とちがってしまっている。

そんな思いを脇にどけた。いまはもっとだいじなことがある。わたしは集中力を誇りにしている。いつだってただ一点に集中しきれた。それなのに、どうして今夜はこんなに気もそぞろになるのだろう？　コルムとトビーがいなくてさみしいからかもしれない。ボーイズが戦争に行ってしまってから、なにもかもが以前と同じではなくなった。

クリスタルや陶磁器でいっぱいのサイドボードを懐中電灯の明かりがさっと照らした。この屋敷の住人は爆撃を受けたときの対策をまったくしておらず、この部屋にガラスの欠片《かけら》が雨のように降る情景が不意に頭に浮かんだ。うちの陶磁器は、ふだん使いのもの以外は壊れものの大半と一緒に安全な地下の石炭貯蔵庫に保管してある。

ふたたびサイドボードをちらりと見て、銀製とおぼしき対《つい》の燭台《しょくだい》に気づいたけれど、今夜の狙いはそれではなかった。

標的よりも価値の劣るものに気を散らされるべからず、とミックおじは口癖《くちぐせ》のように言っていた。だから、燭台のことは忘れ、黙っておじのあとをついてダイニング・ルームを抜け、玄関広間に出てそこから階段を上った。

ミックおじはかつてこの屋敷で働いていた女性とことばを交わし、間取りについてかなり正確な情報を得ていた。おじは相手に不信感を抱かせず、さりげなく情報源を見つけたり情報収集をしたりすることに長《た》けているのだ。

階段を上りきると、廊下のいちばん奥の部屋へとまっすぐ向かった。

わたしたちの歩みに合わせてふたつの懐中電灯の明かりが壁で躍《おど》り、数枚の絵画に奇妙な影を投げかけた。ダークグリーンのシルクの壁紙にかけられた絵は、どれも注目に値するほどのものではなかった。

廊下の端まで来ると、ミックおじが右手のドアを開けて書斎に入った。この部屋も屋敷の基調となっている、良質ながら特筆するほどでもない調度類と月並みな美術品で装飾されている。大きな机があり、壁のひとつには書棚が並んでいた。

ミックおじが机の背後の壁を懐中電灯で照らした。高価な金縁《きんぶち》の額に入った大きな絵が飾られている。金庫を隠しておく類《たぐい》のものだ。錠をかけた場所にしまいこむくらい値は張るが、貸金庫を利用するほどでもない貴重品を所有するこの階級の人々は、どういうわけか壁に埋めこみ式の安価な金庫を使いがちだ。

その金庫のなかに宝飾品が入っていると、信頼できる情報筋から聞いていた。実のところ、それをあてにしていた。万一狙っているものにお目にかかれなかったとしても、ダイニング・ルームに銀器があるじゃないと自分に言い聞かせ、あまり期待しすぎないようにした。

ミックおじがわたしをふり向いた。「どう思う?」

片手で懐中電灯を高く掲げ、わたしは額縁が動くかやってみた。はじめのうちはなにも感じなかったけれど、縁《ふち》に指を這わせていくとつまみのようなちょっとした突起を感じた。それを押すとカチッという小さな音がして、壁の絵画が扉のように開いた。

「よくやった」ミックおじが言う。

わたしは、絵画の裏の壁に埋めこまれた金庫の表面を懐中電灯でさっと照らした。渋面《じゅうめん》になる。これは安価な埋めこみ式金庫などではなかった。予想していたような安いモデルより遙かに頑丈で解錠がむずかしいミルナー社の金庫だった。

明らかに同じことを考えているミックおじが、口笛を低く吹いた。「ここの住人は貴重品を相当だいじにしているみたいだな」

明るい口調だ。むずかしい錠が相手なので時間が少々長めにかかるかもしれないけれど、ミックおじは昔から挑戦するのが好きな人なのだ。

場所を譲ってよく見えるように懐中電灯で照らすと、おじが金庫に近づいた。

ミックおじが金庫を開けるのを見ているのは、画家が絵を描いたりバイオリン奏者が複雑な曲を演奏したりするのを見るのに似ている。そこには芸術があり、ミックおじには才能があった。難解な方程式を解く数学者を見るのに似ているという、それほどわかりやすくない一面もある。金庫の数字の組み合わせを突き止めるとき、わたしは紙を使うけれど、ミックおじはすべてを頭のなかで行なう。もっとよい生い立ちに恵まれていたなら、どんな高尚な職業に就いてもおじは大成功していたはずだと思う。

ミックおじが作業をしているあいだ、部屋は静まり返っていた。懐中電灯の明かりが照らすおじの顔をじっくりと観察する。痩せ形ながら強靭《きょうじん》な体つきをしており、くしゃくしゃの黒髪は白髪交じりで、鋭敏な目は灰色がかった緑色だ。その目は集中しきっていて、ダイヤルをまわしながら顔を傾《かたむ》けて耳を澄ましている。何分か経ったけれど、部屋のなかは背後のどこかで時を刻む時計の音しかしていなかった。

「よし」ようやくミックおじが言い、その手に握られた金庫のハンドルが降参した。わたしは詰めていたのも気づかなかった息を吐いた。

ミックおじは金庫の扉を開けてなかに手を入れた。笑顔でふり返ってわたしの手を取り、そこに平べったいビロードの箱を置いた。ネックレスだ。

おじがふたたび金庫に手を入れ、貴金属の箱をさらに四つ取り出した。指輪用がふた箱、あとのふた箱はブレスレット用とイヤリング用と思われた。がまんできずにひとつを開けると、ダイヤモンドとルビーのまばゆいきらめきに迎えられた。

「ひと晩の成果にしたら悪くない」ミックおじが顔をほころばせる。

「ええ」わたしもその晩はじめての笑顔になった。「全然悪くないわね」

おじは斜めがけした鞄《かばん》に箱をひとつひとつ入れた。すばらしい戦利品で、総じてびっくりするほど簡単だった。

簡単すぎる、と頭のなかで声がしたけれど、そんな思いを脇に追いやろうとする。闇に溶けこめる安全な外へ出たくてたまらなかった。そこで起こりうる最悪の事態は、漏れている明かりがないかと巡回中の空襲警備員と出くわすことくらいだ。その場合は、路地に逃げこんで別の通りに出て、夜陰に紛《まぎ》れて姿を消せばいい。

ミックおじが金庫の扉を閉じ、ふたりで部屋をあとにし、侵入した場所から外に出た。暗闇に足を踏み出した直後、奇妙な感じをおぼえた。気圧が変化でもしたみたいに、空気がちがって感じられた。迫りくる危険を知らせる第六感のようなもの。それを迷信と呼ぶ人もいるだろう。わたしのアイルランドの祖先なら先見《サイト》と呼ぶかもしれないもの。いずれにしても、わたしは自分の直感をだいじにすることを学んでおり、その瞬間の直感は大音響で警告を鳴らしていた。

ミックおじをふり向いて耳打ちしようとしたとき、足音が聞こえた。だれかが屋敷の前を通り過ぎるところかもしれないと思い、体の動きを止めてその人物が声の届かないところまで行ってしまうのを待った。けれど一瞬後、その人物が何者であろうと、こちらに向かっていると気づいた。しかも、彼らは両方向から迫っていた。

わたしは目を瞠《みは》っておじをふり返りながら、取りうる逃げ道を急いで考えた。目の前には屋敷と平行する生け垣があり、その向こうには背の高い鉄柵がある。よじ登るには高すぎる。屋敷を出たあとに勝手口のドアを施錠していたから、そちらに行く道もふさがれていた。

最初に声を出せるようになったのは、ミックおじだった。

「逃げろ、エリー!」おじは切羽詰まった小声で言ってわたしを前へと押しやったけれど、もう手遅れだった。

そばの暗がりから男がぬっと現われた。「まあ、そう急がないで、きみ《ラブ》」はっとわれに返って逃げようとしたとき、男に腕をつかまれた。

もがいたけれど、相手が大きすぎるとすぐに悟り、抵抗をやめた。それに、ミックおじがもし捕まったら、たとえこの野蛮人の手を逃れられたとしても、ひとりで逃げるつもりはなかった。

両手を体の後ろにまわされ、金属の冷たさを感じたと思ったら手錠をかけられていた。「来るんだ」男はわたしの腕をつかみ、屋敷の正面に向かって乱暴に押した。

なんとか首をめぐらせて背後を見ると、反対方向から近づいてきた人物がミックおじをわたしから引き離そうと屋敷の裏へ連れていくところだった。

ようやく暗がりに目が慣れてきて、男たちは数人いるのがわかった。黒っぽい服に身を包んだ四、五人の男たち。なぜだかわからないけれど、彼らはおじとわたしが来るのを知っていたようだ。

そんな風にしてわたしたちは捕まった。

2

逮捕された若い女性の頭をよぎることは数多くある。まずはじめに驚きがあり、それから恐怖、そして不安、そのあとなにか――なんでもいい――が起きるのを待つという退屈。最初のふたつの段階はかなり早く過ぎ、ヘッドライトをおおって暗い通りを進む自動車の後部座席に乗っているいまは、不安の段階にいた。

町は暗かったけれど、月光のおかげで目印となる建造物などを識別できた。自動車はテムズ川を渡ってセントラル・ロンドンに向かっていて、ウエストミンスター宮殿の尖塔や、黒くなった顔でその領土を静かながら油断なく守っているビッグベンのシルエットが見えた。自動車がさらに進んでセントジェームズ・パークを通り過ぎたとき、木陰の小径をのんびり歩き、ダック・アイランドで鳥たちにパンくずをあげた、子どものころの幸せな一日をなぜか思い出した。あんな風に気楽に過ごせる機会はまためぐってくるだろうか？

そのあとは、あまりなじみのない狭い通りに沿って何度か曲がったため、どこを走っているのかわからなくなった。ベルグレーヴィアかもしれないけれど、どうしてその場所なのかというもっともな理由を思いつけなかった。

ミックおじなら、どこへ向かっているのかわかっただろう。おじの頭のなかにはロンドン全体の地図が入っていると確信している。でも、おじは別の自動車に乗せられていた――ガソリンのむだづかいだと思うけれど、警察のやり方をとやかく言える立場ではなかった。

いずれにしても、わたしにはもっと大きな心配ごとがあった。この窮地からどうすれば抜け出せるのか？　最大かつ最優先の心配がそれだった。現行犯で捕まったから、言い逃れはできそうにない。もちろん、いつだってなにかしらのチャンスはある。ミックおじは口達者で、その才能を使ってピンチから抜け出した経験も一度ならずあるのだ。

これはちょっとした誤解で、わたしたちは屋敷の所有者の友人とか親族だと言い張ってみるのも手かもしれない。でも、それだと警察が所有者と連絡をつけるまでしか効かない。やっぱりその手は使えない。

不意に、捕まったときのことをほとんど考えてこなかったと思い至る。自信過剰と言われても仕方ないけれど、わたしたちはこの仕事を長年やっていて、確固たる自信を持っていたのだ。それこそが問題だったのかもしれない。痛手に先立つのは驕《おご》り（新共同訳旧約聖書箴言16章18節）。

捕まったのがミックおじとわたしだけだったのが、せめてもの救いだ。ボーイズがここにいなくてよかった。だって、ボーイズはあっさり逮捕されるようなまねはせず、抵抗の際に怪我をしていたかもしれないから。

いとこふたりは豪胆で向こう見ずな硬派だ。けれど心根がやさしくて、とんでもなく頭がよくもある。コルムは空軍の整備士だ。昔から機械に強かった彼にとって、戦闘機も例外ではなかった。コルムが技術を生かせる居場所を見つけられて、わたしは喜んでいた。彼は大義のために己《おのれ》の分《ぶ》を尽くしたがっていたから。それはトビーも同じだった。

ふたりが行ってしまうのを見たくなんてなかったけれど、アイルランドが中立の立場を取っているにもかかわらず、ミックおじはコルムやトビーと同じく、若者が進んで自分たちの役割を果たしてこそこの国を守れるのだと考えていた。

トビーからの連絡は、ダンケルクの戦い以降途絶えていた。公式に行方不明者リストに載り、それはつまり、捕虜になったか戦死した可能性が高いことを意味する。わたしたちはその報《しら》せを受けて以来、トビーがドイツのどこかで抑留されていて、遅かれ早かれ彼からの手紙が届くだろう、と考えるようにしていた。

ミックおじは心配しているようすをけっして見せなかった。戦争が終われば、トビーは冒険話を携《たずさ》えて戻ってくると言って。彼が死んでしまったかもしれない可能性はぜったいに口にせず、考えてもいないようだったので、わたしもおじが正しいにちがいないと思っている。わたしたち四人は強い絆で結ばれていた――泥棒仲間みたいに緊密だよな、とくつくつと笑いながら言うのがミックおじのお気に入りの冗談だった。だから、トビーが亡くなったのなにか感じるはずだった。

わたしはトビーの無事を願っているけれど、ほんとうのことを言うと、ドイツの収容所に入れられるくらいなら死んだほうがましかもしれない、とたまに思ってしまう。トビーにはマクドネル家の闘志と強い意志があるけれど、わたしはナチスに関するおそろしい話をたっぷり聞いていて、彼らが強固な意志をへし折るのが得意なのを知っていたから。

心配なんかしたってろくなことはないですよ、というのがうちの家政婦でわたしの母親代わりみたいなネイシー・ディーンの口癖で、だからわたしはぐじぐじ悩まないようにした。毎日トビーのために祈り、ただ部屋を出ていっただけですぐに戻ってくるかのように、軽い口調で彼の話をした。

でも、いまはトビーのことを考えているときではない。苦労して彼を頭から追い出す。彼なら、目下の状況のなかで最善を尽くすことに集中してもらいたがるはず。

どこへ連れていかれようとしているのか、ふたたび突き止めようとする。夜中なので通りがよく見えなかったけれど、白漆喰《しろしっくい》の家が並んでいることから、やはりベルグレーヴィアらしいとほぼ確信した。

ある建物の前で自動車が停まった。ほかの多くの場所と同じく爆撃に備えて砂嚢《さのう》の防御がされていて、窓は当然ながらまっ暗だったけれど、それでも支柱のある玄関と錬鉄製のテラスのあるその建物は、月明かりのなかでなかなか重厚で立派に見えた。どう考えても警察署ではない。いったいどうなっているの？

現場でわたしを捕らえた大柄な男にまた腕をつかまれて自動車から降ろされ、階段を上って建物のなかへと連れていかれた。ドアをくぐると、床が大理石の玄関広間だった。正面の螺旋《らせん》階段はステップ部分が模様のついた緑色のカーペットでおおわれていて、上方へと向かっていた。その奥にエメラルドグリーンの縞《しま》模様の壁紙が使われた廊下があり、陰になった屋敷の奥へと続いていた。

この美しい屋敷でわたしたちはなにをしているの？

右側でかすかな物音がしたのでふり向くと、音の出所は居間だとわかった。というか、かつては居間だった部屋だと。いまそこは仕事部屋になっているらしく、眠そうな顔の若者が机の奥に立っていた。わたしたちが入ってきたときにはっと立ち上がったようだったけれど、わたしが階段を通り過ぎて廊下の先へと連れていかれるのを、ぎょっとした表情をほとんど隠しもせずにじっと見つめているだけだった。

背後でミックおじが連れてこられる物音がして、わたしは肩越しにふり返った。目が合うとおじはウインクを寄こし、そのあとどこかへ連れていかれてしまい、わたしは喉にちょっとしたつかえを感じた。

でも、涙を流すつもりはない。たいへんな経験ならこれまでにもしてきたし、この窮地だってどうにか切り抜けてみせる。

わたしの腕をつかんだままの男が、ある部屋の前で足を止めてドアを開け、わたしを押しこむように入れた。よろけて男の足を強く踏んだけれど、謝ったりしなかった。

そこは、どんなにざっくり見積もっても監房ではなかった。部屋は小さく、窓には板が打ちつけられているが、床は手のこんだ寄せ木張りで、薄青色の羽目板壁と白漆喰の暖炉には白いまわり縁が施《ほどこ》されている。照明はとても弱く絞られていて、調度類はテーブルと、向かい合う形に配された二脚の椅子だけだった。

男は無言のまま手錠をはずした。それから、くるりと向きを変えて部屋を出ると、不穏な印象をあたえようとしたのかバタンという音をたててドアを閉めた。逃げるなど不可能だと思い知らせるかのように、男はおおげさな音をたてて施錠した。わたしは錠をちらりと見た。ちゃんとした道具があれば、ミックおじでもわたしでも、ものの五分で開けられそうな代物《しろもの》だった。髪を留めているヘアピンでもそこそこ手際よく解錠できると思ったけれど、たとえ自分がここを出られたとしても、ミックおじを置き去りにするつもりはなかった。

彼らはしばらくわたしを待たせるだろうとわかっていた。自白するか、彼らが望んでいることをするまで、不安が募るようにする手口だ。それまでのあいだ、くつろいでいるのがよさそうだ。

ドアのほうを向いている椅子のところへ行って腰を下ろした。

彼らはコートを着たままにさせてくれたけれど、それでももっと暖かい服を着ていればよかったと後悔する。仕事のときにいつも着る黒い服は薄い木綿で、この建物は寒かった。寒気を追い払うために自分の体を抱きしめる。

一生待っている気がした。やっとドアが開き、黒っぽいスーツを着たいかめしい顔の男性が入ってきた。ここは明らかに警察署ではないとはいえ、その男性は見るからに警察の人間といった感じだった。

男性はなにも言わずに向かい側に座った。長くてまっすぐな鼻の持ち主で、非難がましい黒っぽい目で蔑《さげす》むように見てきた。

「金庫を開けたのはどっちだ？」いきなり訊いてきた。

「なにをおっしゃっているのか、わからないのですけど」精一杯とぼけてみせる。

「どうやって屋敷に侵入した？」

「お屋敷には入っていません」侵入したことを彼らは証明できない。わたしたちは手袋をつけていたし、空っぽの金庫は別にしてなんの痕跡も残していなかったし、逮捕されたときは屋敷の外にいた。それに、これがいちばん重要なのだけど、盗品を持っているところを見られていない。少なくとも、見られていないと思う。ミックおじのことだから、逮捕される前に鞄を生け垣のなかかどこかに捨てたはず。もちろん鞄は見つけられてしまうだろうが、厳密にはわたしたちはそれを所持していなかったわけだ。

「あいにくだが、おまえたちは痕跡を残したようだ」

痕跡など残っているはずがなかったので、なにも言わなかった。

「おまえたちは屋敷に侵入し、金庫を開け、宝石類をしこたま盗んだ」

「なにがあったかわかっているとお思いなら、どうしてあれこれたずねるんですか？」感じのよい口調が消えているのに気づいたけれど、とても疲れてきていたのだ。ずいぶん長くここにいるし、喉が渇いて寒かった。着古したウールのセーターを着て、青いティーカップで紅茶を飲みたくてたまらなかった。

どちらの望みも当分のあいだ、ひょっとしたら何年も叶いそうにないかもしれないと思ったら、胃がぎゅっとこわばった。だめ。いまそんなことは考えない。不確定な先のことで頭をいっぱいにするように育てられてはいないのだから。

ただこの瞬間を生き、ベストを尽くそうと決める。自白なんてしてやらない。なにかの誤解だと言い続けていたら、わたしを釈放せずにいられなくなるかもしれない。

「どんな道具を使った？」

「なんの話をしてらっしゃるのかわかりません」

「金庫を開けるのにどれくらいかかった？」

「わたしたちは金庫を開けてなどいません」

相手をいらだたせるべく最善を尽くしたけれど、男性はわたしなどどうでもいいと思っている印象を受けた。奇妙だった。きびしくに尋問しながらも、こちらの返答にはほとんどなんの意味もないという、おざなりな感じがした。ひょっとしたらこの件に関しては確証があると思っているから気にしていないのかもしれない。

それでも、尋問者の質問を避け続けた。なにを訊かれても、曖昧《あいまい》に答えたり、質問に質問で返したりした。そんなことを半時間ほど続けたあと、男性は興味を失ったみたいで、なにも言わずに立ち上がって部屋を出て、錠をしっかりとかけた。

ミックおじはどうしているだろう。わたしたちのどちらかが仲間を裏切ると期待しているのなら、彼らはがっかりすることになる。

ここまでのすべてがずいぶん変わっていることに、ふたたび考えが向いた。わたしたちはある屋敷に盗みに入って捕まったのであって、ロンドン塔から戴冠用宝玉を持ち去ろうとしたわけではないのに。あの金庫には、わたしたちの知らないものが入っていたのだろうか？

ちらっと腕時計を見て、ここに到着するなり身のまわり品を没収されなかったことが少し妙だと気づいた。ポケットの中身を空けさせられ、侵入の際に使用したかもしれないかぶりものなどを取り上げられるのが通常では？　いまは午前三時を過ぎていた。この人たちは眠りたくないの？　夜のあいだ、わたしたちをどこかに監禁して、朝になってから尋問することだってできるはず。人を殺したわけでもあるまいし。ダイヤモンドとルビーを少々盗んだだけでこの扱いはおかしい。

あの宝石類は、わたしの人生を何年奪う価値があったのだろう。正直なところ、刑務所がこわかった。刑務所は、わたしたちの生活の背後に常にちらついていたけれど、それを自分の将来の一部と考えるのを突っぱねてきた。

裁判所は女性に甘いと多くの人が考えているけれど、女性が見せしめにされているのもわたしはよく知っている。女性に科す刑を、道を踏みはずしそうになる若い女性たちに向けた警告にしているのだ。

寒い部屋のなかでそんなあれこれを考えていた。一、二度、うつらうつらしかけたものの、はっとして踏ん張った。神経を研ぎ澄まし、冷静さを保っていたかった。

ようやく錠の音が聞こえた。ドアが開き、だれかが入ってくる。この時点で不機嫌になっていたわたしは、顔を上げてたしかめようとはしなかった。向かい側に座った男性が軍服を着ているのが目に入って驚く。陸軍の軍服のようだった。先ほどの尋問者よりもかなり若い。三十歳をそれほど大きく超えてはいないだろう。戦争中だったので、若い男性など予期していなかった。それも、こんな男性など。

彼は肩幅が広くてがっしりした体つきをしていて、まさに頑健といった感じで、どうしてこの人は戦地で戦わずにここにいるのだろうと訝《いぶか》った。けちな宝石泥棒なんかよりも、差し迫ったナチスの侵略のほうが重要なはずでは？

先ほどの尋問者と同じく彼も自己紹介をせず、無言のまま長々とわたしを観察した。

これはすべて相手を怖《お》じ気《け》づかせるお決まりの手順だから、感銘を受けるとは思っていなかった。けれど、この紳士にはどこか相手を感嘆させるものがあった。たとえば、彼はおそろしく眉目秀麗《びもくしゅうれい》だった。わたしは昔からハンサムな顔にうっとりする愚《おろ》かな女ではなかったけれど、彼はどんな女もふり返る類の男性だった。

軍人らしい押し出しにくわえ、完璧に男性的で均整の取れた造作の顔だった。がっしりした顎《あご》、まっすぐな鼻、すばらしい頬骨。髪はブロンドで、瞳は薄青色。ドイツ兵みたいだ、と思わずにはいられなかった。

こちらが彼を見ているあいだ、向こうもわたしをしげしげと観察していた。こちらは彼ほど感銘をあたえるような外見ではないのではないかと思う。自分が美人なのは知っていて、それをひけらかしたことはないけれど、それなりにふり向かれた経験ならあった。

ミックおじやボーイズと同じく、わたしも黒髪で瞳は緑色だ。だから、コルムとトビーの妹とまちがわれてもおかしくない。身長は平均より若干高く、引っこむべきところは引っこみ、出るべきところは出ている。でも、そんなすべてはこの男性にはなんの効き目もなさそうだとすぐに感じ取った。

彼はテーブルのまんなかあたりにファイルを置いて開いた。

「エレクトラ・ニール・マクドネル」彼が言った。

驚きを隠すのはむずかしかった。わたしをエレクトラと呼ぶ人はひとりもいない。それが洗礼名だと知っている人はほとんどいないのだ。身分証明書や配給手帳にだってエレクトラと書かれていない。

「一九一六年六月十五日、ホロウェイ刑務所生まれ」

頭からバケツ一杯の氷水をかけられたみたいに冷たいものを感じた。いまの情報は、ごくかぎられた人たちしか知らないのに。この人はどうやってその情報を手に入れたの？　次に言われるだろうことに身がまえた。常にそこにあって、逃れることのできない幽霊みたいにわたしの上をうろついている情報。でも、彼はそれを言わなかった。

ただ書類から顔を上げて、こう言っただけだった。「こういう仕事をしている女性にしては、前科がないのが意外だ。金庫破りはプロの仕事だった。今回がはじめてではないのは明らかだな」

わたしはなにも言わなかった。なにひとつ認めるつもりはなかったけれど、前科については彼の言うとおりだった。わたしたちはこれまで一度も捕まった経験がない。いまさら前科がつくなんて残念だった。

「あの屋敷の下調べはどれくらいした？」

わたしは答えなかった。

「なかに入る前に、あの屋敷で使われている金庫の種類を知っていたのか？」

彼も先ほどの尋問者も、異様なほど金庫に関心を示すとふと気づいた。だいたい、彼らはどうしてそのことを知っているの？　盗品を入れた鞄を見つけたのであれば推測はできるだろうけれど、宝石類は宝石箱だとかタンスの引き出しに無造作に入れられていた可能性だってある。わたしたちがあの金庫を漁ったことを彼が知る術《すべ》はなく、またもやなにかが見かけとはちがう、という印象を受けた。

「わたしが質問に答えるとは思っていないんでしょう？」彼に訊いた。「あなたの部下たちは警告してくれなかったけれど、わたしのことばが記録され、証拠として用いられる可能性があるのはわかっているのよ」

彼が顔を上げ、冷ややかなまなざしをわたしに据えた。

「われわれは警察ではない」ようやく彼が言った。「悪いが、これはそれより遥かに重大なことだ」

3

それを聞いて、ちょっと眉をひそめた。彼がはったりをかましているくらいのことは考えたけれど、ここが正式な警察署でないのは最初からわかっていた。

この男性が陸軍の軍人なのであれば、わたしとおじが盗みに入った屋敷の住人は、考えていたよりも遙かに重要人物だったのかもしれない。ミックおじは標的を選ぶ際は常に慎重で、リスクの高すぎる重要人物はぜったいに避けていたけれど、どうやらわたしたちはどこかで判断を誤ったらしい。

この軍人は、どうして真夜中にわたしとおしゃべりをしにきたのだろう？

時刻について考えたせいで、自分がどれほど疲れていて寒さを感じているかを思い出した。

「煙草をもらえます？」

彼はしばらく無言でいたあと、立ち上がってドアのほうへ行った。ドアを開けてだれかに身ぶりをしたあと、煙草を手に戻ってきた。

煙草を渡されたとき、袖口から覗いた彼の手首が、日焼けした手よりも色が薄いのに気づいた。照明が明るくないせいで最初は目立たなかったけれど、顔も日焼けしていた。イングランドでこれほど日焼けしたのではない。もっと暖かな駐屯地にいたのに、なにかの事情でヘンドンの空き巣狙いのふたりを尋問するために駆り出されたのだ。

わたしは礼も言わずに煙草を受け取った。ほんとうはたいして煙草が好きなわけではない。ちょっと考える時間を稼ごうと思っただけだったし、正直になるならば、出生について無頓着に言われた驚きから立ちなおる時間も少し稼ぎたかったのだ。生まれた場所をさりげなく口にされたせいで、認めたくないほど動揺したから。

煙草をくわえると、彼がマッチを擦《す》って身を寄せてきて、火をつけてくれた。深々と吸うと煙が肺へと入ってきた。少なくとも、これで少しは暖かくなるだろう。

「あの金庫破りの仕事はみごとだった」会話が途切れてなどいなかったかのように彼が言った。「きみたちが侵入した痕跡も形跡もなかった」

ミックおじの腕前を認められて、わたしは思わず満足を感じた。おじがどれほど有能かをわかっている人はほとんどいない。あの金庫は多くの人が持ち合わせていない精度で開けられたのだけど、そんなことを吹聴してまわるわけにはいかないからだ。

「開けたのはきみなのか、それともおじさんのほうか?」

ミックおじとわたしが親戚であることを、どうして知っているの? おじが話したとは思えなかったので、ほかからその情報を入手したのだろう。

「質問に答える前に事務弁護士と会わせてもらったほうがよさそう」煙を吐き出しながら言

う。もっと早く頼むべきだったけれど、可能なかぎり相手のゲームに極力引きこまれないように、というのがミックおじの教えだったのだ。まずは待つことだと。

けれど、この男性は先ほどの腹立たしい尋問者以上に厄介な存在だという気がした。

「言っただろう。われわれは警察ではない。だから、警察と同じ待遇を申し出る義務はないんだ」

わたしはほんのかすかに警戒心を抱いたけれど、すぐにいらだちに押しやられた。彼はわたしをおびえさせようとしている。歳上の男性のいとこふたりとともに育てられたわたしは、怖じ気づかせようとする相手に対して本能的に頑《かたく》なな態度になる。

腕を組み、煙草の灰を美しい寄せ木張りの床に落とした。「あらそう、じゃあこれ以上なにも言うつもりはありません」

「当然ながら、きみにはその権利がある。なんといっても、若くて、この先の人生も長いしね。だが、おじさんは刑務所暮らしがきみ以上にこたえるかもしれないな。刑務所というのは……健康に望ましくない影響をあたえることもあるから」

自分が青ざめるのを感じ、冷酷に感情をもてあそぶやり方に歯を食いしばった。彼のことばにどれほど動揺させられたかを気取《けど》られまいとした。

「なにが目的なの?」わたしは詰問した。

彼が顔を上げ、冷ややかな目で長い数秒間わたしを見つめた。そして、ようやく言った。

「提案がある」

眉を片方つり上げたものの、内心ぞっとしていた。彼がいやらしい悪党だとは思っていなかった。こんな容姿なのだから、女ならよりどりみどりのはずでは？　もちろん、いやがる女が好みという性的倒錯者の可能性もあるけれど。

わたしが考えていることを推測したのか、彼の顔につかの間侮蔑《ぶべつ》に似たなにかがよぎった。彼が気分を害したのは、一般論として淫《みだ》らなことを考えていると思われたせいか、わたしに対してそんなことを考えていると思われたせいか、どちらか判断がつかなかったものの、どうも後者のような気がした。だとしたら侮辱されたと感じるべきなのだろうけれど、彼の意図については安堵した。

「どんな提案かしら？」そう訊いてみた。

「援助の交換だ。私の手助けをしてくれたら、今回の件については忘れる。きみとおじさんは自由の身になる」

どれだけ認めたくなかろうと、いまのことばで興味を引かれた。彼が続けるのを待つ。

「この町に、われわれが必要とする文書を所持している紳士がいる。その文書は金庫に保管されている」

そのとき、彼がなにを話しているのかに気づき、なにもかもが意味をなしはじめた。これほど長く睡眠を取れていない状況ではなくて、この寒い部屋にひとりで座っていたせいで神経がぴりぴりしていなければ、もっと早く気づいていたかもしれない。

彼は金庫破りを必要としているのだ。

不意にこのすべてのばかばかしさに打たれ、笑わずにはいられなかった。

わたしの豹変《ひょうへん》ぶりに驚いたとしても、彼はそんなそぶりをまったく見せず、ただじっと座ったまま待った。わたしはすぐに真顔になった。彼が大まじめで、提案に対する返答いかんでは刑務所か自由の身かが決まるのだと気づいたからだ。

けれど、なにかを決断する前にはっきりさせなくてはならないことがまだいくつかあった。

「その文書を必要とする〝われわれ〟というのはだれなんですか？」わたしは彼の軍服に目をやった。「英国陸軍が民間人を捕まえて仕事を肩代わりさせているとは知らなかったけれど」

「それはいまは重要ではない」

「わたしにとっては重要です」灰皿がなかったので、テーブルの隅で煙草を揉《も》み消した。

「どんな人たちとかかわることになるのか、知る必要があるわ」

「われわれがある種の不正な活動をしているかもしれないと心配している、ということだろうか？」その口調には乾いた嘲《あざけ》りのようなものがこもっていて、この男性をあっという間に嫌いになりつつあるのに気づいた。

「自分がだれのために危険を冒そうとしているのか、知っておきたいんです」冷ややかに答える。

「これは国家の重大事なんだ。いまはそれ以上は明かせない」とても重々しい口調だ。

「つまり、あなた方はスパイなのね」

彼が目を合わせてきた。「そのようなものだ」

考えてみれば、それほど驚きでもなかった。なにしろ、自分たちのなかに紛れこんでいるドイツのスパイに気をつけるよう何度も言われているからだ。〝不注意な会話は命を奪う〟などなど。それなら、わたしたちの味方も彼らを阻止しようとうろついているはず。

けれど、さらに言うなら、この男性が重要な文書を盗むために犯罪者の手助けを取りつけようとしているドイツのスパイではないと、どうしたらわかるというのだろう？　ベルグレーヴィアの屋敷と将校の軍服はなんの証拠にもならない。

「あなたがおっしゃるとおりの人だという証拠を見せてもらえます？」わたしは言ってみた。

「私は自分がだれかを言っていないが」

わたしはいらだちの息を吐いた。「こんな感じでひと晩中続けてもいいし、あなたが政府のために働いているという証拠を見せてくれてもいいのよ」

彼は上着のポケットから折りたたんだ紙を取り出し、テーブルの上をわたしのほうへすべらせた。

それを手に取って開くと、ロンドン警視庁の書簡用紙に書かれているのがまず目に入った。

関係者各位

この書簡を所持する者は、一九四〇年八月に身柄を拘束されたいかなる家宅侵入者も収監する権限をあたえられている。これにより、ロンドン警視庁の警察官は手出しをしないよう命じる。

警視総監の署名がされていた。

どうやら書簡は本物らしく思われた。この男性が何者であれ、彼のじゃまをするなという警察への命令書をポケットに持ち歩くだけの影響力を持っている。

「満足か？」彼が言った。

わたしが黙って書簡を返すと、彼はそれを上着のポケットに戻した。

「この件は片づいたな。きみの返事は？」

引き受けよう、目の前に差し出されたこのチャンスをつかもうと返事をしかけたけれど、なにかがわたしを思いとどまらせた。もっと情報が必要だった。彼らが犯罪者の手を借りようとしているということは、そこにはなにかしらのリスクがあるにちがいないからだ。

「その文書はどういう類のもの？」

「機密の類のものだ」彼の返事はそっけなかった。

「その屋敷はどこにあるの？」また訊いてみた。

「悪いが、現時点では言えない」

「話せることはあるの？」たたみかける。

「これを受ければ刑務所に入らずにすむという恩恵にくわえ、祖国に、そしておそらくはわれわれの知っている自由世界に偉大なる奉仕ができる、ということくらいだ」

おおげさすぎることばだったけれど、価値のある考えだった。自分たちの技術を使うことで敵との戦いにひと役買えるという考えにはそそられた。そうするよう脅迫されているとしても。

それでも、まだなにかがわたしを思いとどまらせた。自立した女だと自負しているけれど、ミックおじと会ってなにが起きているのかを話し合いたいと思った。まあ、だからこそ、わたしたちは別々にされたのだろうけれど。

ミックおじも同じ巧みなスピーチをされているのはまちがいない。おじは、わたしと話す必要があると言っただろうか。

「なにを言えばいいのかわからないわ……」彼の軍服の記章をちらりと見て階級を推測し、わざとそれより下の階級で呼んだ。「中尉」

「少佐だ」瞬《まばた》きもせずに言う。「ラムゼイ少佐」

「じゃ、ラムゼイ少佐」わたしは腕を組みなおした。「引き受けるかどうかを決める前に、おじと話がしたいのだけど。ふたりきりで」

さらに半時間くらい待たされたあと、わたしたちを逮捕した――彼らが警察ではないとわかったいま、拉致《らち》した、と言ったほうが正確かもしれない――男のひとりがミックおじをなかに入れ、ドアを閉めた。

おじの姿を見て、肩の力がふっと抜けて驚いた。おじは疲れたようすで、灰色の無精ひげが顔をおおい、目の下には隈《くま》ができていたけれど、向かい側の椅子に身をすべりこませながらにやりと笑ったので、彼らがどんな戦略を使ったにせよ、おじの心意気をそぎはしなかったのだとわかった。

「大丈夫？」テーブルの上でおじの手に手を重ねた。冷えきったわたしの手の下で、おじの手は温かかった。

「元気潑剌《はつらつ》さ、エリー嬢ちゃん。ひと晩くらいの尋問じゃ、おまえのミックおじさんの気をくじけはしない」

それが真実であるのはわかっていたけれど、それでもそう考えたくはなかった。

「あのひどい少佐と話した？」少佐が聞いているのを期待して言う。

おじがにやりとする。「彼にいらつかせられたのかな？　そんなところだろうと思ったよ。

最高に魅力的な人間ではないかもしれないが、頭が切れて有能なのはまちがいないな」

「わたしたちの拉致戦術はたしかにみごとだったわよね」辛辣《しんらつ》な口調で言った。わたしは警視総監の命令のことを話した。

ミックおじがうなずく。「金庫に関する情報についてずっと考えていたんだ。罠だったんだな。そうでもなきゃ、さあ盗《と》ってくださいとばかりに貴重品でいっぱいの金庫が無人の屋敷にあるわけがないものな？　最初から私たちを捕まえようとしていたわけだ」

おじの言うとおりだと思った。わたしたちの実力を試すためにあの屋敷についての情報をまき、成功したら捕まえて無理やり手助けさせようという魂胆だったのだ。おじの評価とは異なり、わたしは少佐を頭が切れて有能だとは思わなかった。狡猾《こうかつ》で卑劣だと思った。

「わたしたちになにをさせたがっているか、彼は話した？」わたしは言った。

「回収しなくてはならない文書があるってことだけだ。ごく簡単そうに聞こえたな」おじの目がおもしろがっているようにきらめいた。「それはつまり、全然簡単じゃないってことだろう」

ようやく意見を同じくできた。

「危険については心配していないの。あの人が気に入らないだけ」

ミックおじがまじまじとわたしを見た。「彼によからぬことをされたのかい？」

わたしの顔が赤くなった。「いいえ。そうじゃないの。ただ、あんまり……偉そうだったから」

「少佐に昇進するような人間は、少しばかり高圧的な態度じゃないとだめなんだよ」

わたしは吐息をついた。「じゃあ、やるべきだと考えているのね」

「選択肢がそれほどあるわけじゃないからね」ミックおじが答えた。「私たちは現行犯で捕まったんだ。彼らに協力するか、刑務所に入るかなんだよ」

「ええ、でも……」

「コルムとトビーのことを考えるんだ」おじの声はやさしかった。「帰ってきたときにだれかが家で迎えてやらないといけないだろう」

おじの言うとおりだ。刑務所はすでにうちの家族から充分奪っていた。

「それにな、エリー」今度はおじがわたしの手に手を重ねた。「役目を果たすのはいいことだ。この戦争に勝ちたければ、私たちのだれもが役目を果たさなければならないんだよ。法と秩序について、私たちには私たちなりの考え方があるが、これはそれとはまったくちがう話だ」

おじが正しいとわかっていたので、うなずいた。実を言うと、戦争に関してはずっと無力に感じていたのだった。庭で野菜を育てたり兵士たちのためにソックスを編んだりするのには限界があり、出征する男たちを送り出すしかないわたしたち女は、いくらもしないうちに役立たずに感じはじめていた。これは、自分が重要なことを、重大なちがいをもたらすことをできるチャンスだった。
わたしは大きく息を吸った。「わかった。やりましょう」

4

ミックおじがドアのところへ行って、ノックをした。ドアを開けたのはおじをこの部屋へ連れてきた男で、おじは少佐と話す準備ができたと彼に伝えた。

数分後、大柄な部下ふたりを連れたラムゼイ少佐が戻ってきた。

「ミスター・マクドネルをもとの部屋へお連れしろ」少佐は部下たちに命じた。

「だめ」わたしは言った。「わたしたち、話し合いたいことが……」

「話し合いならきみと私ですればいい」ミックおじを連れていくよう少佐が部下たちに身ぶりをする。

わたしが急いで立ち上がると、むき出しの床に椅子がこすれた。「やめて」

「いいんだ、エリー」ミックおじの口調はやさしかった。「おまえなら立派にやれるとわかっているよ」

反論しようと口を開いたけれど、おじがほんのかすかに首を横にふった。昔からたがいを理解するやり方で、わたしが少佐に協力すること、自分たちにとってできるだけ有利になるよう努めることをおじが望んでいるのがわかった。だから口を閉じ、おじが男たちについて出ていくのを見送った。

そのあと、ラムゼイ少佐をふたたび見上げ――というか、にらみつけ――ると、座るよう身ぶりで示された。渋々腰を下ろすと、彼も向かい側の椅子にまた座った。

「それで?」ラムゼイ少佐が言った。

「選択肢をあまり残してくれなかったようですけど」険悪な口調で返す。

「そう思ってくれるのを願っていた」

鋭く言い返したかったけれど、この場所を出たいし、ミックおじも連れていきたかった。だから、舌を嚙んでこらえた。

「もう遅い時刻だ」わたしがみごとに自制心を発揮したことになど気づいていないのか、少佐が言った。「詳細は明日話し合おう」

「じゃあ、もう解放してくれるの?」彼のことばに希望を持った。希望なんて持つべきではなかった。

「ああ、きみは行っていい。おじさんは、任務が完了するまでここにいてもらう」

かっとなるのを感じ、それに合わせて声も大きくなった。「話にならないわ」

「悪いが、これは交渉ではない」すでに決まったことだとばかりの言い方をされ、わたしは彼を軽蔑し、落ち着いて高圧的な話し方も軽蔑した。

「おじをここに留《とど》めておくなんてできないわ」怒りと恐怖で声が震えるのを止められなかっ

た。自制心を失うのは大嫌いだ。

「これは単なる担保の問題だ」少佐が淡々と言う。「きみだってそれくらいはわかるだろう」

いまやわたしは震えていて、彼にそれを見られまいと必死になった。「自白を書くわ。それを担保にすればいいでしょう」

「きみのおじさんを担保にするほどの効力はないな」彼の視線はわたしの目に据えられていて、そこに現われるすべての感情を読み取っているのだとわかった。頭のなかがぐちゃぐちゃで、子どものころから懸命に抑えこむ努力をしてきた癇癪《かんしゃく》が爆発しそうになっていた。

そのあいだ、少佐は無表情のまま向かい側に座っていた。彼は完全にこの場を掌握していて、わたしはばらばらに壊れはじめていた。壊れている場合ではない。なけなしの自制心をかき集め、募りつつあるパニックを抑えこむ。

「金庫を開けたのはおじです」精一杯冷静な口調で言った。「わたしには開け方はわからない。見張りとして同行しただけだから」

「ミス・マクドネル、私に嘘をついてもむだだとわかるだろう。きみが完璧に金庫破りをできるのはわかっている。おじさんから聞いた」

そんな情報を明かしたおじに心のなかで文句を言った。当然ながら、なんとかわたしを助けようとしてのことで、おじらしかった。けれど、ほんとうならおじがその任務を遂行するべきなのだ。

「おじのほうがわたしより腕がいいわ」正直に言った。「任務はおじにやらせて、わたしをここに留めておけばいいでしょう」

「気高い志《こころざし》だが、それはおじさんが許さないだろう」

もちろん、少佐の言うとおりだ。ミックおじは、わたしが残って監禁されるよりも任務を任されるほうを望むに決まっている。わたしをここに置き去りにするのを拒むだろう。

顔を上げて少佐を見ると、辛抱強く返事を待っているのがわかった。

「おじを連れ去る前に、おじをここに留めると話してくれてもよかったじゃないの」苦々しい口調で言った。「それについて話し合えたかもしれないのに」

「話し合うことなどなにもない。きみは引き受けるのか、引き受けないのか？」

ミックおじが人質としてここに残ることを明かす前にわたしたちを引き離したのは、計画の一部だったのだと気づいた。少佐はこちらの不意を突き、この件に関してほとんど選択肢がないと気づかせるつもりだったのだ。腹立たしいけれど、結局は少佐の思惑どおりになるとわかっていた。とどのつまり、彼には必要なすべての力があるのだから。

「わかりました」ついにわたしは言った。

少佐はポケットから紙とペンを取り出し、なにかを書きつけてからテーブルの上をわたしのほうへすべらせた。その筆跡は人柄と似ていた。大胆かつ精密。

「明日の午後、この番号に電話をしてくれ。そのときに詳細を話し合う場所を伝える」

「これってスパイもの《クローク・アンド・ダガー》っぽいわね？」皮肉たっぷりに言ってやった。

「あいにく、敵は外套と短剣《クローク・アンド・ダガー》から鉤十字《かぎ》と戦車へと移っているんだ、ミス・マクドネル。後《おく》れを取らないようがんばっているところさ」

わたしをあの場所――広大ではあるものの、拘束と強要とに結びついているせいで〝地下牢〟と考えるようになっていた場所。実際、その呼び名がふさわしいと思う――へ運んだ自動車は、夜明け少し前にフラットでわたしを降ろした。プライバシーを維持するために送ってもらうのを断ろうと思ったけれど、彼らはとっくにわたしの住所を知っているにちがいないと考えなおしたのだった。だって、わたしについてすべてを知っていたのだから。

正面の門を入ってミックおじが暮らす母屋を通り過ぎ、家庭菜園横の小径を進んで裏手に建つ小さな建物へ向かった。昔は厩《うまや》だったのを快適なフラットに改装したもので、ミックおじがわたしにくれたのだ。

急いでなかに入り、ドアを閉めてそこにもたれて安堵の息をついた。ここを出てから二十四時間も経っていなかったけれど、なんだか永遠の時間が経ったように感じられた。ひょっとしたら二度と戻ってこられないかもしれなかったという現実のせいで、このフラットがとてもたいせつに思われたのかもしれない。

見慣れた室内を見まわす。ネイシーが刺繍《ししゅう》してくれたクッションの載った、使い古されているけれども快適な青いソファ。書き物机と椅子。青や黄色の明るい花模様のラグ。そのすべてを改めてありがたいと思った。窓はいまはもちろんおおわれていて、爆撃を受けた際にガラスが室内に散乱しないように、本棚を窓の前に移動させていた。丈夫な撚《よ》り糸を棚の前に張って、だいじな本が落ちないようにしてある。ガラスの小物もすべてしまってあったし、写真は壁からはずしてあった。そんな風に変わってはいても、ここはわが家で、戻ってこられて信じられないくらいほっとしていた。

けれど、安堵の気持ちは長続きしなかった。ミックおじはいまも地下牢に閉じこめられているのだ。そう思ったら吐きそうになった。

おじは無事だとわかってはいたけれど、それでも心配するのをやめられなかった。

いつもの習慣どおりに動き、やかんを火にかけて着古したセーターを肩に羽織った。昨日の午後あたりから暖かさを感じられなくなっていた。

ひと晩中起きていたのだから疲れ果てているはずなのに、頭はめまぐるしく回転していて、寝ようとしても寝られないとわかっていた。いまはまだ。ミックおじを人質に取った少佐の残酷さに思いが戻る。わたしたちが逃げられるはずもないのに。ヨーロッパが戦争中のいま、どこへ逃げられるというのだろう？　それに、わたしたちの全生活はここにあるのに。

わたしたちは極悪非道の犯罪者集団というわけでもない。ただの家族だ。ときどき犯罪行為に手を染める家族ではあるけれど。

　自分の本能に従ってあの屋敷を立ち去ればよかったと激しく後悔するのも、昨夜以来はじめてではなかった。立ち去っていれば、こんなごたごたに巻きこまれずにすんだのに。まんまとわたしたちをはめた人たちよりも警察のほうがまだましだった、と信じたい気持ちにすらなった。けれど、自分のなかにはどんなことをしてでも刑務所を避けようとする部分があるのも認めざるをえなかった。

　刑務所で生まれた身としては、そこへ戻ることに前向きにはなれなかった。そんな思い出は欲しくない。いまでも充分に陰鬱《いんうつ》なものを受け継いでいるのだから。

　ドアの外で不意に物音がして、ぎょっとしてそこから離れると同時にドアが勢いよく開いた。

「エリー、どこに行ってたの？」

　うちの家政婦のナンシー・ディーンだった。幼いころのわたしが〝ナンシー〟と発音できなかったために〝ネイシー〟となり、すぐに家族全員がそのあだ名で彼女を呼ぶようになったのだった。ネイシーは突風のように部屋に入ってきた。ずんぐりした体つきだけど、その動きは優雅で驚くほどすばやい。わたしが思い出せるかぎりの昔から紫がかった灰色の髪は、横に広い赤ら顔にかからないよう後ろに梳《と》かしつけられていて、青い目は、手に負えない三人の子どもたち――そして、ミックおじ――に悪さをさせまいとしてきたせいで眼光が鋭くなっていた。

ネイシーはわたしにとって母親にもっとも近い存在で、トビーがまだとても幼かったころにミックおじの奥さんのメアリが亡くなっているので、彼やコルムにとっても母親同然の存在だ。

　ミックおじなら口ごもったり耳までまっ赤になったりしただろう、女ならではのあれこれで助けてくれたのはネイシーだった。彼女はわたしの髪を編み、下着を買いに連れていってくれ、母親のいない少女に体にまつわるさまざまなことを説明してくれた。ネイシーはぶっきらぼうで容赦のないことが多かったけれど、彼女のなかにはユーモアと大きなやさしさがあり、そんな彼女をわたしは心から愛している。

「残念だけど、捕まってしまったの」わたしは言った。

　ネイシーは、わたしの頭がどうかしてしまったみたいな顔になったけれど、まじめに言っているとわかってもそれほどぎょっとはしていないようだった。

「いつかぜったいにそうなると思ってましたよ」陰気な口調だ。「おじさんはどこです？刑務所ですか？」

　ミックおじの運命に無関心そうに見えても、ネイシーが心配しているのはわかっていた。昔からおじを憎からず思っているのだ。真実を話すかどうか迷ったけれど、わたしたちの悪魔との取り決めにおいて秘密はきわめて重要な一部だと信じさせられてきた。

「明日には戻ってこられるんじゃないかしら」そう言った。「なにもかも誤解だったのよ」

ネイシーが唇《くちびる》をきつく結んだ。「誤解ね。あたしに言わせれば、自分たちには法の手がおよばないとあなた方が昔から思いこんでたってことが誤解ですけどね」

わたしは疲れすぎていて、反論する気も起こらなかった。

「きっと大丈夫だから。あとで説明するけど、いまは寝させて」

「必要なものはある？」ネイシーは、叱ったかと思うと甘やかす、こわいけれどもやさしい人なのだ。

「ううん、ないと思う。休んでからじっくり考えたいだけ」

ネイシーはぶつぶつ言いながらも、それ以上なにも訊かずに立ち去った。追い払ったりして申し訳なく思うところかもしれないけれど、彼女が気を揉むのを楽しむのはわかっていた。これが終わったら、少佐の提案についていつの日かネイシーと話し合おう。きっと、はっきりした意見を開陳してくれるだろう。

やかんのところに戻り、濃い紅茶をポットいっぱいに淹《い》れる。カップに注ぎ、配給制になってからきびしく自分を律していたのを破り、スプーン二杯の砂糖を入れるという贅沢《ぜいたく》をした。わたしに関するかぎり、それ以上に神経を落ち着かせてくれるものはないし、いまは神経を落ち着かせる必要があったから。

甘いものが好きなのは、ネイシーのせいだ。子どものころ、彼女はおいしいビスケットと砂糖たっぷりの濃い紅茶をしょっちゅう出してくれた。おとなになると、コルムとトビーはもっと強い飲み物へと移ったけれど、わたしは甘ったるい紅茶から卒業することはなかった。カップと受け皿を持って小ぶりの居間へ行き、色褪《いろあ》せた青いソファにへたりこむ。フラットは小さいながらもとても快適だ。わたしが十八歳になったとき、ミックおじがプレゼントしてくれたのだ。「女性には自分のものと言える場所が、ちょっとしたプライバシーが必要だからね」鍵を渡しながらそう言ってくれた。

母屋を出たときは旅立ちっぽい感じがしたけれど、すぐに小さなフラットに落ち着き、自立の感覚を楽しむようになった。それに、ほかのみんなが遠くにいるわけでもなかったし。コルムとトビーは、わたしがフラットに移ったのを母屋が増築されたくらいに考え、しょっちゅう顔を出した。

時刻などおかまいなしにいきなり出入りするコルムとトビーがいないと、すべてが静かすぎるほどだった。激しい孤独を感じた。ふたりに会いたくてたまらない。

カップの紅茶を飲み干してクッションにもたれ、あっという間に眠りに落ちた。

5

数時間後、疲れも取れてほとんど安らかな気持ちで目覚めた。熱いお風呂に入り、バターを塗ったパンを食べると、事態は落ち着いてあとは前に進むだけだという感覚を味わった。過去のことやこの先起こりうることで気を揉むな、いま現在のことを心配しろ、とミックおじはいつも言っている。おじのアドバイスに従おう。

ラムゼイ少佐に電話をかけようとしたとき、玄関のドアにノックがあった。驚いた。ネイシーはノックなんてしないし、戸別訪問で寄附を募る婦人ボランティア協会などなら母屋へ行くはずだからだ。

ラムゼイ少佐かもしれないと思ったけれど、彼はわたしのほうから連絡しろと言ったので、その逆ではなかった。

このすべての思いが、部屋を横切ってドアを開けるまでのあいだに頭をよぎっていった。

「やあ、かわい子ちゃん」わたしは目の前の男性を凝視《ぎょうし》した。幻影かずっと昔の亡霊みたいで、つかの間その場で凍りついた。

「フェリックス！」ささやき声になった。それから、見えない力に押されたかのように彼の腕のなかに飛びこんだ。その場面を目にした人にどう思われるかなど頓着せず。ぎゅっと抱きしめられて彼の肩に顔を埋めると、白檀《びゃくだん》の石けん、煙草、アフターシェーブ・ローションの懐かしい香りがした。心の和《なご》む懐かしさのあまり、涙がこみ上げてくるのを感じた。

やがてフェリックスが抱擁《ほうよう》から身を解き、わたしの両腕をつかんでよく見ようと下がった。

「何カ月も思い描いていたとおりにすてきだ。いや、それ以上だな。ああ、泣かないで、ラブ。きみの涙には耐えられないよ」

「泣かないわ」涙をぐいっと拭う。「会えてほんとうにうれしいだけ。どうして帰ってくるって連絡をくれなかったの？」

「驚かせたかったんだ」

「その目的はしっかり達成されたわね」

彼は何年かぶりで会ったみたいに、わたしを頭のてっぺんから足先まで見つめた。ある意味では、たしかに何年かぶりみたいに感じられた。「ほんとうにすてきだよ、エリー」

わたしもお返しにじっくり見た。彼は変わらず潑剌としたハンサムぶりだった——なめらかに梳かしつけて横分けにした黒っぽい髪、細い口ひげの下からきらめく白い歯が覗く笑み。けれど、黒っぽい瞳はこれまでなかったなにかをたたえていて、顔は以前より痩せていた。顔だけでなく、どこもかしこも細くなっていた。身につけているのは軍服ではなく、戦争前に着ていたスーツで、ところどころでだぶついていた。

でも、玄関の上がり段に立ったままぼうっと彼に見とれている場合ではなかった。母屋の窓からネイシーがわたしたちを見ているのではないかと半ば思う。フェリックスを目にしたら、ネイシーはきっと挨拶に出てくる。わたしはしばらく彼を独り占めしていたかった。

彼の腕をつかむ。「入って、フェリックス。全部話して聞かせて」

わたしのあとから入ってきた彼の動きに、どこかぎこちなさがあった。

「負傷したの？」わたしはいきなり訊いた。

「たいしたことはないんだ」軽い調子だった。その口調から、それ以上訊かれたがっていないのがわかったので、とりあえずのところは問い詰めずにおいた。いまは、フェリックスが生きていて元気でここにいる、という事実を楽しみたかった。

フェリックスも同じことを考えていたらしく、微笑《ほほえ》みを浮かべて室内を眺めまわした。

「あんまり変わってないね」

「でしょうね。あなたはそれほど長く出征していたわけじゃないもの」

「永遠にも思えるけどね」

「そうね」わたしはしかつめらしく言った。「そんな風に思えるのも想像がつくわ」

フェリックスはソファの端に腰を下ろしてネクタイをゆるめた。あまりに見慣れた仕草だったので、わたしはちょっとした幸福のうずきを感じた。

「コルムとトビーは元気かい？」

「コルムはトーキーに配属されて、ＲＡＦの戦闘機を整備しているわ」

フェリックスが笑顔になった。「ひたすら飛行場で過ごしてたのが役に立ったんだね？」

わたしはうなずいた。コルムは子どものころからヘンドン飛行場に足繁く通っていた。ただ空中ダービー（一九一二年から二三年までロンドンで開催されたエアレース）やＲＡＦによる航空ショーを観るためだけではない。あまりにしょっちゅう訪れるうちに、飛行機の構造もある程度理解できるようになりはじめた。社交的で学ぶ意欲に満ちたコルムは飛行場の人たちに好かれ、十二、三歳のころには飛行機の仕組みを隅々までわかるようになっていた。ＲＡＦはコルム以上に知識のある人間を望めない。

「ＲＡＦはコルムがいて幸運だし、コルムは仕事を愛している。先月休暇で帰省したけど、元気そうだったわ」わたしはフェリックスの隣りに座った。声をあまりこわばらせずに、なんとか続くことばを口にできた。「トビーとはダンケルク以来連絡がついていないの」

フェリックスが悪態をついた。「手紙は書いたのかい……」

「ええ。できることはすべてやった。トビーがどうなったのか、軍は把握していないの。彼は……捕虜になったか……殺されたのだろうって」

「残念だよ、エリー」彼が手を伸ばしてきてわたしの手をぎゅっと握り、そのままにした。いつもは陽気な彼の声には厳粛なものがあり、何カ月もこらえてきた涙が気づかないうちにどっとあふれてくる気がした。

「死んだとは思ってないわ」本気に聞こえたのがうれしかった。そう確信できるときもあれば、自分に言い聞かせるために確信があるふりをするときもあったから。

「そうだね、希望を捨てないように。ダンケルクではかなりの混乱があった。そろそろ報せが入ってもおかしくない」

わたしと同じく彼のことばにも確信がこもっていて、それがありがたかった。もちろん、フェリックスは演技がうまいこと、いとも簡単に幻想を紡《つむ》ぐことを知っていたけれど、いまこの瞬間、それはふたりともが信じたがっているものだった。

最後に四人で集まったときのことを、懐かしさとともに思い出す。ある雨の午後、フェリックスを連れてコルムとトビーが家に帰ってきた。コルムとトビーは昔からしてきたように押しのけ合いながら入ってこようとした。大のおとなではなく、いまだに子どもであるかのように、自分が先に戸口をくぐろうとしたのだ。ふたりは帽子をかぶっておらず、黒っぽい髪は雨に濡れ、ネイシーがきれいに掃除をした床に上着から水を滴《したた》らせた。あとでネイシーに叱られても、ふたりは彼女のご機嫌を取ってお咎《とが》めなしになるだろう。そのとき、ふたりのあとからフェリックスが来て、優雅な動きで傘をたたみ、ラグで靴を拭いてから入ってきた。

彼は長身痩軀《そうく》で優雅で、いかつくてたくましいボーイズとは全然ちがった。動きもことばもなめらかで、上品さがあった。フェリックスには、舞台に上がる俳優の優雅さが常にあった。

「やあ、エリー」わたしを見て彼が言った。「いつもどおりに美しいね」

「女の子みんなにそう言ってるんでしょ。わたしが知らないなんて思わないで」わたしは言い返した。

「でも、本気で言うのはきみに対してだけだよ」にやりと笑いながら彼は言った。

コルムはこのやりとりを聞き、わたしとフェリックスを交互に見ているうちに、男性がわたしに馴れ馴れしくしていると思っているときの表情になってきた。

フェリックスは何年も前からわたしの気を引くようなことを言っていて、コルムはそのたびに彼をにらみつけていた。コルムは、わたしが小さいころから兄のような保護意識が強かった。トビーもわたしをとてもだいじに思ってくれていたけれど、おだやかで見守る感じだった。コルムひとりで兄弟ふたり分の激しさを持っていた。

「やかんはかかってる？」トビーが訊いた。「体を温めるものが欲しい。ずぶ濡れなんだ」

「おれは紅茶より即効性のあるものにするよ」ミックおじが酒をしまっているサイドボードへコルムは向かった。「きみも飲むかい、フェリックス？」

「いや、ぼくは紅茶をいただくよ」

「ネイシーがなにか食べられるものを用意してくれてるなんてことはないよね」トビーが言った。

冗談なのがわかっていたので、わたしは笑った。ネイシーがわたしたちのためにごちそうを戸棚に入れていない日など、おぼえているかぎり一日もなかった。

「食べ物なしで一時間も過ごしたことがないくせに、トビー・リアム」たまたま入ってきたネイシーは、クリームを添えた焼きたてのスコーンとティーポットを載せたトレイを持っていた。

「ネイシー、あなたはまるで天からの啓示だ」トビーは言いながら、スコーンに手を伸ばした。

「礼儀作法はどこへ行ったの」ネイシーが言う。「文明人らしくお座りなさい」

「おれは兵士なんだ」トビーは文句を言った。それでも、手は引っこめた。「手早く食べる術を身につけないといけないんだよ」

「まだ戦場にいるわけじゃないでしょ、坊や」感情を隠そうとしたせいで、ネイシーの口調はいつも以上にぶっきらぼうだった。コルムとトビーが戦地に赴くことになっているのは、彼女にとっては耐えがたいことなのだ。わたしにとってと同様、彼らにとってもネイシーは母親的存在だから。ふたりが行ってしまうと思ったら、わたしは気分が悪くなったけれど、ネイシーも同じだろう。

わたしたちはネイシーのごちそうをたっぷり味わい、濃い紅茶を飲んだ。コルムですら、ウイスキーをぐいっと飲み干したあとに紅茶を飲んだ。それからみんなでラジオを聴き、ボーイズは煙草を吸った。

朗《ほが》らかでいようとしたけれど、戦争が話題に出たせいでどこか空気が重かった。ボーイズ――それに、フェリックスも――はじきに出征することになっていて、ふたたび集まれるのはうんと先だろう。ふたたび集まれたら……。

わたしは思い出を押しやり、いま現在に集中した。

「紅茶はいかが?」フェリックスの手から自分の手を引き抜き、ソファを立つ。考えをまとめ、心を落ち着ける時間が少し欲しかった。涙もろく感傷的になるなんてまったくわたしらしくなかったけれど、この何日かはいろんなことがありすぎて、急に以前を思い出して不意を突かれてしまったのだ。

「いいね。しばらくちゃんとした紅茶を飲めていないんだ」

わたしはキッチンへ行ってやかんをコンロにかけ、心地よい日常仕事で落ち着きを取り戻す時間を持てたのを喜んだ。その間、フェリックスと会話はせず、しなくてはいけないという雰囲気もなかった。フェリックスとは、昔から気楽な仲だった。

フェリックス・レイシーとわたしの関係はちょっと変わっている。ご近所さんの彼はボーイズの友人で、子どものころからの知り合いと言っても過言ではない。最初から馬が合い、一緒にいるのをたがいに楽しみ、ふたりの関係は彼とコルムやトビーとの友情の外で独自の成長を遂げた。

フェリックスは昔からプレイボーイで、わたしは彼をまじめに受け止めてはならないとわかっていたし、彼は彼で、ミックおじやボーイズがたいせつに思っているわたしに強く迫りすぎてはいけないのをわかっていた。だから、わたしたちはからかったり戯《たわむ》れたりし、彼が冗談めかして将来のふたりの子どもについて話したりはしたものの、それはすべてただのお遊びだった。けれどここ何年かは、友情とそれ以上のなにかのあいだにある、前途多難で不安定な道を歩きはじめたように感じていた。

ふたりのあいだに改まったものがあったことはない。彼に家まで送ってもらった一年くらい前のある晩、とんでもなくロマンティックな星空の下でがむしゃらにキスを交わしたことがあった。翌日、わたしたちはそんなことはなかったふりをした。

彼の出征時、軍服姿の男たちが涙をこらえる女性たちにキスをされている鉄道のホームで、わたしはふたたび彼にキスをした。

フェリックスが戻ってきたいま、どういう状況なのかわからなかった。わかっているのは、彼が戻ってきてくれてすごくうれしい、ということだけだった。

数分後、紅茶のセットを載せたトレイを持って彼のところに戻った。特別な機会のために取っておいたチョコレート・ビスケットまで引っ張り出した。

近づいていくわたしをフェリックスが目で追った。「眼福だよ、エリー」

「ありがとう、フェリックス。あなたもよ」

「戦争はものごとの見方を変える。人生が平凡だったときに手にしていたもののありがたさが身にしみるようになる」

「わかるような気がするわ」ソファそばのテーブルにトレイを置き、フェリックスのことばの陰鬱な調子が気になって顔を上げて彼を見た。これまで彼には陰気なところなど欠片もなかったので、不安をおぼえた。フェリックスのような人でも、戦争を無傷で切り抜けることなどできないのだろう。

わたしがキッチンにいるあいだに彼は煙草に火をつけていて、吐いた煙が上へと漂っていくのを見つめた。

「もっと楽しい話をしようよ」昔のフェリックスが突然戻ってきた。「ぼくがいないあいだ、きみがなにをしていたかを全部聞きたいな」

彼の好みどおりに紅茶に砂糖とミルクを入れながら、ラムゼイ少佐によってもたらされた苦境についてどこまで話したものかと考えた。フェリックスのことは命を懸けられるくらい信頼しているけれど、ラムゼイ少佐はぜったいに同感しないだろうから、さしあたっては自分のなかに留めておくことにした。

「ミックおじさんのお店を手伝ってたの。売り上げは昔より落ちてるわ」

「爆弾で金庫がいつ吹き飛ばされるかわからないときに、錠を心配する人もあんまりいないだろうからね」

硬い笑みを浮かべながら、わたしは彼にティーカップを渡した。「そんなところでしょうね」

「もうひとつの仕事のほうは？」フェリックスは、わたしたちが法の裏側でなにをしているのかを知っている。過去には犯罪行為のいくつかに彼がかかわったこともある。

「そっちも低迷中よ。でも、なんとかやっているわ」

「きみのミックおじさんがしくじるほうに賭けるなんてありえないからね」

「ええ」ティーカップと受け皿を手に彼の横に戻った。「休暇はいつまで？」

「あいにく、無期限になりそうなんだ」

胸のつかえがほんの少し取れたみたいに安堵に襲われた。「大陸に戻らなくてもいいってこと？」

「ある意味では、ぼくの一部はいまも大陸にいるんだ」フェリックスがズボンに手を伸ばして裾を少しだけ持ち上げた。

「そんな！」わたしは喘《あえ》ぎ、受け皿の上でカップがかちゃかちゃ音をたてた。フェリックスの左脚の下半分がなくなり、ブリキでできているみたいな義足がついていたのだ。

「向こうずねにかなりひどい一発を食らってね。脚を救うのは不可能だった。残念ながら、海軍でのぼくの経歴も」

「ああ、フェリックス」震える手を伸ばしてカップと受け皿をテーブルに置いた。「つらかったでしょう」

唐突にあらゆる重荷がのしかかってくるように感じ、不意に流れ出した涙をこらえられなかった。

フェリックスは手でわたしの顔を包み、親指で涙を拭ってくれた。「泣かないで、スウィート。そんなにひどいものでもないんだよ」

わたしは彼の手に手を重ね、彼がそばにいる状態に浸り、彼が無事でうちのソファに座っているという大きな安堵に浸った。フェリックスがどれほど死に近づいていたかを考えたら……。

「なにもかもがひどすぎるわ」わたしはささやいた。「この戦争、トビー、そして、あなた……」

「エリー、ぼくを見て」彼がやさしく言った。

わたしは彼の目を見た。黒っぽい瞳には温もりがあり、いつだってわたしを引きつける、親しみと不可解さが奇妙に混じり合ったまなざしだった。

「きっと大丈夫になるよ。なにもかも」

見つめ合っているうちに、彼とのあいだに存在した正しさと調和を感じた。ことばよりも深いところで気持ちを伝え合えるように思われたものを。何カ月も離ればなれでいても、それは変わらなかった。それどころか、むしろ前よりも強くなった気がした。

その瞬間、彼がキスをしたがっているのがわかった。でも、彼はわたしの顔から手を離してソファにもたれ、いろいろな意味でわたしとの距離を空けた。「さてと、紅茶をおかわりするのはどうかな？　紅茶を飲めばなんでもよくなるものだろう？」

わたしは鼻をくすんとやり、涙の名残を拭い、ティーポットに手を伸ばした。もちろん、フェリックスが正しい。いずれすべては丸くおさまるだろう。前に進み続けるしかないのだ。

「ひどく痛むの？」わたしは訊いた。

「もう痛まないよ」そのことばが意味する凄惨《せいさん》な経験からわたしの気をそらそうとしたのか、フェリックスが笑みを見せた。「それに、左脚がぼくの体のなかでいちばん魅力がない部分だったのはせめてもの救いだし」

わたしはむせた小さな笑い声をあげ、落ち着きを取り戻そうとした。「それはそうかもしれないけれど、それでも……」

フェリックスが金属の義足を拳骨でコツンと叩いた。「ひざから下だから、それほど大きなダメージはないんだ。どのみち、選手になれるほど走るのが速かったわけじゃないしね」

「ほんとうに残念だわ」

「きみが残念がる必要はないよ。こういうことは起きるものだからね。もっとひどい状態で帰ってきた者もいるし、多くは帰ってもこられなかったんだから」にっと笑う。「それに、少なくともぼくのぱりっとしたハンサムぶりはいまも健在だしね」

今度の小さな笑い声は心から出たものだった。そんなことを考えるなんてフェリックスらしい。

「たしかに」わたしは同意した。「でも、それをわたしに認めさせるために、そこまでしなくたってよかったのよ」

彼はいかにも女性の目を引く容貌をしており、近づいたら火傷《やけど》するぞと表情で警告しているにもかかわらず、炎が蛾《が》を引き寄せるように女性を引き寄せてしまうのだった。彼はダグラス・フェアバンクス・ジュニア（アメリカの映画俳優）を彷彿《ほうふつ》とさせるとわたしは思っていたけれど、前にそう言ったとき、コルムとトビーに笑われ、からかわれてまっ赤になった。

フェリックスは二杯めの紅茶を一気に飲み干した。

「ありがとう、ラブ。何カ月も治療を受けてきたけど、きみに会えたのがいちばんの薬になったよ」カップと受け皿をテーブルに置く。「残念だけど、もう行かないと。貸間を見にいく約束があるんだ。前の場所は、ぼくが入隊するとすぐに大家さんが別の人に貸してしまってね。部屋が見つかるまでのあいだはホテルに泊まっている。電話番号を置いていくよ」ポケットから出した紙片に番号を走り書きして渡してきた。

「あの……大丈夫なの、歩いて？」

「もちろん。この義足は生身の脚と同じくらいよく働いてくれるんだ」

一緒に行って手を貸すと言おうかと考えたけれど、彼がそうさせてくれないのはわかっていた。フェリックスは以前から他人に頼るような人ではなかったし、いまの彼は前よりもっと他人に頼ろうとはしないだろう。

「親父さんはいるかい？」帽子をかぶりながら彼が言った。「まずはきみに会いにきたんだけど、親父さんがいるなら母屋にも寄ろうかと思って」

「ううん、いま留守なの。でも、またすぐ戻ってきてね。あなたに会えたらおじさんも喜ぶと思う」

フェリックスがうなずいた。「きみが家にいてくれてよかった。会えなくてさみしかったよ、エリー」

「わたしも」

彼はウインクをして、わたしや彼が感じていたかもしれないどんよりした感傷を追い払い、ドアのほうを向いた。その歩き方は慎重だったけれど、どこかぎこちなく、事情を知ったわたしの目には不自由そうな動きが目立った。

フェリックスが出ていったあと、ソファに座ってテーブルに残された彼の空のティーカップを見つめた。彼の訪問は以前を思い出させるものだったけれど、その思い出は変わってしまった人生に対する苦々しさで汚されてしまった。

戦争はすでに数多くのものを変えてしまい、終わりは見えない。不意に無力感の重みがのしかかってくるのを感じた。

ちがう、わたしはそこまで無力じゃない。ラムゼイ少佐との仕事がある。彼に対する思いがどうあろうとも、一緒に組むことでいい結果が生まれる可能性がある。ひょっとしたら、ほんの些細ではあるかもしれないけれど、ちがいをもたらすチャンスになるかもしれない。

ソファを立って、前夜着ていた上着のかかっているコート掛けへ向かった。ポケットに手を入れて、ラムゼイ少佐から渡された紙片を出す。

当然ながら少佐を赦《ゆる》してはいなかったし、彼と一緒に働くのを喜んではいなかった。けれどどこの戦争に勝つためには、わたしたちみんなが犠牲を払わなければいけないのよ、と自分に言い聞かせた。

それに、一年か二年服役するよりは、彼の下で短期間働くほうがましだ、という利己的な思いもあった。

受話器を取り上げて紙片の番号にかけた。二回めの呼び出し音で若い男性が電話に出た。

「ラムゼイ少佐をお願いします」

「どちらさまでしょうか?」

「エリー・マクドネルです」なにか訊かれたらなんと答えればいいのだろう。

「少々お待ちください」

長々と待たされる覚悟をしていた――警察やその類は、可能なときはいつだって相手を虫けらみたいに宙ぶらりんにしておくのがお好みだから――ので、すぐに少佐が出て驚いた。

「ラムゼイ少佐だ」

「エリー・マクドネルです」

「はい？」

わたしが彼の時間をむだにしているとばかりのいらいらした感じの口調だったので、かなり失礼なことばを投げつけてやりたい衝動をこらえなければならなかった。ミックおじのことを考えて癇癪をなだめる。

「電話をしろと言ったでしょう」そう思い出させた。

少佐が口早にある住所を告げた。「今夜八時。ベールのついた帽子をかぶってくるように」

そして、電話は切れた。

わたしは目玉をぐるりとまわした。ばかばかしいくらい秘密めいていて、退屈な週に映画館で観るようなできの悪い映画みたいだ。

薄々感じていたとおり、ラムゼイ少佐と仕事をするのはとても耐えがたいものになりそうだった。

6

少佐から伝えられた住所に着くころには、空が冷たく激しい雨粒を吐き出していた。遅刻を心配して早めに出たおかげで、七時半には横殴りの雨になす術《すべ》もない傘とぐしょぐしょになった革靴に濡れたストッキングというありさまで目的地の外に立っていた。ドア上の看板〈ベル・アンド・ハープ〉を見上げたわたしは、この店を知っていると気づき、少佐がこの場所を選んだことに少しばかり驚いた。ここは労働者階級相手のパブなのだ。ミックおじとボーイズは、しょっちゅうここに立ち寄ってビールを飲んでいた。ラムゼイ少佐みたいな上流人が贔屓《ひいき》にする類《たぐい》の店には思われなかった。

言うまでもなく、おそらくはそこが肝《きも》なのだろう。

大きな雨粒が帽子を直撃し、顔をおおう黒いベールを伝って胸に落ちた。その部分を見ようと顔を下げると、今度は冷たい雨粒がうなじにまともに落ちて肩甲骨のあいだをゆっくりと伝い下りた。がまんできなくなってなかに入ろうと決める。

寒くて濡れてむかつきながら傘をたたんでパブに入ると、少佐が来るまで座っていられる席はないかと薄暗い店内を見まわした。

雨のなかで佇《たたず》んでいたあとだと、店内は暖かくて居心地がよさそうだった。内装を見るかぎりは、かなり典型的なパブで――壁もテーブルも椅子も木製で、床は幅広の板張り、煤《すす》まみれの壁つき燭台《しょくだい》で黄色い明かりが輝いていて、長いバー・カウンターと、その背後に飾られたきらめくボトルの列がある――長い一日の労働の終わりに食事やビールを楽しんでいる労働者階級の男女でいっぱいだった。どう形容していいかわからないけれど、その雰囲気に心が和《やわ》らいだ。

店内を見まわしたわたしは、炎がパチパチと爆《は》ぜている石造りの大きな暖炉からそう離れていない隅のテーブルに、少佐がすでに座っているのを見て驚いた。短いうなずきをもらったので、彼のほうへと歩を進めた。

テーブルに近づくと、少佐が立ち上がった。並んで立つのははじめてで、がっしりした体つきにくわえ、かなり長身なのに気づく。ネイシーなら、立派な風体の男性だと言いそうだ。たしかに彼はなかなかの体つきをしていると渋々ながら認める。人よりすぐれていると感じるために、体格面の理由まで必要としているかのようだ。

「こんばんは、ミス・マクドネル。元気そうだ」彼は濡れたコートを脱ぐのに手を貸してくれた。

礼儀作法ごっこをするわけ？　いいでしょう、やってやろうじゃないの。

「ありがとうございます。おかげさまで元気です、少佐」内心ほど空々しく聞こえないような声が出せた。

少佐は水の滴《したた》るコートを脇に置き、わたしが灰色のワンピースについた何滴かを払っていると、椅子を引いてくれた。

彼の軍服は乾いていてしみができていなかったので、雨が降り出す前に店に着いたのだろう。不本意ながら、自分のひどいありさまと三年もののワンピースがちょっと気になった。長年にわたっていくつもの金庫を空にしてきたにもかかわらず、わたしたちがそれで裕福になることはなく、ファッションはわたしにとってすごく重要なものではなかった。手持ちの服はどれも長持ちし、わたしには充分お洒落《しやれ》なものだった。

少佐に会うための身支度中、フェルトで編んだ灰色の帽子に合うものを探していたときに、流行の服をほとんど持っていないとはじめて気がついたのだった。それが重要なわけではなかったし、特にいまは戦時中だけれど、自分の気性として不利な立場になるのがいやだった。

わたしが腰を下ろすと、少佐も座った。

「なにを食べる?」彼が訊いた。

その質問に驚いて辞退しようとしたとき、しばらくまともな食事をしていなかったのを思い出した。

「えっと……適当なものでけっこうです」

少佐はウェイトレスに合図をし、ポットの紅茶とステーキ&キドニー・パイを注文した。

急にお腹がぺこぺこだと気づく。実際、前日の朝食からこっち、ちゃんと食べていなかった。仕事の前はいつも神経がぴりぴりしていたし、捕まったのとフェリックスの突然の帰還のあとは食事らしい食事をする時間を取っていなかった。食べ物のことを考えたせいでお腹が鳴って、なけなしの威厳が失われないよう願った。

「ベールでずっと顔をおおっている必要はない」ウェイトレスが行ってしまうと、少佐が言った。「ただの用心にすぎないから」

「なにに対しての用心なんですか?」わたしはベールを上げたけれど、ぐっしょり濡れていたので帽子ごと脱いで脇に置いた。

髪がどんなありさまになっているか、想像するしかなかった。天然のウェーブがかかっていて、髪が協力してくれるときは便利だった。でも、今夜はヘアピンに反抗していたから、全身同様とっ散らかっているのではないかと思う。

少佐は礼儀正しすぎるか、こっちのほうがありえそうだけれど、関心がなくて気づいてもいないかのどちらかだった。

「きみに気づく人間がいた場合に備えてだ」

「だったら、こんな人目の多い場所じゃなくて、あなたの地下牢で会ったほうがよかったんじゃないの?」

「私の地下牢?」

「おじを閉じこめている場所よ」

出会って以来はじめて、少佐の顔におもしろがっている表情がちらりと浮かんだ。「きみのおじさんはちゃんとした扱いを受けているから、安心したまえ。拷問台にも刑車にもまだかけられていない。私のことばを信じなくてもいいが」

少佐は上着のポケットに手を入れて封筒を取り出した。表には見慣れたミックおじの筆跡でわたしの名前が書かれていた。ばかげているけれど、それを目にして喉が締めつけられ、涙がこみ上げてくるのをこらえなければならなかった。

わたしは封筒を受け取ってポケットにしまった。

「読まないのか？」彼が言った。

「あとで読みます」

「わかった。それから、きみの質問に答えると、ここでは自由に話しても完璧に安全だ。この隅に座っていれば、すぐ近くに来ないかぎり会話を聞き取るのはむずかしい」

周囲を見まわしたわたしは、静かな会話をするのに最適だからこのパブが選ばれたのだと気づいた。数人が飲食をしていて、おしゃべりと笑いとナイフやフォークが食器に当たる音が店内を満たしている。それにくわえ、雨がひっきりなしに屋根に落ちる音や、暖炉で薪《まき》が爆ぜる音もしていた。

だれもこちらに注意を向けていなかった。まあ、何人かの女性はラムゼイ少佐を見ていたけれど、その関心は表面的なものに留《とど》まっていると思われた。

彼は結婚しているのだろうか？　突然気になった。彼の手に目をやる。指輪はなかったけれど、それだけでは今夜彼の帰りを待っているミセス・ラムゼイがいるともいないともわからない。

こんな男性に進んで縛りつけられようとするのはどんな女性か想像しようとしてみた。彼はたしかにかなり眉目秀麗《びもくしゆうれい》だ。洗練された物腰や高い地位から判断するに、お金も教養もありそうだ。でも、冷淡な高慢さと引きくらべたら、そんなものがなんだというのだろう？　だいたい、彼が結婚していたとして、それがわたしになんの関係があるのか？　まったくない。

「そろそろ仕事についてもっと話してくれません？」わたしは言った。

「そのうちに」

そこへウェイトレスが料理と紅茶を運んできて、わたしは急に食事をしたくてたまらなくなった。少佐も料理が来てうれしかったようで、すぐにパイにナイフを入れた。わたしは紅茶を注いだ。

気まずくない沈黙のなか、ふたりはしばらく食事に専念した。たぶん、それぞれにもの思いに耽《ふけ》っていたのだと思う。状況が状況だから、楽しくない食事だと思われるかもしれないけれど、お料理はおいしく、暖炉の火で体も温もりはじめ、ミックおじが元気でいる証拠も持っている。全体的に、なかなか気分の上がる状況だった。

目の前に熱々のステーキ&キドニー・パイがあるので、少佐を無視するのは簡単だったし、彼のほうも同じように思っているにちがいなかった。

けれど、数分もすると少佐が皿を脇に押しやってわたしに注意を向けた。

「きみも承知のとおり、今夜ここへ呼んだのは作戦について話し合うためだ。時間的な余裕がないから、すばやくやらなければならない。仕事をはじめる準備はできているだろうな?」

「すべてお任せします」そのことばににじんだいやみに気づいたとしても、きっと気づいただろうけれど、少佐は素知らぬ顔だった。

「決行日は金曜日だ」

今日は水曜日だ。予想していた以上に早かったけれど、ラムゼイ少佐と彼の部下が相当の下調べをしてくれたはずだと確信があった。目的の場所に出入りさせてもらえれば、金庫を開けるのはそれほどむずかしくない。それに、決行日が早ければ早いほど、ミックおじが自由になれるのも早くなる。

「詳細は?」わたしはたずねた。

「あいにく、きみに話せる情報はあまりない」

思わず出てきたいらだちのため息を、わざわざこらえたりはしなかった。「勘弁してよ。この秘密めいたやりとりをやめて、さっさと状況を話してくれない?」

彼に視線を向けられて、つかの間目の前の問題から気をそらされた。暖炉の明かりのなかで、彼の瞳がただの青ではないことに唐突に気づく。ラベンダー色に近く、最高に完璧な日の出前の空を彷彿《ほうふつ》させる紫色が混じっていたのだ。すばらしい色だった。

彼に小言を言われているところだったと思い出すのにしばらくかかった。

「これはきみにとってはゲームかもしれないが、ミス・マクドネル、甚《はなは》だしく重大な作戦なのだと断言する」

わたしはすばやく言い返した。「命までとは言わないまでも、わたし自身と家族の自由があなたの手に握られているのよ、ラムゼイ少佐。これがどれほど重大かわかっていると断言するわ。でもね、二日後に仕事をしてほしいなら、なにをするのかを教えてもらう必要があるのよ」

わたしたちは長いあいだ顔をしかめて見つめ合った。彼は言い返されるのに慣れていないのだろうと思ったけれど、わたしをこき使い続けるつもりでいるならば、慣れてもらうしかない。

ついに少佐がそっけなくうなずいた。「いいだろう。現時点で明かせることは少ないが、話そう。それ以外は必要に応じて知らせる」

「それで納得するしかないんでしょうね」無愛想に言った。

「ゆうべ話したとおり、回収してもらいたい文書がある。その文書は現在、敵側との共謀をわれわれに疑われていることにまったく勘づいていない、ある男の金庫に保管されている」

「ドイツのスパイなの？」わたしは訊いた。

「とりあえずのところは、日和見男《ひよりみ》とだけ呼んでおこう」

「で、その日和見男は、ドイツ側が手に入れたがっている重要な文書を持っている」

「そうだ」

「どうしてそんな文書が日和見男の手に？」

「それについては話せない」

「話せないのか、話さないのか、どっち？」

「話さないほうだ」にべもない口調だった。

「でも、文書が金庫のなかにあるのは確信しているのね？」

「そう信じるに足る充分な理由がある。だが、きみにしてほしいのは、その金庫から文書を回収することだけではない。気づかれないように別の文書と入れ替えてほしいんだ」

それについて、わたしはしばし考えた。「ドイツにその偽文書が渡った場合、日和見男が売国奴《ばいこくど》である証拠になるわけね」

「理解が早いな、ミス・マクドネル」それが彼の口からはじめて出た、賛辞と受け取っていいことばかもしれない。「そういうことだ。日和見男について真実がわかれば、次の手を打てる」

「彼を逮捕するか、敵にごみ情報を渡させるために利用し続けるか、ってことね」

少佐の唇《くちびる》に笑みのようなものがうっすら浮かんだ。「おみごと」

「でも、日和見男は文書が入れ替えられたと気づくのでは？　彼は文書の内容を知っているんじゃないの？」

少しのあいだ、少佐はどこまで話そうかと思案しているようだった。「かなり高度な技術文書なんだ。彼が内容を丹念に調べたとは思わない」

わたしは興味を引かれた。この日和見男がだれなのか、彼が持っている問題の文書がなんなのかを知りたくなったけれど、戦時における機密の重要さは理解していたから、わからないままに生きていく術を学ばなければならなそうだ。少なくとも、いまのところは。

「単純明快そうね」

少佐がうなずく。「できると思うか？」

「当たり前でしょ」

「そんなに安請け合いしていいのか？」彼はしげしげと見つめてきた。わたしの腕がそこまでいいのか、空威張りしているだけなのかを見きわめようとしているのだろう。

「簡単だとは言わなかったでしょ。でも、自分の腕前には絶大なる自信があるの」

彼がうなずいた。「われわれのような仕事において、自信は強みだ。必要不可欠なものと言ってもいいかもしれない」

そういうことなら、ラムゼイ少佐がこれほど成功しているのも無理はない、と意地悪く考える。ふと、だから彼に神経を逆なでされるのだと気づいた。少佐は隙を見せずにいながら、完全に悠然とした態度でいることを同時にやってのける。そういう類のこのうえない自信は、反感を抱かせる。個人的には、自分が常に正しいわけではないかもしれないと認められる男性が好みだ。

「屋敷は金曜の晩には無人になるのを確認している。仕事を成功させるために、ほかに必要なものは?」

「解錠に必要な数字の組み合わせがわかれば理想的なんだけど」わたしは言ってみた。

愉快そうな表情がまたちらり。「金庫破りの一味を拉致する代案としてそれも考えたが、数字の組み合わせは不明のままのようだ」

「わたしたちが〝一味〟? ずいぶん出世したものだわ」

「犯罪者は犯罪者だ、ミス・マクドネル」明らかに、わたしの気分を害しても一向にかまわないと思っていることばだった。「だが、背に腹はかえられない」

「だから、泥棒たちと一緒に仕事をするしかないってわけね」そう指摘したことにある種の満足感があったのを認めよう。

「悲しいかな」彼は言った。「わが国の政府には、自由に使える金庫破りがそれほどいないのでね」

「でしょうとも。どのみち、わたしたちほど優秀な金庫破りはいないもの」

少佐は軽く頭を下げて嘘っぽい敬意を示した。

「とはいえ、どういうタイプの金庫かが前もってわかれば助かるのだけど」

「できるかどうかやってみよう」

また別の考えが浮かんだ。「その屋敷にはわたしひとりで入るの？」

「私が同行する」

心のなかでため息をついた。彼ならもちろんそうするだろう。

ミックおじとではなく、ラムゼイ少佐と屋敷に侵入するのはどんな感じになるか、想像してみようとした。どういうわけか、少佐は忍び足があまりうまくないように思われた。彼は常に頭を高く掲げ、背筋を伸ばして大股で部屋に入る類の男性という印象だ。こそこそすらできないのでは？

少佐を値踏みする。たぶん、努力すればできるかもしれない。やろうと心に決めたことの大半はそこそこうまくなし遂げられるのだろう。彼みたいなタイプはだいたいにおいてそうだから。

「屋敷の場所は？」わたしはたずねた。

「それについては、きみが心配する必要はない」

「いつも前もって屋敷を調べて、侵入にいちばんいい方法を見つけるようにしているんだけど」

「それはすばらしいが、われわれのやり方はきみたちのものとは若干ちがう」

「気づいてましたとも」わたしは辛辣《しんらつ》に言った。「うちの犯罪一味は、だれかを拉致しようなんて露《つゆ》ほども考えませんから」

少佐はわたしを無視した。「仕事をなし遂げるのに必要なものはあるかい？」

「メモ用紙ね。番号の組み合わせを突き止めるのに使うの」

「手順を教えてくれないか」

そんなことを頼まれるとは予想もしていなかったけれど、わたしが自分で言うほど有能かどうかをたしかめたかったのだろう。そこのところだけでも、彼の気持ちを楽にさせてあげることはできるわね。

「金庫の仕組みは知っていると思っていいかしら？」冗談で言ったのではなかった。どういう手順でやるかについて、彼がどれだけ理解できるかほんとうにわからなかったのだ。世間一般の人は、あの小さな装置のなかでなにが起きているのかをほとんど知らない。

「基本的なことは知っている」彼の返事だ。「だが、手短に説明してもらったほうがいいかもしれない」

冗談を言っているのは彼のほうだろうかとつかの間その顔を探ったけれど、どうやら本気で言っているみたいだった。わたしはうなずいた。

いちばんいい説明方法をしばらく考える。わたし自身はかなり幼いころにミックおじから教わったので、そのときのことははっきりとはおぼえていなかった。昔からずっと知っているけれど、ほかの人に教える機会があまりなかった、という感覚だ。

「すごく簡略だけど、感じはつかんでもらえると思う」わたしはそうはじめた。「金庫内にはドライブカムという円盤状の部品があって、ダイヤル軸を通して外部のダイヤルとつながっていて、ダイヤルをまわすと一緒にまわるの。ドライブカムには切り欠きと呼ばれるくぼみがある。金庫のかんぬき機構はレバーという部品と連動している。レバーの鉤《かぎ》状の先端が切り欠きに落ちると、ドライブカムの回転がレバーを引っ張り、かんぬきを引っこめ、金庫が開く」

少佐がうなずいた。いまのところは順調だ。

「セキュリティ機能は羽根セットと呼ばれるものが担っている。これは、扉とドライブカムのあいだにある、ダイヤル軸に取りつけられている薄い円盤状の部品のこと。解錠に使う数字は、それぞれの羽根と対応している。つまり、羽根の枚数がダイヤル錠の組み合わせの数を決めるわけ。言わずもがなだけど、羽根が少なければ少ないほど、その金庫は開けるのが簡単になる」

「言わずもがなだな」

「かんぬきのレバーには鉤状の先端に対して直角に小さな棒がついていて、フェンスと呼ばれている。それぞれの羽根にも異なる切り欠きがあって、羽根のすべてが正しい位置に整列しなければ、フェンスが羽根にぶつかり、レバーの鉤状の先端がドライブカムの切り欠きに落ちるのを妨《さまた》げて嚙み合わなくなる。ここまでは大丈夫?」

「ああ」

「今度はドライブカムに戻るわね。いちばん近い羽根の〝受け〟と呼ばれるツメに引っかかるピンというものがあるんだけど、ドライブカムが回転すると、そのピンが羽根をつかまえて一緒にまわす。さらなる回転のあと、その羽根のピンが次の羽根の〝受け〟に引っかかってつかまえる。つまり、その羽根も回転にくわえるということ。ドライブカムからいちばん遠い羽根が、フェンスが落ちる正しい位置に来るまでこれがくり返される。

ダイヤルの回転を逆にするとこのサイクルが解かれ、最初の羽根を正しい位置に留めたまま、次の羽根の切り欠きが最初の羽根の切り欠きと並ぶまで動かす。これが、数字の正しい組み合わせを使って切り欠きが揃うように羽根を並べるやり方。そうすると、フェンスがそこへ落ち、レバーの鉤状の先端がドライブカムの切り欠きに嚙み合い、金庫は開けられるようになる。ダイヤル錠はそういう仕組みで動いてる」

「数字の組み合わせがわからない場合は?」少佐がたずねる。

わたしはにっこりした。「技術の出番よ。腕のいい金庫破りならダイヤルをまわして、フェンスと羽根の切り欠きの位置関係によって異なるかすかな抵抗を感じ取れる。切り欠きのひとつが正しい位置にあると、ひとつも正しい位置にないときとは感触が異なる。ダイヤルを左右にまわすことで、ドライブカムの切り欠き両側とレバーの鉤状の先端の接触点を感じられる」

「それでなにがわかるんだい？」

「製造過程の精度不足のせいで、羽根はまったく同じ大きさではないの。だから、フェンスはいちばん大きい羽根の上に載る。そのいちばん大きい羽根の切り欠きを見つけられれば、フェンスはほんのかすかに下がって次に大きな羽根の上に載る。それによってレバーの鉤状の先端もドライブカムへとやや沈み、切り欠き両側の接触点に異なる当たり方をする。ダイヤルの一連の数字を試すことで、その感触から最初の数字を突き止められる」

少佐は話についてきているみたいで、彼の点数が上がった。いちどきに話すものとしては、かなりの情報量だったから。

「それはどういう風にやるんだい？」

「たいていの人は接触点のグラフを作るわね。グラフは、いちばん大きな羽根の切り欠きがフェンスの下にあるときに大きな下げを示す。わたしは関連性のある数字に行き当たるごとにメモを取るけど、ミックおじはそれを全部頭のなかでやるわ」

「ほんとうか？　すごい技術だな」

わたしは彼と目を合わせた。「ほんとうにおじにこの仕事をやってもらわなくていいの？」

少佐はわたしの問いには答えなかった。「次の手順は？」

「最初の数字がわかれば、次の数字に取りかかれる。〝最初の〟数字というのは、かならずしも組み合わせの一番めの数字ではないの。いちばん大きな羽根に対応する数字ってだけ」

「でも、それは金庫の外側からはわからない」

「そういうこと」

「そのあとは？」

「ひとつの数字がわかったら、その数字を使って同じ作業をくり返す。有能な金庫破りなら、接触点間の距離によるかすかな変化を感じ取り、それを使って組み合わせの数字の範囲を狭められる」

ふと気づくと、熱が入って前のめりになっていた。片や少佐はというと、一心にわたしを見つめていた。

「ざっくり言うとそんな感じ」わたしは背もたれに体を戻した。「当然ながら、かなり端折《はしょ》った説明だし、金庫によってちがいはあるけれど、いまのが基本的なものね」

少佐がうなずいた。「ありがとう。すごく明瞭簡潔だった。腕のいいプロに協力してもらうことにしてよかった」

ほんの少し肯定的なことを言われたからって、どうして奇妙な満足を感じたのかわからなかった。少佐みたいな人から認められたくなんてないのに。だって、彼はわたしが大嫌いな資質をたっぷり持っているのだから。富と特権から来る傲慢《ごうまん》さ、無慈悲な法の手先。でも、その事実があるから、彼に才能を認められてうれしかったのかもしれない。少佐がわたしみたいな人間を見下しているのはわかっていたけれど、その彼がいまではわたしたちの仕事にはどれだけの技術が必要かを理解したのだから。

ティーカップを取って、冷たくなった紅茶をすすった。少なくとも、とても甘いままだった。

「新しいポットを注文しようか?」礼儀正しく言われて不意を突かれたけれど、こちらが秘密を明かしたことで少佐は寛大な気持ちになったのかもしれない。「それとも、紅茶よりも強いもののほうがいいかい?」

「いいえ、けっこうです。かまわなければ、そろそろ帰りたいんですけど」わたしはどこにいるのかと、ネイシーが心配しているだろう。

「もちろん」少佐が立ち上がった。「私の運転手に送らせようか?」

帽子をかぶりながら首を横にふった。「遠くないし。それに」顔にベールを下ろしながら言う。「用心に越したことはない、でしょ?」

少佐は返事をしなかったけれど、わたしのコートを取って着せてくれた。

「食事をごちそうさまでした」これがデートみたいな言い方をしてしまって、気まずくなった。

「集結の時刻と場所については、金曜の朝に指示を送る」

明らかに、デートでそんなことを言われた経験はなかった。

「わかりました」

わたしは複雑な心境でパブをあとにした。予想していたよりはうまく運んだ。ラムゼイ少佐が仕事に同行するという考えはあまり気に入らなかったけれど、それに関してはどうしようもなさそうだ。せめてもの救いは、なにがからんでいるかを知ったいま、彼はじゃまをしないだろうということだ。彼にした金庫についての説明をふり返る。全体的にかなり漠然としてしまったけれど、実演しながらでないと手順を説明するのはむずかしいのだ。それに、実演ならじきに見てもらえるわけだし。

7

翌日は、ほかの仕事のときと同じように準備をした。ううん、それは正確じゃないかもしれない。これはほかのどんな仕事ともちがう。ひとつには、詳細をまったく知らないのだから。少佐自身が電話をしてきて、彼の部下ならば戦々恐々とするだろうぶっきらぼうな口調で、金庫の型は突き止められなかったと伝えた。つまり、わたしはなにもわからない状態で仕事にかかるわけで、それはミックおじの基本ルールにことごとく反していた。

おじはだれよりも陽気で自由気ままな人だけれど、こと仕事になると、準備と一心に集中することの重要性をこれでもかというくらい念押しする。今回の仕事はわたしたちの自由――イングランドの運命はもちろんのこと――が懸かっているのだから、それだけ重要であるのはわかっていた。でも、そういったちょっとしたことを思い悩まないよう自分を戒《いまし》めた。ミックおじなら、〝目の前の仕事のことだけを考えるんだ。気を散らすな〟と言うだろう。

少佐経由で届いた手紙のなかでも、おじは同じようなことを言っていた。帰宅してから封を開けたのだった。短い手紙だったけれど、涙ぐんでしまった。

こっちは万事うまくいっているよ、エリー嬢ちゃん。私の心配はしなくていい。任務に集中しなさい。おまえは必要な技術すべてをものにしている。成功まちがいなしだ。

おじが手紙をくれてよかった。ちょうど追加の後押しが必要だったのだ。

ラムゼイ少佐と食事をした翌々日の朝、早く起きて濃い紅茶とマーマレードを塗ったトーストを食べた。それから、ミックおじの作業場に行った。

小さな建物で、おじはそこに錠前屋の道具だけでなく、合法的でない仕事の道具も置いている。わたしにとってその作業場は昔から魔法使いの隠れ家みたいなもので、その魅惑の地でおじは魔法をかけ、手のひとふりで錠に秘密を明かさせた。

壁の一面は掛け釘《くぎ》でおおわれていて、あらゆる大きさと種類の鍵が下がっている。子どものころのわたしは、壁に沿って手を這わせ、鍵同士がぶつかってたてるチリンチリンという音を聞くのが好きだった。それが想像しうるかぎり最高にすばらしい楽器だといまだに思っている。

別の壁沿いには、ミックおじが帳簿つけをする蛇腹蓋《じゃばらぶた》つき書き物机と、背が高くて幅も広い木製の戸棚がある。戸棚にはたくさんの小さな引き出しがあって、そこにはさまざまな道具や鍵の部品が入っている。レンチ、ピック、ピン、ピンセット、プラグ、スプリング、シリンダー、型取り用の粘土、鋳造用の金属ペレットなど、思いつくかぎりのあれこれとそれ以外のいろんなもの。

作業場の中央には長い作業台があり、おじが取りかかっていたいくつかのプロジェクトで使うものが載ったままだった。

でも、ここへ来たのはこういった道具のためではなかった。物でいっぱいながら整頓されている作業場を奥の隅へと向かう。その壁際には、おぼえているかぎりの昔から、古い金庫がずっとある。一度、これはどこにあったものかとミックおじにたずねたところ、わたしが生まれる前にオークションで見つけてきたのだという返事だった。

その古い金庫で遊ぶようになったのは、かなり幼いころだった。はじめのうちは、ミックおじが仕事をするのを見て長く幸せな時間を過ごしながら、そのまねをしたかっただけだったのだろうと思う。ノブをまわしてカチリという羽根を感じた。ときにはひんやりした金属に耳を当てて、内部の小さな音を聞いた。わたしには生来の才能があったにちがいない。圧力や音に現われる些細な変化を感じるある種の直感が、感覚があったからだ。

そうこうするうちにミックおじが金庫の仕組みを教えてくれ、ダイヤルに出る変化を紙に書き出すよう強く勧めた。そしてある日、錠が負け、金庫を開けられた。

「この商売の血はおまえのなかに流れているようだな、エリー嬢ちゃん」ミックおじは目をきらきらさせて言ったのだった。あのときほど誇らしい気持ちになったことはない。

自分のおじが美徳の鑑《かがみ》というわけではないのは、子どものころでさえわかっていたと思う。

おじはコルムやトビーと話すときに暗号のようなものを使っていて、他人には知られたくないなにかにかかわっている、というヒントがあちこちにあった。

ミックおじが活動の全容をはじめて教えてくれたのは、わたしが十二、三歳になってからだった。きちんとした女の子ならショックを受けると思われるかもしれないけれど、わたしはショックを受けなかった。ずっと知っていたような気がするし、仲間にくわえてもらいたくてうずうずしていたのだ。

客観的に見れば、感受性の強い少女にとっては理想的な環境とは見なされないだろうと思う。けれど、たいていの孤児はもっといい家庭や人生を持つことはかなわなかった。型破りな家族とはいえ、物質的な面や愛情と心の支えといった面でこと欠いたためしがなかった。

ミックおじはわたしに堅気《かたぎ》の人生を送らせるべきだったという意見もあるかもしれない。ネイシーは、犯罪者の道を進ませるのではなく、寄宿学校で立派な淑女になる教育を受けさせるべきだ、と何度も言ったのだった。でも、ミックおじはそのたびに首を横にふり、自分の子どもたちと同じように家族として育てるためにわたしを引き取ったのだと反論した。そして、金庫破りがこの家族の仕事だったのだ。

そんなことを思い出して笑みを浮かべながら、奥の隅にある金庫に向かった。ヴィクトリア朝時代のチャブ社製の金庫で、黒い鉄の筐体《きょうたい》に真鍮《しんちゅう》の装飾が施《ほどこ》されている。そのなめらかなてっぺんを、お気に入りの犬をかわいがるみたいになでた。

「こんにちは、ミスター・チャブ」当のはじめから、扉につけられた銘板の製造会社の名前でこの金庫を呼んでいて、いまではふさわしい敬意をこめた挨拶をしないなど夢にも考えなかった。

床に座りこみ、作業をはじめる。

金庫破りには、才能と経験を積んだ技量が組み合わされた大半のことと同じように芸術的なものがあり、任務にかかる前に微調整しておく必要があった。この金庫はわたしにはなじみがあり、最高難度のものでないのはたしかだけれど、ピアニストだってスタインウェイと同じようにパブのピアノでも練習するのだろうと思う。技量を高めるのは道具の質ではなく、練習なのだ。

そういうわけで、ミスター・チャブとわたしは何度も何度もふたりのちょっとした旋律を奏でた。作業場にいるわたしをネイシーが見つけたのは、夕暮れどきになろうかというころだった。

「またなんか企んでるんでしょ？」彼女は金庫の前に座りこんだわたしを見下ろし、ボーイズと一緒に悪さをしているところをつかまえたときの表情を浮かべていた。

「なにが言いたいかわからないんだけど」

ネイシーは舌を鳴らした。「あたしに向かってそのなにくわぬ顔をするのはおよしなさい。なにかが進行中のときは、それとわかりますよ。それに、あなたが作業場に入ってミスター・チャブを相手にするのはかなり久しぶりですからね」

「でも、ネイシー……」

彼女は片手を上げた。「なにを企んでいるのかは訊きませんよ、エリー。あなたのおじさんの仕事にあたしがぜったいに首を突っこまないのは知ってるでしょう。それに、あなたはもう立派なおとなですしね。あなたがその生き方を選んだのなら、止めるつもりはありませんよ。でもね……」ネイシーが口ごもり、その目が不意に潤《うる》んだのを見て驚いた。面倒見のいいネイシーだけど、感情的にふるまうことはほとんどなく、彼女の涙を見た回数なら片手で足りるほどだった。「でも、お願いだから気をつけてちょうだい」彼女はやっとそう言った。「あ……あなたたちを失うなんて耐えられない」

「ああ、ネイシー……」立ち上がって彼女を抱きしめる。ネイシーがきつく抱き返してくると、つかの間、タルカムパウダーと薔薇《ばら》香水と焼き菓子のほんのりした香りに包まれ、すべてうまくいくと思えた子どものころの安心感に包まれた。

「あなたたちの世話を精一杯してきたわ」抱擁《ほうよう》を解いたネイシーが言った。「でも、自分の身の安全は自分で守らないとだめですよ。あなたが一歩外に出たら、あたしは狐みたいにずる賢い人たちからあなたを守ってあげられませんからね」

「わかってる。でも、心配はいらないわ。すべてうまくいくから。ほんとうよ」わたしはトビーを彷彿《ほうふつ》させるきらめく笑顔を見せた。「それに、狐みたいなずる賢さなら、わたしたちみんなのなかに少しずつあるし」

ネイシーはうなずき、彼女らしい愛情の示し方に戻った。「なかに入ってなにかお食べなさい、エリー」

「わかった。お腹がぺこぺこ」ネイシーについて作業場を出たわたしの体は、長時間座っていたせいでこわばっていたけれど、指は練習のおかげでなめらかに動くようになっていた。

準備万端だった。


任務実行の夜に向けて全身黒をまとった。実際になにをするのかほとんど知らされていなかったから、それが適切な服装かどうかはわからない。これほどの大仕事でこんなになにも知らないのは不安だった。言ってみれば、地勢を知っておきたかった。特に、危険が予測される場合は。

もちろん、今夜の仕事にはラムゼイ少佐が一緒だ。そして、ミックおじやボーイズとはちがい、少佐は武装しているだろうという漠然とした予感があった。武装がいいことなのかそうでないのか、見当もつかなかったけれど。暴力沙汰になる可能性には、心おだやかではいられない。でも、わたしたちに暴力をふるおうとする人間がいるのだとしたら、身を守る手段があるというのはせめてもの救いだ。

合流場所は、〈ベル・アンド・ハープ〉から通り何本か離れた角だった。少佐は迎えの自動車を差し向けようと言ってくれたけれど、結局はわたしの存在や住居に不必要な注意を引かないほうがいいということで合意したのだ。それに、ひとりで行動することに不安はなかった。ずっと自分の面倒は自分で見てきた。

そんなわけで、真夜中の少し前にフラットを抜け出して、少佐に拾ってもらう場所へと歩きはじめた。この冒険についてはネイシーにはひとことも話しておらず、朝までには無事に自分のベッドに戻れるのを心から願った。

通りは不気味なほど静まり返っていた。すべてを包みこむこの暗闇に慣れる日が来るのかどうかわからない。わたしにとってのロンドンは常に生き生きして明るく、賑わいにあふれていた。いまのロンドンは、突然目を閉じて深い眠りに落ちてしまったかのようだ。死んでしまうより眠っているほうがましだと自分に言い聞かせる。遅かれ早かれ、わたしたちはふたたび目を覚ます。

合流場所に向かって歩いているあいだ、出くわしたのは三、四人だけで、そのだれひとりとしてわたしにほんのわずかの注意も向けなかった。おそらく仕事に向かっているか仕事の帰りかで、これから先のことか一日にあったことで頭がいっぱいだったのだろう。わたしも同じだ。

ラムゼイ少佐が頑なに〝集結地〟という呼び方をしたスローン・スクエアには、指定時刻に余裕たっぷりに着いた。現在は映画館になっているロイヤルコート劇場の陰でじっと立ち、ひんやりした夜気を吸いながらまっ暗な町のただならぬ静けさに耳を澄ます。

泥棒のなかには、仕事の直前に全神経を集中する者がいると聞いたことがある。目前に迫った仕事以外考えないよう訓練するのだと。わたしはそういうタイプではなかった。集中はしっかりしているし、夜が抱える危険もわかっていたけれど、それについては考えないようにしていた。前もって難題を呼び起こすのではなく、直面する都度対処するのだ。

自動車を目にする前に音が聞こえた。夜のこんな時刻にこのあたりを走っている自動車は多くなかった。ガソリンは配給制だし、灯火管制のおかげで走行がとても危険になっているからだ。

自動車が見えるようになると、さりげなさとはほど遠いことを嘲笑《あざわら》うしかなかった。大きくて、黒くて、公用車でございと声高《こわだか》に叫んでいるようなものだった。ごまかしはなし。車体側面に〈政府公用車〉と書かれているも同然。

その自動車が縁石《えんせき》に着け、後部座席のドアが開いた。ラムゼイ少佐のがっしりした体が降りてくる。陰から出ながら、彼も全身黒い装いであることに気づく。あれで自分に注意を向けられないための格好のつもりでいるとしたら、あまり成功しているとはいえなかった。黒い服がおそろしげな雰囲気を醸《かも》し出していたけれど、軍服と同じくらい目立っているように思われた。

「こんばんは、ミス・マクドネル」礼儀正しく彼が言った。これから住居侵入しようというのでなければ、町で夜を過ごすためにきたみたいだ。

「こんばんは」

わたしが自動車に乗ると、彼が隣りにすべりこんできた。沈黙のなか、自動車が走り出す。ラムゼイ少佐をちらりと見て、彼が好んで使う〝任務〟についてなにか言うだろうかと訝《いぶか》った。けれど、彼はわたしのほうを見もしなかった。

少佐の気分を推しはかろうとする。緊張しているようすはうかがえなかった。これまで以上には。いままで見てきた範囲では、少佐はけっして完全にリラックスすることがなかった。でも、それは緊張感の表われというわけでもなさそうだった。どちらかというと、なにが起きてもいいように常に準備のできた状態でいる、といった感じだろうか。彼のような職業ではそれは長所なのだろうし、今夜もし問題が発生したらぜったいに役立つだろう。

運転手はどこを通っているかを承知しているようだったけれど、わたしには暗くてわからず、方向感覚を維持するのもむずかしくなっていった。しばらくすると、まったくなじみのない地域に入ったけれど、おそらくサウス・ケンジントンのどこかだろうと思う。

自動車が急に停まるとラムゼイ少佐がドアを開けてすぐに降り、ついてくるよう身ぶりをした。

わたしが降りると、少佐が静かにドアを閉めきる前に自動車は走り去った。

ラムゼイ少佐はすかさずわたしの腕を取り、近くの路地へと引っ張った。月明かりが両側の建物にさえぎられて細い路地はほとんどまっ暗で、先へ進むあいだ彼に腕をつかまれているのをありがたく思った。こんな暗がりでどうやって少佐に前が見えるのかわからなかったけれど、彼の直感を信じて引っ張られるに任せた。

しばらくすると別の通りにぶつかり、陰になって姿が見られない路地の端で立ち止まった。両側からのしかかるような建物がなくなり、月明かりが少しだけ届いていたので、通りのようすがわかった。

豪奢《ごうしゃ》な地域であるのはたしかだった。家々は堂々として大きく、壮麗な雰囲気が木々や鉄製の門にまで行き渡っている印象だ。ベルグレーヴィアやメイフェアにはおよばないものの、いかにも高級住宅街といった感じがした。

わたしが場所の見当をつけようとしていると、少佐が通りの左右を確認してからうなずき、ふたたびわたしの腕をつかんで路地を出た。

「逃げたりしないわよ」腕をつかんでいる彼の手を見て言った。

「当然だ。だが、だれかが通りかかったら、散歩をしているカップルに見えるようにしているんだ」

最善の計画とは言いがたかった。脳みそが半分もある人の目には、カップルなんかではないのが明らかだと思った。彼がわたしの肘《ひじ》をつかんで引っ張っているのだから。

「それなら、あなたがわたしの腕をつかむのではなく、その逆にしたほうがいいわ」皮肉な口調で言ってやった。

少佐はつかの間わたしを見たあと、手を離しておおげさに礼儀正しく肘を差し出した。屋敷に侵入するためにふたりとも黒ずくめの格好をしていて、通りのまんなかに立っているのだから、滑稽《こっけい》きわまりなかった。

それでも、わたしは彼の腕に腕をからめ、なめらかなシャツの下の硬い筋肉にそれほど関心もなく気づいた。

わたしたちは一定のペースで歩いた。ロマンティックな夜の散歩をしているカップルらしいのんびりした歩き方ではなかった。どちらもしゃべらず、もし観察者がいたら奇妙なふたりに映っただろう。けれど、だれも見かけなかった。夜遅いせいで、このままだれにも見とがめられませんようにと願う。

ある鉄製の門を前にして、ついに少佐が物陰で立ち止まった。「ここだ」小声で言う。

立派な屋敷を見上げた。灰色火山岩で造られた三階建ての荘厳な邸宅で、念入りに剪定された蔦《つた》におおわれていた。

「こういうお屋敷には使用人がいるわ」

少佐がちらりとわたしを見た。

「使用人を使わないにしては大きすぎるもの」

「われわれがそれについて考えたとは思わないのかな?」少佐が言った。

ばかにしたような口調にいらっとして、彼と組んでいた腕を引き抜いた。「なにも聞かされていないのだから、あなたたちがなにを考えたかなんてわかりません」

いらだちをあらわにされても、少佐は平然としていた。彼はなにも言わず、門に沿って屋敷の裏手へ向かった。わたしは少しのあいだ無言の抵抗で動かずにいたあと、彼を追った。

横手の門が開いていたので、庭を突っ切って裏口のドアへと向かった。

わたしが錠をこじ開けなければならないのだろうか、とつかの間考える。そうだとしても、準備はできていた。けれど、少佐も準備にぬかりがないようだった。彼は躊躇《ちゅうちょ》なくドアに向かい、ポケットから出したとおぼしき鍵を挿しこんだ。

屋敷に忍びこむと、少佐がドアを閉めた。ふたりとも懐中電灯をつけずに静けさのなかで耳を澄ます。なにもかもが暗くて静まり返っていた。

この屋敷は、少佐が言ったとおりに住人も使用人もいなかった。政府には正確な情報を入手する能力があると信頼すべきだったけれど、これまで政府をそれほど信頼したためしがなかった。

「こっちだ」ラムゼイ少佐がためらいのない足取りで先導した。以前にここへ来たことがあるか、この屋敷の見取り図を徹底的に調べたかのどちらかだろう。わたしは彼の後ろをついていった。靴底のやわらかい靴を履いていたので、磨き抜かれた木の床を歩いても音はしなかった。

裕福だが贅沢すぎない装飾の施された部屋をいくつか通り過ぎながら、周囲に目を配った。この屋敷の持ち主は独身男性なのではないかと推測する。女性のいる屋敷にありがちな、見かけ重視のものがひとつもなかったからだ。細々した装飾品が少ないという特徴に気づいたのは、わたし自身の育ちが原因だろうと思う。ミックおじは思い出を忘れるためにメアリおばのものをかなり処分したし、ネイシーは細々したものが好きな女性ではないのだ。

けれど、この屋敷は極端だった。個人的なものがほとんどなかった。奇妙だったし、ちょっぴりがっかりもした。文書を持っているという謎の人物の正体を推測できないかと考えていたからだ。もちろん、安全のために所持品の大半をどこかに保管したとかロンドンから移したとかの可能性もある。

階段を上がる。立派な木の階段で、手すりはつやつやしていた。階段にはかなり新しく見えるラグが敷かれていて、住人があまり階段を上り下りしていないかのようだ。ここは主たる住まいではないとか？　あるいは、忙しい人で屋敷にはほとんどいないか。いずれにしても、屋敷はきっちり管理されていた。階段は一段もきしまなかった。きしんでくれたらよかったのに、とすら思った。なにもかもが極端に静かだった。

見上げたことに、ラムゼイ少佐は暗闇のなかでも猫のように動いた。屈強な体つきなのに足取りが軽く、わたしに先立って暗い廊下を自信たっぷりに歩いている。

わたしがちゃんとあとに続いているかと、ふり向かずにいてくれてありがたかった。こっちも足音をたてていなかったけれど、暗いなかでも遅れずについてきていると信頼してくれているのだ。

廊下の突き当たりで、少佐は足を止めた。ドアに手を伸ばしてノブがまわるかを試す。ノブはまわり、ドアがほんの少し開いた。

暗がりに目が慣れはじめていて、少佐の横顔を見たところ、眉がかすかにひそめられていた。ドアは施錠されているはずだったのだろうか？

少佐はドアを押し開けて部屋に足を踏み入れた。わたしも続く。屋敷のほかの部分同様、その暗い部屋は暗幕でいっそう暗くしてあった。金庫を見つけて作業にかからなければならないけれど、こちらをつまずかせようと待ち伏せしている家具がどこにあるかもわからずに、知らない部屋を歩きたくはなかった。

「懐中電灯をつけてもいいかしら？」

「ちょっと待て」突然耳もとで聞こえた少佐の声はとても小さかったので、わたしが勝手に想像したものだとしてもおかしくなかった。

少佐がこんなに近くに来ていたのに気づいていなかった。彼はまったく物音をたてなかった。いま横に立つ彼の呼吸の音すら聞こえなかったけれど、寒い部屋で彼の体が発する温もりは感じられた。そして、それに気を散らされた。だれかが文字どおり後ろから覗きこむような形で仕事をする状況に慣れていなかった。少佐は壁の金庫までずっとわたしのあとをついてくるつもりなの？

　わたしたちはしばらくそのままじっとして無言で立っていた。なにを待っているのかわからなかった。侵入を検知されたのであれば、警報はとっくに鳴っているはず。けれど、これは少佐の作戦だ。彼のやり方でやればいい。すべてがうまくいけば、一時間もしないうちにわたしの役割は終わり、ミックおじともとの生活に戻れる。

　まだ金庫と対峙《たいじ》していなかったけれど、それについては心配していなかった。通常、わたしが心配するのは屋敷への侵入だ。それに、脱出も。でも、ラムゼイ少佐なら、この屋敷に侵入したときと同じくらいたやすくここから脱出させてくれるだろう。侵入は、わたしが考えていたよりもかなり簡単だった。

　というわけで、あとはわたしが金庫を開け、文書を入れ替えれば、ここを立ち去れる。

　ついにラムゼイ少佐が口を開いた。「いいだろう。懐中電灯をつけたまえ」

　わたしはポケットから懐中電灯を取り出してつけ、周囲の壁に明かりを向けた。正面の壁は暗幕でおおわれた窓が並んでいた。右側の壁を照らす。天井まで届く書棚があり、金庫のスペースはなかった。懐中電灯を左側に向け、無意識にそちらに一歩踏み出す。

　懐中電灯で壁を照らし、そこではっと動きを止めた。

　なにかがおかしかった。金庫の扉は薄青い壁のなかで丸見えで、開いていた。これがおかしくないはずがない。

少佐が金庫へ近づいてなかを覗いた。彼が小さく悪態をつく声が聞こえた気がした。

わたしは彼に近づき、懐中電灯で床の絵画を照らした。金庫を隠していた絵画だろう。壁から落ちたみたいに金の額縁《がくぶち》が壊れていた。

そのとき、視野の隅になにかをとらえた。懐中電灯をそちらにふり、金庫から二、三フィートのところに置かれたソファの背後を照らした。

こみ上げてきた喘《あえ》ぎ声をかろうじてこらえる。

男性が倒れていて、黒い血の海がその下に広がっていた。

8

わたしはいわゆる上品な育ちではないし、全然気弱ではないけれど、死んだ男性を思いがけず目にして激しいショックを受けた。よろよろとあとずさり、懐中電灯を落としかけ、手で口をおおってなんとか悲鳴をあげまいとした。

ラムゼイ少佐は、わたしの懐中電灯の揺れる明かりに照らされた死体を目にしたにちがいなく、すぐさまそばに来て腕をつかんで支えてくれた。

「悲鳴をあげるなよ」彼が小声で言った。ばかなことばだった。悲鳴をあげるなら、もうとっくにあげていたはずだから。

少佐はわたしの手から懐中電灯を取った。そのときにかすった彼の手は、完璧に温かかった。反対にわたしの手は、氷になったみたいに感じられた。

「顔を背けたほうがいい」少佐はそう言って、床に力なく倒れている男性に光を当てた。

「だ……大丈夫です」そのささやきは、心にもない嘘だった。体全体が震えていて、吐きそうな気分だった。それなのに、目は懐中電灯の光を追って死体を見た。たしかにおそろしい光景ではあったが、書斎の床にディナー・ジャケット姿の男性が転がっているのがあまりにも日常からかけ離れていたせいで、動転した頭ではその意味を把握できずにいた。

男性の体がかなり硬直しているところから、死んだのはしばらく前のようだった。血の気がすっかりなくなった顔は斑《まだら》に灰色になっていて、目は天井を見つめていた。体の下は、凝《ぎょう》結《けつ》してとろりとした血だまりになっていた。吐き気の波に襲われて、歯を食いしばる。

でも、このおぞましい光景にもかかわらず、冷静なわたしの一部は、死臭がないから死後一日程度だろうと観察していた。ただ、いまになって血のかすかな金属臭がしているのに気づいた。それほど強いにおいではなかったので、もっと早い段階では気づかなかったけれど、いまははっきりと感じていた。

最初に部屋に入ったとき、ラムゼイ少佐がしばらく立ち止まったのはそれが理由だろうか。陸軍少佐の彼は、わたしより血のにおいになじみがあるのはまちがいない。

そんなあれこれがわたしの頭をめまぐるしく駆けめぐっているあいだに、少佐は死体のそばへ行ってしゃがみこんでいた。男性がほんとうに死んでいるのかを確認するためかと思ったが、彼は男性のポケットをきびきびと徹底的に漁っていた。少佐の懐中電灯の明かりが死体の顔を一度なめ、わたしは虚《うつ》ろに見つめる茶色の目をまた見るはめになった。胃が小さくうねるのを感じて視線をそらす。

「し……死因は?」知りたくもないのに、そう訊いた。

「喉を掻き切られている」少佐が淡々と答えた。

わたしは喘いだ。死とまったくなじみがないわけではなかったけれど、ここまで暴力的なものを見るのははじめてだった。この男性がなにをしたにしろ、その忠誠心がどこにあるにしろ、こんな残虐な殺され方をして自分の血だまりのなかに放置されるいわれはないのに、と思わずにはいられなかった。

ラムゼイ少佐は死体を漁り終わったらしく、立ち上がって書斎中央の大きな机に向かった。手際よく物を動かし、引き出しを開けてなかを調べはじめた。最後の引き出しに手を突っこみ、なにかを取ってポケットに入れた。

それからわたしのところに来て腕を取った。「行こう。ここを出なければ」

「文書はなかったの?」答えは明らかだったけれど、わたしは訊いた。

少佐は扉の開いた金庫に目をやった。「ああ、なかった」

なくて当然よね。じゃなきゃ、どうしてこの男性を殺したの? だれかがわたしたちに先んじて文書を手に入れたのだ。

ラムゼイ少佐はわたしの腕をつかんだまま、部屋を出て階段を下りた。屋敷を出て通りを歩いているときも、彼はまだ腕をつかんだままで、ちょっぴり頭がふらついていたわたしはそれをありがたく思った。

来たときとはちがう道を行き、暗い路地を何本か通って静まり返った緑地を横切る。日中なら葉の茂った木々が明るい雰囲気を醸し出していたかもしれないけれど、じっとりした夜陰のなかだと不吉な感じがした。

　屋敷から充分離れた緑地の端まで来ると、少佐はわたしたちの姿を通りから隠してくれる生け垣のそばで立ち止まり、ふり向いた。月明かりがあったので、おたがいの顔が見えた。

「大丈夫か？」

　そのことばに驚いた。こちらを探る顔が心配そうだったのにも。わたしは屋敷からの脱出に集中していて、彼もきっとそうだと思っていた。自分の気持ちをじっくり探っていなかったけれど、いまそうしてみてその強烈さにすぐさま打たれた。

「ええ、大丈夫」小さな声で答えた。

　それからくるりと向きを変え、そのまま生け垣に吐いた。

　かなりきまりが悪かったけれど、少佐は平然としていたので感心した。そばに立ったまま、辛抱強く待っている。

「ご……ごめんなさい」胃がなんとか落ち着いてから、ようやく言った。

「謝らなくていい」少佐がハンカチを差し出した。「あそこでの発見は、かなりの驚きだったとわかっている」

　わたしの口から喉を絞められたような笑いがくっくっと出た。「たしかに」

「もう大丈夫か？」

わたしはうなずいた。あれは遭遇したくもないもので、思っていた以上に動揺していた。でも、全体的にはわたしの反応もそれほどひどくなかったと思う。結局のところ、あれは知らない男性だったのだから。

「あ……あの人が裏切り者の可能性のある人だったの?」

「そうだ。だれかが煮えきらない態度の彼の代わりに決断してやったみたいだな」

わたしはまだ少しばかり動揺が大きくて、少佐のことばにぞっとしたけれど、彼はこういう事態になったのを特に驚いている風もなかった。

「あの……警察かどこかに通報するの?」

「なんと言うんだ?」少佐の口調はそっけなかった。「屋敷に不法侵入して死体を見つけたとでも?」

当然ながら、わたしはそれについて考えておくべきだった。どんな説明ができるというのだろう? 政府がらみの仕事で自分たちがあそこにいたとか、死んだ男性は敵に機密文書を渡そうとしていたなんて話せるわけもない。

頭がはっきりしはじめると、別の疑問が浮かんだ。あの男性が文書を渡そうとしていたのなら、どうして殺されたのだろう? 口封じのため? それとも、ほかに理由があった?

でも、その問いは口にしなかった。少佐の表情のなにかが、憶測につき合っている気分ではないと告げていた。だから、頭に浮かんだいちばん重要なことをたずねた。「これからどうします？」

「それが問題のようだな」

少佐はそれ以上言わず、小径《こみち》に沿って生け垣を抜けて通りを歩き出した。わたしは彼についていった。少しすると霧のなかから魔法のように自動車が出てきて停まったので、ふたりで乗りこんだ。


わたしたちは地下牢に戻った。受付の若者の前を無言で通り、少佐はわたしを連れて長い廊下を進み、ミックおじと一緒に捕まった夜に彼がわたしを尋問した部屋を通り過ぎ、突き当たりの部屋まで行った。

少佐がドアを開け、わたしに先に入るよう身ぶりをした。暗い部屋に入ると、少佐が照明のスイッチを入れてあとから入ってきた。周囲を見まわして、ここは少佐の執務室なのだ、と気づく。物腰や言動からきっと質実剛健で実用一点張りの部屋だろうと想像していたけれど、この部屋はたしかに整然とはしているものの、居心地のよい雰囲気があった。調度類は大きくて快適そうで、まちがいなく高価なラグは使いこまれており、最近の灰が炉床《ろしょう》に残っている暖炉があった。

いくつもの山に積み上げられた机上の書類、壁に貼られた何枚もの地図、あちらこちらに散在する本の山もあった。ここは長時間を過ごす部屋という印象を受ける。ミックおじの家とはちがうのに、似た雰囲気があった。

「座るんだ」少佐は机の前に置かれた革椅子のひとつを示した。緑地で見せてくれたやさしさは将校としての訓練に打ち負かされたらしく、命令口調でしゃべりはじめた。〝こっちへ来い〟〝これをしろ〟

それが続くようなら、わたしは少佐の部下の兵士ではないとはっきり言ってやろうと思ったけれど、いまは反抗的にふるまっている場合ではないだろう。それに、疲れてへとへとだと突然気づいた。思っていた以上にショックが大きかったらしい。

吐いてしまった自分にいまだに少し腹が立っていて、もしまた殺された人と遭遇することがあったら平静を保とうと心に誓った。適応力がわたしの取り柄だ。

わたしは椅子のところへ行って座った。ラムゼイ少佐は腰を下ろさず、一定の歩調で部屋を歩きまわった。彼がきっちり自制していなければ、それはうろついているといえるものだっただろう。

少佐はひどくご立腹だ。それくらいはわかった。彼の行動と怒りを結びつける人はほとんどいないかもしれないけれど、わたしは昔から感情を読むのに長《た》けている。だから、少佐が激怒しているのがわかった。身がまえはいつも以上にこわばっていて、顎《あご》には力が入り、目は険しくなっている。

少佐は任務の詳細をふり返り、おそらくは失敗を上司にどう報告するかを考えているのだろう。

　ほかにも気づいたことがあった。少佐は今夜死体を見つけるとは予想していなかったはずだが、彼を悩ませているのは殺人ではなかった。軍人だから当然かもしれないけれど、血なまぐさい光景を見てもまったく動じなかった。

　それどころか、きっといままでは殺された男性を頭から追い出し、当面の問題に意識を集中しているのだろう。文書が消えたいま、どうすればいいのか？　だれが文書を手にしているのか、そしてそれを奪回するのは可能なのか？　少佐が懸念しているのはそれだろう。

　家に帰らせてほしいと頼んでみたっていいのでは、と思いつく。だって、わたしは自分の役割を果たしたのだから。これ以上少佐がわたしになにを望むというのだろう？　でも、興味を引かれていた。それに、仕事における成功に慣れているわたしの一部は、少佐と同じいらだちを感じていた。だから、座ったまま待った。

　ドアをノックする音がした。少佐は無視したけれど、しばらくするとドアが静かに開いて、執務室の手前が持ち場のむっつり顔の若い男性が覗きこんだ。その男性は、今夜わたしたちがここに来たときも持ち場にいたけれど、少佐の顔をひと目見て質問を控えたのだろう。

「紅茶を淹《い》れました」彼がドアをもう少し開ける。トレイを持っているのが見えた。

　わたしはラムゼイ少佐に目をやったけれど、彼は若い男性に気づいたようすがなかった。だから、わたしが椅子を立ってトレイを受け取った。「ありがとうございます」

男性はうなずき、少佐にまた目を向けたあと部屋を出てドアを閉めた。男性はラムゼイ少佐をおそれている印象を受けた。現時点では、彼を責められない。少佐は獰猛《どうもう》な顔をしていたから。怒らせたら暴君みたいになるのでは、と思った。

おあいにくさま、わたしは暴君なんてこわくない。

トレイを机の角に置き、自分の分の紅茶を注いだ。スプーン山盛りの砂糖を入れ、ちょっとためらってからもう一杯入れた。今夜体験したことを考えたら、これくらいは政府にしてもらったっていいだろうと思ったのだ。

「お砂糖とミルクは、少佐?」パブではステーキ&キドニー・パイに夢中だったので、少佐が紅茶にミルクや砂糖を入れたかどうかおぼえていなかった。

ふり向いた少佐は、わたしの頭がいかれたみたいな目で見てきた。「なんだって?」

「紅茶にお砂糖とミルクは入れます?」ゆっくりと言った。

「紅茶などいらない」彼はぴしゃりと言って、またうろつき出した。

これはラムゼイ少佐のずいぶんちがった一面だ。これまでは、いつだって冷静沈着だった。このきつく張り詰めた男性は、まったくの別人だ。こっちの少佐のほうが、もう一方の少佐よりも一緒にいて気が楽だと気づく。短気の対処法ならわかっている。長年、ミックおじやボーイズ相手に経験を積んだのだから。

「ラグをすり切れさせたところで、だれのためにもならないわよ」

少佐は足を止めてふり返り、薄い色合いの目で穴の開くほどわたしを見つめた。無言でやりこめる彼のやり方だと気づく。

ラムゼイ少佐は明らかに批判されることに慣れていなかった。軍隊での階級と、見栄えのする外見や名家の名前とともに受け継がれた生来の自信があるからだろう。そういうものを持っている相手には、たいていの人は唯々諾々《いいだくだく》と従う。

でも、全員ではない。「あなたが怒っているのはわかるけど、うろついたってなんの役にも立たない。でも、紅茶は役に立つわ」

少佐が凝視《ぎょうし》してきた。「私が……怒っている？」

わたしはうなずいた。「ひどい夜だったけれど、あなたのなかでいちばん大きい感情が怒りなのは明らかだわ。計画を台なしにされるのが嫌いなんでしょ」

性格分析をされて、少佐は小さく悪態をついた。正直に言えば、立場が逆だったらわたしも同じことをしたと思う。

「国の命運が懸かっているんだ」少佐の声は険しかった。

「それはもう聞きました。でも、文書を取り戻せないとは言いきれないでしょう」

「もちろん取り戻すとも」少佐の口もとがより険しくなる。「簡単な方法で遂行できるのを願っていただけだ」

どういう意味か、わたしにはわかった。文書を奪回するためには、殺人を犯さなければならないのだ。

その考えにショックを受けてはいなかった。受けるべきなのかもしれないけれど、いまのようなご時世でなにが起きているのかをよくわかっていた。戦時には、平時よりも簡単に人の命が奪われていると。それに、いま文書を持っているのがだれであれ、その人物はそれを入手するためにすでに人を殺しているのだし。

「まだなにか方法はあるかもしれないわ」わたしは考えこんだ。「だれにも知られずにやる方法が」

「こういう状況になったからには、意表を突くのも、ドイツ側に知られずに偽文書と取り替えるのもむずかしい。文書が悪の手に渡るのを阻止しようと努めるのがせいぜいだな。どういうわけかわれわれの計画は木っ端《こば》みじんになってしまったから、その欠片《かけら》を拾い集めてどうなっているのかを突き止めなくてはならない」

「だれがあの男の人を殺したんだと思います？　ドイツのスパイ？」

もしそうならば、文書はもう敵の手に渡ってしまったわけだ。あの男性は殺されてからしばらく経っていたのだから、殺人犯はいまごろ文書を携えてドイツへの帰途についている可能性が高い。

少佐が首を横にふった。「いや、ちがう。ドイツのスパイへの受け渡しは来週のどこかで行なわれる計画だと、情報網を通して聞いている。今夜の殺人犯は別の裏切り者だ」

「あなたの話では、死んだあの男性はどちらに忠誠を示すか揺らいでいたということだったわ。結局彼はドイツに文書を渡さないと決めて、別の裏切り者が彼を殺してナチスに渡すために文書を奪ったと考えているの？」

「そう思われる」

「その裏切り者がだれだか、見当はついているんですか？」

少佐は考えているようだった。わたしの質問についてというよりも、どう答えるかについて考えている印象を受けた。ようやく彼が言った。「ああ、可能性のある人間は何人かいる。そいつを突き止めてみせる」

その口調を聞いて、少佐ならきっとそうするだろうと思った。

「死んだ男の人は？」わたしはたずねた。

少佐がわたしを見る。「彼がどうした？」

思っていたとおり、少佐はすでにあの男性への関心を失っていた。

「あの人が死んだことをずっと秘密にはしておけませんよね？」

「ああ。だが、強盗殺人ということになるだろう。いま現在、ロンドンには数多くの泥棒が野放しになっているのを、きみは私以上にわかっているだろう」

ばかげているけれど、そう言われて傷ついた。

いまのことばに悪意はなかった。少佐は単に事実として述べただけだ。でも、わたしは新たな目で自分を見るはめになった。自分たちが何者なのかはちゃんとわかっている。生業《なりわい》についで幻想を抱いたことはない。ミックおじは、自分たちが陽気な義賊一家だとごまかそうとしたことはない。

それでも、凶悪犯罪者たちと一緒くたにされるのは気に入らなかった。ひょっとしたらわたしの一部は、ただの泥棒以上になりたがっているのかもしれない。

「あの人をあそこに置き去りにして、ちょっと申し訳ない気分だわ」

少佐は、そんな風に考えたことがないかのような目でわたしを見た。「彼の死体はじきに発見される」

「そうでしょうね。でも、なんだか……冷酷に思われて」

「われわれは、きみの目には冷酷と映るだろう多くのことをしなくてはならないんだ、ミス・マクドネル」

気の滅入るようないまのことばで少佐がなにを言いたかったのかわからなかったけれど、わたしはうなずいた。

少佐は机の奥の椅子ではなく、わたしの隣りの椅子に座って長い脚を伸ばした。不意に、彼が疲れた顔をしているのに目が留まった。これまで気づかなかったしわが目に沿ってできていたし、ランプの明かりのおかげで金色に光るひげが顎に生えつつあるのが見えた。急に少佐が人間らしく思われて、なぜだか狼狽《ろうばい》した。

休んだほうがいいということばが出かかったが、わたしはそんなことを言う立場になかった。それに、少佐がすぐに休むこともないとわかっていた。状況を整理し、わたしたちの次の行動計画を決めるまでは。

わたしたちの行動計画。そんな風に考えた自分に驚く。引き続き少佐に手を貸すつもりなの？　彼に頼まれた役割はもう果たしたのだから、ミックおじとわたしはもう家に帰れるはずだ。けれど、まだ果たさなければならない役割があるみたいに、どういうわけかやり残した感覚があった。

「紅茶にはなにも入れない」少佐がいきなり言った。

いかにも彼らしかった。

彼の分の紅茶を注ぎ、渡す前にちょっとだけ砂糖を入れた。「少し甘くしたほうがいいわ」

少佐は返事をせずにティーカップを受け取って飲んだ。甘いうえに火傷《やけど》しそうなほど熱いのに、気づいていないようだった。

「今夜きみは冷静沈着だったな。よくやった」

ほめられて驚き、少佐をふり向いた。ささやかなほめことばでも、少佐が言ったとなると激賞に感じられた。

「生け垣に吐いたけど」敢えて言った。

「あとからな。冷静さが必要とされているあいだは持ちこたえたじゃないか」

「金庫破りには冷静さが不可欠なの。以前にも危ないことはあったし」

少佐がうなずいた。「それでも、死体を見たら自制心を失う人間は多い。きみが悲鳴をあげていたら、厄介なことになっていたかもしれない」

「驚いて悲鳴をあげるタイプじゃありません」

「ああ、そうなんだろうね」

少佐はまた紅茶を飲んだ。

「これからどうなるんですか？」わたしは訊いた。

「それについてはよく考える必要があるな。朝になったら上司に相談して、行動計画をどうするか訊いてみようと思う」少佐は立ち上がり、ティーカップを机の角に置いた。「家に帰ってもいいぞ、ミス・マクドネル」

「おじは？」

少佐はそれについて考えているようだった。ついにうなずく。「きみは取り決めにおける役割を果たした。朝になったらおじさんを解放しよう」

「じゃあ……これで終わりなの？」がっかりした気持ちが声に出ないように努めた。

「私にわかるかぎりでは、イエスだな。きみは自由の身だ」

どういうわけか、少佐にあっさり用ずみにされたのが気に入らなかった。彼にとって自分がこの計画の道具でしかないのはよくわかっていたけれど、わたしはすぐれた道具なのだ。

投げ捨ててもいい道具じゃない。

「ここまでかかわったのよ」考えなおす間もなく言っていた。「ほかにわたしにできることはないですか?」

少佐がわたしを見た。彼がなにを考えているのかわからなかった。少しして彼が言った。

「これからどうするかによると思う」

「わたしにできることがあるなら、最後までやり遂げたいわ」そうことばにしてはじめて、心からの気持ちだと気づいた。この任務の一部でいたい。そうしなければならないからではなく、自分がなにかよい行ないをしているとものすごく久しぶりに感じたからだ。

つかの間、少佐はわたしを見つめた。それからドアのところへ行って開けた。「長い夜だった。家に帰って休みたまえ。また連絡する」

わたしは椅子から立ち上がった。あまり期待の持てることばではなかったけれど、反論してもむだだとわかっていた。少佐の言うとおりで、長い夜だった。濃い紅茶を飲もうと飲むまいと、体を休める必要がある。

ドアのところまで行くと、なにを言うべきかと立ち止まった。気の利いたことばはひとつも浮かばなかった。

「お休みなさい、ラムゼイ少佐」

「お休み、ミス・マクドネル」

9

ラムゼイ少佐が約束したとおり、ミックおじは朝食時には戻ってきた。

おじが戻ってきたとき、わたしは母屋にいて、ネイシーのおいしいポリッジとベーコンエッグをちょうど食べ終えたところだった。昨夜のできごとに動揺しすぎて、早朝に帰宅したあとあまり眠れておらず、ネイシーが皿を片づけてくれているあいだ、考えに耽ったまま座っていた。

殺人事件と消えた文書のことばかり考えてしまった。どうしてそこまで気になるのかわからない。わたしが解決しなければいけない問題でもないのに。けれど、すっきりしない奇妙な感覚がつきまとった。裏切り者が男性を冷酷に殺し、わが国の機密を敵に渡そうとしていることに怒りが湧いた。

少佐はこの件のすべてにおいてとても口が堅かったけれど、隙を見つける方法がぜったいにあるはずだ。ひとつかふたつ、試してみてもいいかもしれない。

「なにを考えているのかな、嬢《ラス》ちゃん」

戸口から声がして、わたしは顔を上げた。

「ミックおじさん！」椅子から勢いよく立ち上がり、おじに駆け寄ってぎゅっと抱きしめた。自分は有能で自立した女だと誇りを持っているけれど、おじの姿を目にして肩の力が抜けたのは否定しようがなかった。

ようやく腕をほどくと、フラットに来たフェリックスにしたのと同じように、少し下がっておじをしげしげと見た。おじは少しばかりやつれていたし、ひげを剃《そ》る必要もあったけれど、総じて元気そうだった。ほんの数日ぶりなのに、もっと長く感じられた。

「帰ってこられてよかった」わたしは言った。

「そんなに心配してくれなくて大丈夫だったんだよ、エリー嬢ちゃん」おじがわたしの頭をぽんぽんとやった。子どものころから続いている愛情表現だ。「あそこでつらい日々を過ごしていたわけでもないんだし。高級ホテルみたいだったよ、ラス！　食事がすばらしかったから、腕のいいシェフ――もちろんネイシーには負けるがね――がいたんだろうし、ベッドは雲でできてるのかと思うほどやわらかかったんだぞ」

わたしは微笑《ほほえ》んだ。逆境のなかにも光を見つけるなんて、おじらしかった。「豪華そうね。でも、重罪に問われていたかもしれないのよ。こうなって運がよかったわ」

ミックおじは肩をすくめた。「私は心配していなかったよ。そんなものでは、老いぼれミックおじさんを落ちこませるには足りないさ。このにおいは朝食かな？」

これもすごくミックおじらしかった。まじめにとらえるべきことをなにひとつまじめにとらえない。それが魅力的なときがあって、おじの陽気なレンズを通して見たら人生もそれほど厄介なものに思われなくなる。でも、もう少しまじめにならなければいけないときもあって、長期刑をかろうじて逃れられたのはそのひとつだとわたしは感じた。

「まずは、少佐がおじさんになんと言ったのかを教えて」わたしは背後をちらりと見て、ネイシーがダイニング・ルームに戻ってきていないのを確認した。わたしたちの苦境について、ネイシーにはまだ話していなかった。彼女は勘がいいからなにかまずいことが起きたのを感じているけれど、時が来ればわたしがすべて打ち明けるとわかっているのだろう。昔からネイシーには隠しごとができたためしがないのだ。

「少佐には会わなかったよ」ミックおじが答えた。「ほかの男たちが私の部屋に来て、もう行っていいと言ったんだ。ぐずぐず留まって、相手を質問攻めにはしなかった」

「それはそうね」どうしてかわからないけれど、ミックおじがラムゼイ少佐に会わなかったと聞いてちょっぴりがっかりした。ふたりの冒険について、少佐がなんと言うだろうと気になっていたのかもしれない。それに、引き続きわたしたちに手伝わせてくれるつもりがあるかどうかも知りたかった。

「で、うまくいったのかい？」ミックおじが訊いた。「任務だが」

「そうでもないの」

なにがあったのか、声を落としておじに話した。ずっと以前に起きたことみたいで、なんだか奇妙な気がした。ほんの昨夜のできごとだなんてありえない感じだった。死体発見というぞっとする経験ですらが、日中の陽光とともに薄れていく悪夢の名残みたいに思われた。

話が終わると、おじは小さく口笛を吹いた。「死体だって？　ゆゆしき事態みたいだな」

わたしはうなずいた。「かなりゆゆしい状況だと思う。少佐はもちろんなにも打ち明けてはくれなかったけれど、ゆうべのできごとは彼らの計画に大打撃だったという印象を受けたわ」

「で、今後の計画はどうなってる？」ミックおじが言った。

それが問題だ。でしょ？　どういうわけか、おじとわたしでかかわり続けたいと思っていることを、ミックおじに話したくなかった。おじに反対されると思ったからではない。なんといっても、自分たちにできることをするのがわたしたちの務めだ、と力説したのはおじなのだから。それならなぜ、数日前の人生といまの人生が綱引きをしているように感じているのだろう？

「ラムゼイ少佐は連絡をくれるって言ってたわ」とうとうわたしは言った。

おじは鋭いまなざしで見てきたけれど、口を開いたときは軽い口調だった。目の前にあるものに集中し、なにが起きるかを見守る。それがおじのモットーで、まさにそれを証明することばだった。

「少佐があとでおまえに連絡してくるのか？　それなら、待つしかないな。朝食はどこだ？

飢え死にしそうだよ。監禁は人間の食欲を刺激するんだ」

ミックおじは陽気で機嫌よくしていたけれど、疲れているのがわかったので、おいしい朝食をとって快適なベッドで休めるよう、わたしはそのあとすぐ母屋を出た。

ネイシーが庭仕事をしていたので、それを手伝った。戦前もネイシーは家庭菜園をしていたけれど、いまは使える場所はすべて野菜の畝《うね》に占領されて規模が大きくなっている。ドイツ軍がヨーロッパに侵攻しているいま、イングランドへの物資の供給線はきびしくなりつつあった。できるだけ自給自足をする必要があると、わたしたち国民は気づいたのだ。

きれいに並ぶ畝を見る。この何カ月か、トマト、レタス、玉葱《たまねぎ》、ラディッシュ、キャベツ、蕪《かぶ》、エンドウ豆などの新鮮な野菜が収穫できた畝だ。畝の均整具合や、野菜が朝露で輝くようすには美しさがあった。鳥たちは庭の周囲で跳ねたり飛んだりしながら、うれしそうにさえずった。背景に自動車の走行音があっても、町のまんなかにあるちょっとした田舎のようだった。

「あなたのおじさんは、なにも学んでこなかったらしいわね」はびこる雑草を抜きながら、ネイシーが言った。

「なんのこと?」スカートに野菜の朝露がしみてくるなか、畝のひとつにひざをついて雑草を引き抜いた。

「彼の目がきらめいていたわ。なにに首を突っこんだか知らないけど、もっと首を突っこむつもりなのよ。きっと厄介なことになるわ。だいたいいつもそうなるから」

「さあ、どうかしら……」

ネイシーは泥まみれになった手袋の手をふった。「弁解はいいから、エリー。あたしに内緒でこそこそやってるなって、ちゃんと気づいてますよ。いつもとちがうことをしてるなって。あなたたちは昔っからあたしに隠しごとのできたためしがないんだから、いまさらどうこうしようなんて思わないで。いずれ時が来たら話してくれるんでしょう」

それは非難ではなかった。知らずにいるほうがいいこともあると、ネイシーはずっと前から達観していた。どうしても答えが知りたいのでないかぎり、彼女はあれこれ訊かない。

野菜の周囲で大きく育ちつつある雑草を抜きながら、ネイシーの言うとおりなのだろうかと訝る。ミックおじはわたしと同じくらいこの任務を続けたがっているの？　ラムゼイ少佐と彼の作戦について、おじがなにも聞かされなかったことにちょっぴりがっかりしていた。おじは間に合わせの監房にずっといたせいで、拘束されていたあいだの情報をほとんど持っていなかった。おじは作戦行動の蚊帳《かや》の外に置かれていたけれど、ネイシー同様、わたしもおじが撤退するのではなく前進するつもりでいるという印象を受けた。

心地よい沈黙のなかで雑草取りを終えると、わたしは立ち上がって服についた土や草を払った。

「ほかに手伝うことはある、ネイシー？」

「ないから休んできなさい。へとへとじゃないの」

それもネイシーから隠せたためしのないことだった。

自分のフラットに戻ってやかんを火にかける。疲れていたけれど、休めないのはわかっていた。まだ。その魅力で気をそらせてくれるフェリックスが、また来てくれないかと願いたいくらいだった。

紅茶を飲み終えたとき、ノックの音がした。フェリックスがわたしの心を読んだの？　そういうこともはじめてではない。

でも、ドアを開けて見えたのは、フェリックスの笑顔ではなかった。黒っぽいスーツ姿の年配男性だった。「ミス・マクドネルですか？」丁寧な口調だった。その短いことばのなかに、なじみのないかすかな訛《なま》りをわたしは聞き取った。

「はい」注意深く返事をする。

「ラムゼイ少佐がよろしくお伝えくださいとのことです。オフィスまでいらしていただきたい旨《むね》申しつかっております」

少佐がそんな丁寧なことばづかいをしたとは思えない。この年配紳士は命令をそのまま伝えるのが忍びなかったのだろう。目の前の男性は六十歳前後で、髪はくしゃくしゃの白髪で、茶色の目には堅苦しい態度の裏に隠しきれない陽気そうなきらめきがあった。

「少しだけ待っていただけますか……」朝食の前に入浴も着替えもすませていたけれど、今日の髪は庭で風を受けたのもあって早めに反抗心を見せていたし、化粧は当然まだだった。

「もちろんですとも。ごゆっくりどうぞ」

男性が背を向けて母屋正面のほうへ行ったので、わたしは髪を梳《と》かし、口紅を手早く塗って身なりを整えた。そして、ネイシーかミックおじが探しにきた場合に備えて、見逃しようのないテーブルに短い手紙を置いた。人を寄こすのではなく電話でもよかったのにと思ったけれど、少佐はこちらが断りにくい方法を使ったのだろう。

自動車は母屋の前に停められていた。昨夜わたしたちが乗った黒くて大きな自動車ではなかったけれど、それでも充分人目につくものだった。

「少佐はわたしとおじを呼ばれたんですか？」運転手のそばまで来るとたずねた。手伝いを続けるのであれば、少佐はわたしたちふたりに会いたがるかもしれない、とふと思ったのだ。

運転手がドアを開けてくれると、ミックおじがすでに後部座席に座っていた。「どうやら冒険はまだ続くようだな、ラス？」

「そうみたいね」

わたしが乗りこむと、運転手がドアを閉めた。

「雨になりそうですね」自動車が少佐のオフィスに向けて走り出すと、ミックおじが運転手に話しかけた。

おじが運転手の話し相手を買って出てくれてほっとした。お抱え運転手任せで移動するのに慣れておらず、おじと話して運転手を無視するのも、運転してくれる人がいるのに黙って乗っているのも、奇妙な感じがしたからだ。

「そうですね、サー。雨が降りそうです」

「わたしたち、人に運転してもらうのに慣れていないんです」わたしは言った。「こんなご時世になる前は、自分たちでハンドルを握っていたので」

「古い自動車はあるんですがね、ガソリンを使ってまで必要じゃないもので」ミックおじが言う。

運転手がうなずいた。「戦争は多くの人間の生活を変えてしまいました」

いまだに彼の訛りがどこのものかわからずにいた。「最近ロンドンにいらしたんですか？」

「ポーランドから来ました」運転手が答えた。

「そうでしたか」彼の祖国がドイツ軍に情け容赦なく侵略されているのを知っていたので、それ以上言えることばがなかった。

「妻と私はドイツ軍が来る前に国を出ました」運転手が続けた。「知人の多くはそこまで幸運ではありませんでした」

「そうなのでしょうね」運転手に同情した。

「息子たちは……どうなったかわかりません」

「おつらいですね」静かに言った。

「私の息子のひとりも行方がわからないんです」ミックおじが言う。つかの間、それぞれの喪失感で空気が重くなった。「最善を期待しようじゃありませんか」ミックおじが彼らしい心からの陽気な声で言った。「この国にたっぷりあるものがあるとすれば、それは希望ですからね」

運転手がミラー越しにわたしたちに微笑んだ。「おっしゃるとおりですね、サー」

このおそろしい戦争が勃発《ぼっぱつ》してからはじめて、こういう状況でなければ知り合うはずもなかった人々と結びついたことを思い、見えない紐で想像もしていなかった具合に結びつけられている、と感じた。

「わたしはエリーで、この人はおじのミックです。あなたのお名前は？」

「ヤクブといいます」

「お会いできて光栄です、ヤクブ」本心だった。

少佐のオフィスに着いた。日中に目にするのははじめてで、秘密組織のふりをしているにもかかわらず、その外観にはそれほど秘密めいたものはなかった。

この建物はそれ自体に注意を引くものではなかった。つまり、ベルグレーヴィアにあるほかの屋敷以上に仰々しくはない、ということだけれど。屋敷の何軒かは砂嚢《さのう》を並べており、この屋敷にはほかと目立ってちがうところはなかった。閉じられたドアのなかでなにが起きているかはわからないとはいえ。

わたしとおじはヤクブに別れを告げ、玄関の階段を上がった。ドアには錠がかかっていた――政府の諜報機関としての警戒措置だろう――ものの、呼び鈴を鳴らすと例のむっつりした若者がすぐさま出てきた。彼はいつ眠っているのだろう。だからいつも不機嫌なのかもしれない。かわいそうに、少しは休ませてあげないと。

「おふたりと会う前に、少佐はまずあなたおひとりと話したいそうです、ミス・マクドネル」

ちらりとミックおじを見ると、肩をすくめられた。「待つのは得意だからな」

文句を言われると思っていたのか、若者はほっとした顔になった。彼は常に災難を待っているような印象を受ける。

「きちんと紹介されてませんでしたね」わたしは手を差し出した。「エリーです」

若者は驚いた顔をしたけれど、反射的にわたしの手を取って握手をした。「ミス・マクドネル」

わたしは首を横にふった。「エリーよ。ここではわたしたちはお友だちでしょ?」

彼がほとんどわからない程度に笑みを浮かべた。笑顔を目にするのははじめてだ。急にとても若く見えた。「そうおっしゃるなら。私はオスカー。オスカー・デイヴィーズです」

「お会いできて光栄です、オスカー」

ミックおじも自己紹介し、みんなで楽しいスパイの大家族になった気分だった。

「ご案内します」オスカー・デイヴィーズは即座に神経質な秘書の役割に戻った。前回ここにいたときから十二時間も経っていないのだから案内は必要なかったけれど、廊下の突き当たりまであとをついていった。彼が一度だけドアをノックした。

「入れ」

オスカー・デイヴィーズがドアを押し開けた。「ミス・マクドネルをお連れしました、サー」完全に部屋に入らないまま言う。それから脇にどいたので、わたしひとりが戸口に立つ形になった。

ラムゼイ少佐が机から立ち上がった。

「ミス・マクドネル。おはよう。入ってくれたまえ。ドアを閉めるように。デイヴィーズはいつもなにか忘れるんだ」

背後をふり返ると、若いデイヴィーズの姿はもうなかった。ミックおじが彼の気を楽にさせてあげられますように。おじにはそういう才能があるのだ。

部屋に入り、ドアを閉めた。

「座ってくれ」少佐が机の前の椅子を身ぶりで示した。わたしは前に進み出て、前回座った椅子に腰を下ろした。殺人事件と消えた文書について少佐とここで話し合ったのが何日も前のことのようだ。睡眠と朝食が記憶を漠然としてぼんやりしたものに薄れさせたみたいに。

片や少佐は一睡もしていないように見え、もし賭けなければならないなら、食事もとっていないほうに賭けるだろう。でも、ひげは剃っていた。服も着替えていた。いまはまた軍服姿に戻っていたけれど、上着は椅子の背にかけてあり、ネクタイはゆるめられている。

昨夜の紅茶のセットは消えており、机にはコーヒーのポットがあった。座っている場所からでも、その香りで濃さがわかった。

少佐は座りかけたものの、くだけた格好に気づいたらしく上着に手を伸ばした。わたしは手をひらひらとやった。「わたしがいるからって気にしないでください」

ほんのつかの間少佐はためらい、結局上着は取らずに腰を下ろした。こわばった姿勢からほんの少しだけ力みが抜けているのと、首もとでゆるめられたネクタイだけが、明らかな睡眠不足を示すものだった。表情はあいかわらず隙がなかったので、少佐が疲れているとわかったのが不思議だった。

「コーヒーを飲むかい?」ポットを指す。

わたしは頭をふった。コーヒーにはがまんできない。もしこの国から紅茶がなくなったら、ドイツとの戦闘に自ら身を投じるだろう。

「進展があった」雑談を飛ばして少佐が言った。

わたしの心臓が鼓動を速めた。「どんな?」

少佐がいちばん上の引き出しを開けて薄くて小ぶりの黒い手帳を取り出し、ふたりのあいだの机の上に放った。「それだ」

なんなのか訊くことばが出かかったけれど、昨夜亡くなった男性の机の引き出しから彼がなにかを取り出してポケットに入れたのを思い出した。それがこの手帳だったにちがいない。「いいですか？」そう訊きながらも、すでに手を伸ばしていた。わたしに触れられたくないのなら、手の届く場所に置くべきではなかったのだから。

手帳を開くと、ごくふつうのスケジュール帳だったのでちょっとがっかりした。どのページもぎっしり埋まっていて、どうやらあの男性は忙しい日々を送っていたようだ。けれど、ページをめくるうちに、どのことばも理解できないのに気づいた。別の国のことばだろうか？　ううん、うまく言えないけれど、どの文字もおかしかった。

「あの人は字がすごく下手なのか、文字が暗号化されているかのどちらかね」顔を上げて少佐に言った。

「その両方だろうな。すでに解読してある」

「仕事が早いんですね」感銘を受けていた。わたしが庭で雑草を抜いているときに、少佐と彼の部下は休んでいなかったようだ。

「複雑な暗号ではなかった。あの男は優位に立っていると自信たっぷりで、捕まる心配をあまりしていなかったんだろう」

「その過《あやま》ちは高くつきましたね」床の血だまりからもの見えぬ茶色の目を見開いていた男性の姿がよみがえり、瞬《まばた》きをして消そうとした。死にかけているとき、最後になにを思ったのだろう？　犯人のことを考えた？　それとも、祖国のこと？　愛する人のこと？

少佐と目が合って、おぞましい白昼夢から引き戻された。「こういうご時世では、どんな過ちでも高くつく。だからこそ、われわれは慎重にことを進める必要があるんだ」

われわれ？　そのことばを聞いて胸が少し高鳴ってしまい、落ち着くよう自分に強いた。

「その手帳の書きこみは大半がほとんど役に立たないものだったが、興味深いものがひとつあった。彼は明日の夜に連絡員と会う予定になっている。書きこみによると、受け渡しが行なわれるようだ」

「じゃあ、裏切り者がだれだかわかったの？」なんとなくがっかりしたのがなぜなのか、わからなかった。わたしの助けなしに問題が解決するとは思っていなかったのかもしれない。

名前と場所がわかっているのなら、あとは簡単じゃないの。

「そういうわけでもない」少佐が答えた。

わたしは待った。部屋は長いあいだ静まり返っていたけれど、少佐が浅く座りなおして前腕を机に置いたときに、椅子がきしんで静寂が破られた。軍服シャツに上腕の筋肉の輪郭が浮かんでいるのに気づかずにはいられなかった。すべての軍務が事務仕事ではないのは明らかだった。

「きみのことを上司に話した」

わたしは両の眉を少しつり上げた。

「きみに機密事項を話す許可が下りた。一部だが」

「なんて光栄なの」そう言わずにはいられなかった。

「切迫した状況下で落ち着いて行動したことと、作戦行動の次の段階で大いに役に立ってくれる可能性があることを話した」

「どんな風に?」おそるおそるたずねた。

「この手帳によれば、死んだ男はサー・ナイジェル・ランドルフ主催のパーティで〝X〟と会う予定になっている」

わたしは口笛を小さく吹いた。ミックおじもきっとそうしただろう。サー・ナイジェル・ランドルフは新聞王で、自紙に激しい論調の見解を掲載する癇癪《かんしやく》持ちとして有名だ。戦前はドイツの宥和政策を声高に支持していて、それ以来獰猛なブルドッグ並みの快活さで世間の反発に対峙していた。

「あの男性が死んだいま、殺人犯と連絡員の両方がパーティに招待されている可能性が高いんですね」

「そのようだ。招待客リストを手に入れ、疑わしい人物を数人まで絞りこんだ」

「でも、それがどうわたしたちの役に立つんですか? パーティに乱入するわけにもいかないでしょう?」

「招待状を確保した」

そうに決まっている。どうやってそんなことができたのかは、わざわざ訊かなかった。ラムゼイ少佐は障害を徹底的に排除する人だ、とわかりはじめていた。

でも、この件でははっきりしない面がひとつあった。

「わたしの役割は？」

「サー・ナイジェル自身が陰謀に関与している可能性がある」

少佐はわたしの反応を注意深く観察していたけれど、反応などほとんどなかった。戦前にドイツ支持者だった人が、戦争がはじまってからもその感情を少しは持ったままだというのは信じるに難くはなかった。

次のことばのほうが驚きだった。「パーティ中にサー・ナイジェルの金庫を開けてもらいたい」

「ずいぶんむずかしい注文をするんですね」そんな提案を聞いて、どれほど不安を感じているかを見せないように努めた。だれもいない屋敷に侵入するのと、裕福な男性の豪邸でパーティの真っ最中に金庫破りをするのとは、まったくの別物だ。

「きみのように優秀な人にぴったりの仕事だ」少佐はわたしのことばを逆手に取って挑んできた。

わたしは小さくうなずいた。

「では、手を貸してくれるんだな？」

少し考えたほうが賢明だったかもしれないけれど、ここに来た段階で自分がなににかかわろうとしているのかをわかっていた。「もちろんです。でも、そんな大きな催し物の最中に、どうやってだれにも見られずに屋敷に入るんですか？　わたしが忍びこめるよう、あなたが窓を開けてくれるとか？」

彼の紫がかった青い目が、わたしとしっかり目を合わせた。「そんなにこそこそはしないよ、ミス・マクドネル。きみもほかの客と同じように入るんだ。私の交際相手としてね」

10

思わず笑いそうになったけれど、そんな反応を少佐はおもしろがらないだろうという確信に近いものがあった。事態があっという間に手に負えなくなりつつあったので、少し時間をかけて気持ちを落ち着けた。

では、それで少佐はまずわたしとだけ話をしたがったのね。ミックおじに反対される前に、わたしが少佐に同行するよう話をつけておきたかったわけだ。如才ない戦略だと認めざるをえなかった。

「パーティの出席者のなかに、あなたのお知り合いはいるんですか?」のろのろとたずねた。

「ああ」

「じゃあ、うまくいかないわ」軽い口調で言った。「わたしみたいな女と交際するなんて、あなたを知っている人が信じるはずないもの」

少佐はしげしげと見つめてきた。「どうしてそんなことを言うんだ?」

わたしは片方の眉をつり上げた。「言うまでもないでしょ?」

「目立って好ましくない特性はきみにはないが」少佐が言った。

「そんなやさしいことを言わないほうがいいですよ、ラムゼイ少佐」辛辣な口調で言った。

「すっかり本気にしてしまうかもしれないじゃないですか」

少佐の唇《くちびる》にかすかな笑みが浮かんだ。「パーティのあいだは、その毒舌を抑えておけると思うかい？」

わたしは肩をすくめたけれど、目はいたずらっぽくきらめいているとわかっていた。「こうと決めたことは、たいてい達成できますけど」

「ああ、きっとそうだろう。だからこそ、素性がどうあれ、きみは問題なくこのパーティに溶けこめると思う」

それを聞いて、わたしは体をこわばらせた。「名士たちに溶けこむ方法ならちゃんと知っています」少佐に言ってやった。「きちんとした教育を受けていますし、上流階級の人たちとご一緒するのもこれがはじめてじゃありません。どのフォークを使うか、どのグラスを使うかを知らないいんじゃないかと心配していただく必要はありません」

「そんなほのめかしをするつもりではなかった。きみには育ちのよさみたいなものがあるのに気づいたから、上流階級の人たちのなかに入っても浮いたりしないだろう、と言いたかったんだ」

いまのことばに侮辱《ぶじょく》がこめられているのは感じたけれど、どこなのかはっきりとはわからなかった。いずれにしろ、少佐は正しい。ミックおじのおかげでちゃんとした教育を受け、上流階級の裏表を学んだ。大学には行っていないけれど、学校では一所懸命勉強し――そしてよい成績をおさめた。しゃべり方は少佐ほど気取ったものではないにしても、上流階級の人に遜色《そんしょく》ないくらいには洗練されている。きちんとした上流階級のレディではないかもしれないけれど、それに近いものとして通用するだけのものは身につけた。仕事の際は溶けこめるのが望ましい。獲物の心理に潜りこめることが重要なのだ。

準備ができていようといまいと、そんな催し物に出席すると思ったら、ほんの少しだけど不安をおぼえた。もちろん、それを少佐に認めはしないけれど、不安を感じることに変わりはなかった。自分にこなせないと思っているわけではない。自分の能力に疑念を持った経験はほとんどない。そんな風には育てられていない。子どものころ、ミックおじが決めたことすべてを達成するのを見てきて、自分にはまねできないと思ったことは一度もなかった。わたしが女だからといって、おじは扱いを変えなかった――それほどには。

暗い屋敷に真夜中に侵入して金庫を開けるのはいい。それならやり方を知っている。なにがどうなるかをわかっていた――少なくとも、わかっていると思っていた。パーティでは事情が異なる。屋敷には人があふれ、あらゆる方向から見られてしまう。

しかも、そのなかには殺人者もいるのだ。

わたしのためらいに気づいたとしても、少佐はそんなそぶりを見せなかった。「明日の夜一九〇〇時に迎えにいく」

それだけだった。社交辞令もなければ、選択肢もなし。少佐は迎えにきて、わたしの準備が整っていることを期待する。おそらくは、それが少佐のディナー・デートのやり方なのだろう。

わたしは小さく吐息をついた。「わかりました」

少佐は服の質を見て取るように、ざっとわたしを見た。「ふさわしいドレスを用意しておく」

遠まわしに言っているらしきことばを聞いて、わたしは少し顎を上げた。「わたしがふさわしいドレスを持っていないと決めつけたのはなぜ？」

「持っているのか？」

とっさに弁解がましく食ってかかってしまったけれど、クロゼットにかかっているドレスを思い起こしてみた。ダンスなどにいつも着ていくものだ。充分すてきではあるけれど、サー・ナイジェル・ランドルフの主催するパーティでは及第点をもらえない気がした。二十四時間以内にそれをなんとかするのはむずかしそうだ。

少佐はわたしの考えを読んだらしい。「持っていなくてもかまわない。こちらから送り届ける」

「借りは作りたくありません」儀礼的なことばだったけれど、本心だった。これ以上ラムゼイ少佐に借りを作りたくなかった。

「では、きみの賃金から差し引こうか?」

からかわれているのかと思ったけれど、少佐はまじめに言っているのだと気づいた。「賃金って?」

「きみの仕事には当然ながら賃金が支払われる。まさか無報酬でやるとは思っていなかっただろうね?」

「自由の身でい続けるためにやっているんだと思っていました」

「最初の任務はそうだったが、きみはその取り決めを果たした。われわれのもとでこのまま働くときみは選んだのだから、その仕事には報酬が支払われる。当面はもう盗みができないわけだから、生活費が必要になるだろう」

期待していなかっただけに驚いた。

「きみのおじさんも雇う。まちがいなくわれわれの役に立ってくれるだろう。おじさんも交えてすぐに詳細を話し合おう」

「それは……ご親切にどうも」

わたしのことばには返事をせず、少佐が続ける。「ここを出る前にデイヴィーズにサイズを教えてくれたら、明日までに送り届けられるよう彼が手配する。ちゃんとした……化粧品はあるんだろうね?」

わたしはうなずいた。「その気になれば、髪だっておとなしくさせられます」

わたしの顔を縁取《ふちど》る黒いウェーブに、少佐の視線がそれとわからないほどちらりと向けられた。こめかみ近くではみ出したウェーブが視野の隅に見えたけれど、耳にかけたい衝動を抑えこむ。

「きっと見苦しくない姿になるだろう」例によって少佐のことばは、お世辞と侮辱の中間の魅力的なものだった。「さて」少佐が椅子から立ち上がる。「おじさんも一緒に細部を詰めよう」

少佐がドアのところへ行って開けた。「デイヴィーズ、ミスター・マクドネルをお連れしろ」と声をかけた。

廊下の端からはっきりしない音が聞こえた。きっとデイヴィーズが慌てて動いたのだろう。ラムゼイ少佐が机に戻ってきた。「電話に問題があってね。いまはここからデイヴィーズに内線をかけられないんだ」

少佐のことばは、ここに連れてこられた最初の夜から疑問に思っていたことをたずねるいいきっかけとなった。「これってどういう活動なんですか?」

「どういう意味だ?」

「ほら、これです」手をふって漠然と屋敷を示す。「ここはどう見ても政府関連の建物じゃないでしょ」

「ああ。個人の屋敷を流用している」

「だれのお屋敷なの?」わたしは訊いた。

短いためらい。「私のだ」

わたしがなにか言う前に、ドアが開いてミックおじが入ってきた。

気づいているべきだった。オフィスには快適で落ち着いた雰囲気があったし、この場所は自分のものといった感じで少佐は動きまわっていたのだから。そうはいっても、彼はどこだろうとそんな風に動きまわるのだろうけど。

それでも、頭のなかに入れていた少佐の分類を修正する必要があった。おそらく彼は名家の出身だとは思っていたけれど、ベルグレーヴィアの屋敷はわたしが想像していたレベルの一、二段階上だった。

「おはようございます、ミスター・マクドネル」少佐が言った。

「おはようございます、少佐」

どちらも、ほんの何時間か前までは看守と囚人ではなかったかのようなふるまいだった。

戦時中のわたしたちは適応するのがなんて早いのか。

ミックおじは椅子に座り、煤みたいなコーヒーを受け取り、それから三人で仕事の話にかかった。

「ミス・マクドネルには話したんだが、われわれはあなた方の……独特の能力をさらに必要としている」ラムゼイ少佐が切り出した。「ふたりには国家機密保護法を遵守するという署名をしてもらう。任務に対しては報酬を支払う」

「私と姪《めい》は、あなたの指示に従いますよ、少佐。だが、それは国のためで、金のためじゃない」ミックおじがかすかに顎を上げた。おじは誇り高い人なのだ。わたしたちは常にまっとうでいるとはかぎらないかもしれないけれど、それでも自分たちのもののために尽くした。

少佐は例によって心を動かされていなかった。「だとしても、あなた方に……別の場所で稼がれるより、こちらから報酬を支払うほうが好ましい」言わんとしていることは明らかだったけれど、少佐はさらにはっきりさせた。「私の言いたいのはこういうことだ。違法な活動を耳にしたら、あなた方のどちらでもためらわずに当局に引き渡す」

わたしはうなずいた。脅《おど》しにも腹が立たなかったのは、高圧的な少佐に慣れてきたからなのだろう。心の奥底では、このチャンスをあたえられたわたしたちは幸運だ、とわかっていた。このときばかりは、少佐に反感ではなく感謝の念を抱いた。ちょっとした収入があるとわかっていれば、不安も和らぐ。

ミックおじも同じ気持ちだったようで、唇に小さく笑みを浮かべて少佐に気取った敬礼をした。「了解、サー」

「その件に片がついたところで、当面の問題について話そう」少佐は椅子に背を戻した。「私たちが遭遇した死体は、ハーデンという男のものだった。彼は工場主で、現在その工場では兵器が製造されている」

この最新の情報を耳にして、わたしの感覚がちりちりした。天才でなくても、わかりきった推論を導けた。「じゃあ、例の文書は兵器に関するものだったのね」

少佐が首を傾げた。「手帳が正しければ、ハーデンは明晩にその文書を渡す予定になっていた」

少佐は、サー・ナイジェル・ランドルフの屋敷で行なわれるパーティについてミックおじにざっと説明し、わたしが彼の交際相手として出席する件をそこにさりげなく交ぜた。ミックおじはわたしをちらりと見たけれど、なにも言わなかった。あとでなにか言われるのだろう。

「ハーデンという男を殺した犯人が、パーティで彼が会う予定になっていた相手で、言ってみれば早めに驚かせたのではないと、どうしてわかるのかな？」ミックおじが言った。

鋭い指摘だった。「彼らがすでに文書を入手したのなら、連絡地点《ランデブー・ポイント》に姿を現わす必要はないわけですよね」わたしも指摘した。ランデブー・ポイント。政府の仕事をして二日めなのに、すでに彼らの言いまわしを使いはじめている。

「パーティで文書を渡されるなら、ハーデンの屋敷で彼を殺す理由はほとんどない」ラムゼイ少佐が言う。「不必要なリスクだろう。ある理由によって完全には否定しないが、それについてはあとで話す。いずれにしろ、ハーデンには共犯者がいて、その共犯者がおそらくはハーデンの報酬を目当てに裏切ったのだろうと考えている。共犯者は明らかにパーティでの受け渡しを知っていて、もともとの計画どおりに文書を渡そうとするはずだ。正直に言うと、殺人犯の正体よりも、そいつが接触する相手のほうを懸念している」少佐が続けた。「パーティ出席者のひとりが、文書をドイツに渡そうと計画している。その人物の正体を突き止め、可能であれば偽文書と入れ替える必要がある。あるいは、最低でも文書がドイツに渡るのを阻止する必要が」

「〝パーティ〟というからには大人数の集まりなわけ」ミックおじが言った。「少しは絞りこんだという話だったが？」

「そうだ。関与の疑われる人物が五人いる」

ミックおじが椅子に深く沈みこんだ。「説明を頼む」

少佐が躊躇した。新たな情報を明かす際には、少佐はたいてい躊躇するようだとわたしは学びはじめていた。きっと、まず自分の頭のなかで内容を落ち着かせ、どこまで明かすかを整理したいのだろう。カード・ゲームをさせたら凄腕にちがいない。

「死んだハーデンと、ドイツの協力者の疑いがある者たちは、全員が同じ蒐集家《しゅうしゅうか》クラブに属している。そのクラブが、戦前からこの国で活動をしていた親独グループの表向きの顔ではないかと考えている。なんといっても、共通点のない人々があまり注目を引かずに集まるにはすばらしい方法だからね。さっきも言ったとおり、サー・ナイジェル自身もいる。彼が『オールド・スモーク』紙を所有しているのは知っているだろうな？」

「ええ。しかも、ドイツとの関係を隠そうともしていなかった」わたしは、サー・ナイジェルの政治的信条について知っていることを話した。

少佐がうなずく。その表情には、賞賛だとわかるようになってきたものがあった。「彼はチェンバレンの宥和政策に賛同し、紙上でもほかの場所でもチャーチルを嫌っていると公言している。戦前のドイツとの関係があるためしばらく彼を監視してきたんだが、声の大きな男にしては、やりすぎないよう、告発されたり境界を越えたりしないよう、慎重にふるまっている」

「もっとも頭のいい人間は、そういうことに長けているもんだ」ミックおじが言った。「サー・ナイジェルはたしかに頭がいい」

「だとしても、サー・ナイジェルが政府内にまずい敵を作るのも時間の問題だ。国を離れる必要に迫られた場合に備えて、ドイツ側とあれこれ手配している可能性がある」

「あるいは、ナチスがこの国に上陸した場合に備えて」わたしは曖昧《あいまい》に言った。

「そうはならない」少佐の口ぶりはとてもきっぱりしていて、このときばかりは彼の自信に心が慰《なぐさ》められた。とても近いのにとても遠いトーキーでRAFの戦闘機を整備している、いとこのコルムのことを考えた。勇壮なイングランドの男性のご多分に漏れず、コルムも英国の海岸に侵略を許すくらいなら死ぬまで戦うだろう。でも、トビーの行方がわからなくなっているいま、コルムを失ったら耐えられるかどうかわからない。

そんな思いを押しやり、心の内で元気を奮い起こした。やり遂げるべき仕事があり、それに集中することが祖国だけでなくたいせつな人たちのためになるのだ。注意を少佐に戻す。

「さっき話した、連絡員がハーデンを殺した可能性がある理由についてだが。サー・ナイジェルに雇われているジェローム・カーティスという男がいる。この男は家令のような仕事をしているが、最重要の仕事はサー・ナイジェルの身を守り、必要とあれば腕力で人々を従わせることだ」

「用心棒か」ミックおじが言った。

「そうです」少佐が答える。「カーティスについては背景情報がほとんどないが、若いころはしばらく犯罪組織の連中とつるんでいた時期があり、短いながら群を抜いて残忍なボクサー時代を過ごし、いちばん高く買ってくれたサー・ナイジェルに雇われる前は傭兵のようなことをしていたといううわさもある」

「じゃあ、そのカーティスがサー・ナイジェルのためにハーデンを殺した可能性もあるわね」わたしは推測した。「だから、文書がサー・ナイジェルの金庫にあるかもしれないとあなたは考えた」

少佐がうなずく。「可能性のひとつであるのはたしかだ。それを除外する必要がある」

ミックおじが口笛を吹いた。「なかなかの悪党一味に思えてきたな」

「話はまだはじまったばかりですよ」ラムゼイ少佐だ。「関与が疑われる次の人物は、レスリー・ターナー＝ヒルだ。彼は〈ボジンガムズ〉の所長をしている。〈ボジンガムズ〉は知っているかい？」

「ええ」イングランドで最古参のオークション・ハウスのひとつだ。そこで芸術品を数点売った知人がいる。当然ながらすべて贋作《がんさく》だったので、いまは触れないほうがいいと判断した。

「戦争になる前、彼はドイツの最高司令部の人間と絶え間なくやりとりをしていた」ラムゼイ少佐が言った。「自分たちを美術品蒐集家と思いたがっている連中と。ゲーリングみたいな男たちだ。ターナー＝ヒルが戦争中も彼にとって有益であり続ける関係を築き上げた可能性はかなり高い」

　ミックおじが小さく悪態をついた。

「たしかに不愉快ではありますね」わたしは言った。「でも、戦前にそういう人たちと取り引きをしていたのと、いま政府の機密文書を彼らに渡すのとでは、飛躍がすぎませんか？」

そう訊きながらも、答えはわかっていた。

「金がからんだ場合、人間はもっとひどいことをしてきたんだよ、エリー嬢ちゃん」ミックおじだ。

　祖国のためを思うよりも金銭的な利益を優先する人たちがいると言われてショックを受けたかったけれど、そうはならなかった。ミックおじの言うとおりだ。わたしたち一家はある種の規範を守ってきたけれど、長い年月でそれほど道徳的でないミックおじの仕事仲間にも会っていた。何ポンドかのために自分の母親すら喜んで裏切るような人たちに。

「だが、金は唯一の動機ではない」少佐が続けた。「裏切り者の可能性がある次の人間は、マシュー・ウィンスロップだ。詩人みたいなものだな。父親は政府で働いているが、彼は自分自身の強い見解を持つようになった。学生時代の友人の何人かと秘密の政治クラブにかかわっていた。ヒトラーによってドイツで施行された政策の多くをまねようとしていたクラブだ」

わたしは嫌悪の表情になった。「でも、悪事は働いていない？」

「ああ。われわれの知るかぎりは。それに、正直なところ、彼が――あるいは、彼らのだれが――悪事を働いていたとしても、そういう人間の多くを監視下に置いて社交界で自由に泳がせておけば、われわれの利益になる」

「そうね、どんな風にあなたに利するのかわかるわ」わたしは言った。

ミックおじもうなずく。「友人はそばに、敵はそれよりさらにそばに置いておけ」

「まさに」少佐が椅子に背を預ける。「ドイツ側と共謀している可能性のある最後の人物は、ジョスリン・アボット。彼女は社交界の名士だ。新聞の社交界欄で彼女の名前を見たことがあるんじゃないか？」

「そういうのはあまり読まないの」正直に言った。ほかの泥棒は標的にできる人物の情報をゴシップ紙から得ているかもしれないけれど、わたしたちは常に知名度の高くない人物を標的に選んでいた。手痛い目に遭う可能性のある売名だとか権勢を目的にしているわけではないからだ。

「彼女は非常に裕福で縁故に恵まれた家の出だ」

「ドイツ系?」わたしは推測を口にした。

「そうだ。彼女の祖父はヴィルヘルム皇帝の内閣とかかわりがあったが、ミス・アボットの父親が生まれる前にイングランドに移住してきた。それ以来、一家は断固として親英の印象をあたえてきたが、伝統は深くしみついていることがある。それに、ほかにも興味深い要素がある。彼女はバーナビー・エルハーストと婚約している」

わたしの眉が両方ともつり上がった。その名前ならよく知っていた。バーナビー・エルハーストはRAFのパイロットで、ダンケルクの戦いで名を上げた。その勇猛さと戦闘能力はチャーチルその人も賞賛したほどだ。けれど、一カ月前に任務でフランス上空を飛行中に失踪し、安否は不明のままだ。捕虜になったと広く考えられているけれども、ドイツ側は声明を出していない。

「彼が撃墜された件にミス・アボットが関与していると思っているの?」論理的な結論に飛びついた。「フランスへ向かう彼の飛行情報をミス・アボットが敵に漏らしたと?」

「ありうると思っている」

「でも、ドイツの大義よりも婚約者の命と自由のほうがたいせつでしょう。愛する人にそんな仕打ちをするなんて、信じられない思いだわ」

「愛を宣言してもなんの証明にもならない」口調はやわらかかったけれど、少佐の表情はかすかに険しくなった。興味深い。あとでじっくり考えよう。

「じゃあ、ドイツ側の連絡員に渡してくれる人に託すために、ハーデンが機密文書を持ち出したと考えているのね。でも、おそらく怖じ気づいて殺され、代わりに殺人犯が文書を渡すべくパーティに顔を出す、と」わたしは要約した。

「そうだ。パーティは蒐集家グループがらみだから、裏切り者の疑いがある者は全員が出席する予定になっている」

「いろんな意味で同じ穴のムジナというわけね。彼らはどんなものを蒐集しているの?」

「中国の陶磁器だ」

「なんておそろしいの」そっけない口調で言った。

「彼らは何年も前から中国の陶磁器にかなり夢中になっている。実際、それがこのパーティの目的なんだ。〈ボジンガムズ〉がオークションにかける新たな作品を入手したので、蒐集家たちのためにサー・ナイジェルが内覧会を開くことにしたんだ」

「あなたは蒐集家なの?」風変わりなグループのなかに、どうやって目立たないようにふたりで紛《まぎ》れこめばいいのだろうと考えながら訊いた。

「私はちがうが、おじがそういうものに興味を持っている。招待状を入手したのはそのおじのためだった」

　ラムゼイ少佐はいろんな面を持つ男性だ。彼が上流階級の人間であるのはもはや明らかだったけれど、古めかしい陶磁器をガラスの陳列棚に飾っているおじさんがどこかにいるというのは奇妙な感じがした。それ以上に、花瓶だとか皿だとかの値段について蒐集家たちとあだこうだ言っている少佐を、はっきりとは思い浮かべられなかった。でも、少佐はわたしなんかよりもすべきことをわかっているので、その点に関しては信頼するしかなさそうだ。

　少佐をかなりまじまじと見つめていたと気づき、心を落ち着けた。

「じゃあ、その五人だけなの？　パーティにはどれくらいの人が出席するの？」

「大きなパーティになるだろう。なんといっても、サー・ナイジェルはドイツ支持者だけを招待するわけにはいかないからな。蒐集家のグループを中心に、その関係者も出席する。裕福な人たちの多くが国外に出たいま、妥当な値段で骨董品を入手できるまたとないチャンスだしな」

「メッサーシュミットが上空を飛んでいるときに、壊れやすい陶磁器を自分の屋敷に運ばせるなんてちょっと大胆じゃないかしら？」

「金と権力のある人間は、だれにも――どんな戦闘機にも――止められない」

「ローマが燃えているときにバイオリンを弾いていたネロみたいじゃない？」

　少佐の口角が両方ともくいっと持ち上がった。「悪くない喩《たと》えだ」

「この五人を監視して、反逆者から文書を受け取るかどうかをたしかめるのね」

「そうだ。ドイツ側の連絡員を見落としている可能性ももちろんあるが、やってみるしかない」

その口調を耳にして、少佐は挑戦を楽しんでいるのではないかと思った。ラムゼイ少佐には冒険好きな傾向があるらしい。

ひとつだけはっきり言える。興味深い夜になりそうだ、と。

11

ミックおじは、このちょっとしたドラマで独自の役割をあたえられるとわかった。わたしたちがパーティに出ているあいだに、少佐の部下のひとりとともにレスリー・ターナー＝ヒルのオークション・ハウスに忍びこむのだ。ミスター・ターナー＝ヒルが芸術作品を利用して国外に情報を運び出している可能性もなきにしもあらず、と少佐は考えたわけだ。パーティが開かれているあいだに、ミックおじたちがオークション・ハウスを徹底的に調べることになった。

おじの作業場に戻ってふたりきりになると、計画全体をもっと細かく検討した。ほんとうなら、家に戻ってきたときにおじはベッドに入るべきだったのだけど、休まないのはわかっていた。何日か軟禁されたあとだったので、仕事にかかりたくてうずうずしているのだ。長いあいだじっと座っているのを楽しむような人じゃなかったから。頭は常に回転し、手は常に仕事にかかる準備ができている。のんびりしているおじなど見たことがなかった。

「おまえはこの任務をどう思う、嬢ちゃん？」作業台に落ち着いたおじが言った。目の前には錠の数々が並び、おじ以外の人間には雑然としているとしか見えない配置で道具類が散らばっていた。

わたしは机の椅子に腰かけた。

「うまくいったら幸運だと思う。いろんなことが希望的観測頼みな感じがするの」

「希望が世界をまわし続けるんだよ」ミックおじの口調は朗《ほが》らかだった。

前途に仕事があるいま、おじが陽気になるのも不思議はなかった。こういったことを生き甲斐にしているのだ。錠前を愛し、開けてはならない錠を開けているときはその愛が二倍になる。

ある意味では、おじの任務はわたしのものより危険ではないだろうか。なんといっても、わたしの側には少佐がいるのだ。オークション・ハウスに侵入する際のミックおじの相棒については、ほとんどなにもわかっていない。

ミックおじもパーティに同行できる方法があればよかったのだけど、うまくいかないのはわかっていた。多才な人だが、上流階級の紳士としてはぜったいに通らない。

「パーティは楽しそうだな」おじはわたしを注意深く観察していた。「だが、気をつけるんだよ。彼らは人を殺していて、また手を汚すことをなんとも思ってないだろうから」

わたしはうなずいた。「気をつけるわ。彼らがこういうパーティでだれかを傷つけると本気で思っているわけじゃないけど。だって、かなり大きな催し物なんだもの」

「背後の注意を怠《おこた》るんじゃないぞ」おじはあれこれ小うるさく言う人じゃないので、この短いあいだに二度も注意をしたことで、かなり心配しているのだとわかった。そばへ行っておじの腕に手を置いた。

「自分の面倒は自分で見られるわ、ミックおじさん。それに、ラムゼイ少佐が可能なかぎりわたしに害がおよばないようにしてくれるだろうし」

「少佐を信頼してるんだね」

おじのことばに驚き、それについて少し考えた。「ええ」ついに答えた。「信頼しているんだと思う」

おじがうなずいた。「私は昔から人を見きわめるのに長《た》けているが、少佐は誠実な男だと思う」

「これまでは誠実な人を必要としたことなどあまりなかったけど」わたしは小さく微笑《ほほえ》んだ。ラムゼイ少佐は、わたしたちが伝染病のごとく避けるタイプの人だった。少佐とかかわり合いになったのは、明らかに自分たちにはどうしようもない一連の状況の結果だ。

運命とすらいえるかもしれない。そういうものを信じるのならば。

「そうだな。だが、高潔な人間はいつだって友人として歓迎せねば」ミックおじがウインクをした。「そういう人間はそれなりに役に立つものだ」

「少佐は友だちとは言えないと思う。でも、少なくとも敵じゃないわね」

「彼に対するおまえの評価が上がったみたいだな」おじの目はきらめいていた。

「前ほど嫌ってはいないわ。おじさんが言いたかったのがそういう意味なら」

認めたくはなかったけれど、おじの言うとおりだった。だんだん少佐が好きになってきていた。最初に会ったときは冷淡な人でなしだと思ったけれど、少なくとも動機という点においては立派だと思うようになっていた。なにしろ、過去には自分たちの動機だって立派だと言い訳したこともあったのだから。

ミックおじはわたしがことばにしなかった思いを正確に解釈したらしく、にやりと笑った。

「おまえは彼とふたりだけで話をしただろう。このすべてがまずいことになったら、次はどうするかを聞いたのかい？」

わたしは首を横にふった。「それについては、少佐はすごく口が堅くて」

「驚きはしないな。すべてが極秘なわけだしな。それに、なにが起ころうとも、少佐には計画があるだろうし」

「そうね。少佐についてはよく知らないけれど、とんでもなく有能だとは思う」

「彼はハンサムな男だ」ミックおじは冷やかすような目をくれた。

わたしは険しいまなざしでおじを見た。「たぶんね。尊大な人が好みなら」

「まあ、政府関係者が家族にくわわるのはあまり都合がよくないだろうけどな」おじはあいかわらずわたしをからかっていた。

「家族が増える必要はないわよ」すねたみたいな口調になっているのはわかっていたけれど、どうしようもなかった。わたしはおじみたいにこのすべてをおもしろがれずにいた。

「話題の男がおまえの好みぴったりじゃないのはわかっているが、早まって可能性を否定しなくてもいいんじゃないかな。今回の件は、私たちが更生するチャンスになるかもしれない」

おじが善意から言っているのも、そのことばが真実であるのもわかっていた。いま家族揃って品行方正な暮らしに舵《かじ》を切れば、もう少しふつうの人生を送るチャンスがわたしにめぐってくるかもしれない。あるいは、マクドネル一家として可能なかぎりふつうの人生を。

これまでわたしにはデートをする機会があまりなかった。ミックおじといとこたちが目を光らせていたから。おじといとこは陽気な人たちだけど、怒らせるとこわい存在だ。みんなそれを知っており、地元の男性はおじたちを怒らせたくなくて、たいていわたしを避けた。つき合った男性も少しはいたけれど、なんとなく以上に好きになった人はひとりもいなかった。少なくとも、フェリックスを別にすれば。でも、いまはそれについて考えている場合じゃない。

ミックおじの顔には、わたしが理解したくない表情が浮かんでいた。きっと少佐のことでもっとからかいたいのだろう。でも、わたしには冗談にしていいことには思えなかった。少佐は百万年経っても、自分の機械の有益な歯車としてしかわたしみたいな女を見ない、とわかっていたからかもしれない。別に、彼に女として見てほしいってわけじゃないけれど。

「真剣な任務なのよ、ミックおじさん」

おじはうなずいたけれど、おもしろがっている表情はそのままだった。「私がなにを言うかわかっているだろう、エリー嬢ちゃん。精一杯準備をして、予想外の展開に備えよ、だ」

翌朝、それほど遠くないコリンデールの新聞図書館まで歩いた。気持ちのいい天気で、陽光とひんやりしたそよ風を浴びられてうれしかった。この一週間ほどは、なにもかもが暗がりで秘密裏に行なわれていたから、まっ暗な泡のなかで暮らしているみたいな気分だったのだ。

これまでは新聞図書館に行く必要に駆られたことはなかったけれど、ロンドン図書館では数多くの楽しい時間を過ごしてきた。意外かもしれないけれど、わたしたちは本好き一家だ。ミックおじが『シャーロック・ホームズの冒険』などのミステリや冒険ものを暖炉の前でわたしやボーイズに読み聞かせしてくれた懐かしい思い出がある。おじは犯罪小説が好きなのだ。その皮肉がたまらないのだろう。

新聞図書館は、知識の塊《かたまり》といった雰囲気のある煉瓦《れんが》造りの頑丈な建物だ。なかに入ると、紙とインクのにおいに出迎えられた。

陽気な若い女性が探し物を大喜びで手伝ってくれ、数分もしないうちに先月の『オールド・スモーク』紙、『タイムズ』紙、それにそれほど有名でない新聞の束と一緒に閲覧室の木製の長テーブルについていた。

ここに来たのは、中国製の陶磁器についてもっと知識を得るためだった。陶磁器について調べるのにくわえ、ディナー・パーティで出会う人たちについて学べるだけ学んでおくのが役に立つだろうと思いついたのだ。

ラムゼイ少佐から基本的な情報はもらっていたけれど、彼は必要最小限しか明かしてくれず、学ぶべきことがもっとあるはずだと思っていた。わたしは下調べもせずに仕事にかかるのに慣れていない。手を貸す約束をしたからといって、すべてを少佐のやり方でしなければならないことにはならない。

たしかに、新聞記事から奥深くて暗い秘密を掘り起こせはしないだろうけれど、なにも知らないまま危険な場所にふらふらと入っていくのだけは避けられる。

最初の新聞をぱらぱらとめくっていくと、簡単な仕事ではないのがすぐさま明らかになった。ロンドンで報道されるニュースはとんでもなく多く、その大半がとんでもなくおもしろくなかった。

まずはミスター・ハーデンの死亡に関する情報を探した。見つけるのに長くはかからなかったけれど、大騒ぎはされていなかった。見出しは《押しこみ強盗で男性死亡》となっていた。詳細はほとんどなく、ハーデン自身とそのひどい死に方についてもあまり報じられていなかった。《押しこみ強盗がトマス・ハーデン氏を自宅で殺害し、金庫内の物品を盗んで逃

走した。この暗黒の時代に、警戒を怠ってはならないと思い出させる事件である》

たしかにそうなのだろうと思う。だって、ミックおじとわたしは、〃この暗黒の時代〃に乗じているのだから。ずいぶん久しぶりに良心の呵責《かしやく》をちょっぴり感じた。もちろん、だれかを傷つけようだなんて夢にも思ったことはないけれど、戦争を利用するのは少しばかり卑劣に思えた。

ミスター・ハーデンと兵器工場の関連については書かれていなかった。そういう情報は当然ながら公衆には知らされないものだ。最近ロンドンで起きていることで新聞記事にならないものは数多くある。

記事にはハーデンの小さな写真が載っていた。それをまじまじと見つめ、屋敷の天井を見上げていた彼の目を頭から追い出した。記事の写真は画質がよくなかったけれど、わたしは人の顔をおぼえるのが得意で、以前に彼を見たことがあるとほぼ確信した。生前の彼を、だ。しばらく考えたら思い出せるかもしれない。

今夜会う予定になっている容疑者については、最重要人物でパーティの主催者であるサー・ナイジェルからはじめようと決めていた。『オールド・スモーク』紙の所有者である彼の情報はたっぷりあると考えた。まちがいだった。どうやらサー・ナイジェルは、記事に登場しないよう腐心していたようだ。新聞社の所有者は、どの記事に報道価値があるかを指図できるのだろう。

とはいえ、サー・ナイジェルの関心がどこにあるかは簡単にわかった。自紙のどんな記事に傾倒しているかをそれほど隠そうともしていなかった。一年前の新聞を出してもらい、サー・ナイジェルがとりわけドイツとの確固たる関係を維持することに熱心だったのがわかった。円満な関係によって得られるものや、先の戦争ですでにわたしたちが得たものについて、複数の記事で詳細に書かれていた。ドイツと交戦した場合、『オールド・スモーク』紙がどんな立場を取るかは、この時点で疑う余地もなかった。

そんな立場を取る動機について訝《いぶか》らざるをえなかった。そもそもだれも戦争などしたくなかったのに、避けるのがますます困難になっていくのは明らかだったのだ。彼はどうして戦争に強く反対していたのだろう?

サー・ナイジェルがドイツとの関係にかなり入れこんでいたのには、理由があったとしか考えられなかった。

『オールド・スモーク』紙にはなくて、『タイムズ』紙には載っていたある記事に特に興味を引かれた。それはサー・ナイジェルについての記事ではなく、外交官として勤めていたドイツから帰国した、彼の甥《おい》のジョン・マイロンについてのものだった。その記事は、ミスター・マイロンが解任されてドイツをあとにしたとほのめかしていたけれど、ほんとうの関係はどうなのだろう。家族みんながドイツ支持者なのだろうか?

さらに何紙かを見たあと、ある見出しにはっと手が止まった。《ジョン・マイロン、交通

事故で死亡》

その記事を読んでみた。事故は一カ月前に起きていた。《元ドイツ駐在大使補佐官のジョン・マイロン氏が、金曜夜に交通事故で死亡した。氏は、おじのサー・ナイジェル・ランドルフがトーキーに所有するビーチ・ハウス〈雲雀《ひばり》の歌〉からロンドンに戻るところだった。警察の談話によれば、ヘッドライトのひさしのせいで死角ができ、カーブに気づくのが遅れたのだろうとのことだ》

気になる。ほんとうに事故だったのだろうか？ それとも、もっと邪悪なものだった？ サー・ナイジェルの家令のようなことをしていると少佐が言っていたジェローム・カーティスについては、なにも見つからなかった。用心棒でもある彼は、表に出ないよう気をつけているのだろう。カーティスが犯罪組織と関連があり、短期間ボクサーをしていたと聞いたのを思い出したが、それらしい記事は見つけられなかったので、そのうち諦めた。

次いで、ジョスリン・アボットを調べる一環として、ＲＡＦパイロットのバーナビー・エルハーストの悲運について当時の記事をいくつか見つけた。ミス・アボットの行方不明の婚約者が彼女のスパイ行為のあおりを食った犠牲者なのだとしたら、彼についてもっと知るべきだと思った。それほど時間をかけなくても、彼の英雄的行為の記事が複数見つかった。ホーカー・ハリケーンを操縦し、ドイツ機を数多く撃ち落とした。搭乗機が機能不全に陥《おちい》ったあとも飛び続け、おおぜいの兵士がいる端艇《たんてい》甲板をメッサーシュミットが機銃掃射するのを阻止した。

　若きエルハーストはたしかにすごかった。彼に関する三つめか四つめの記事に、女性と一緒に写っている写真が載っていた。その記事をざっと読んだところ、その女性がジョスリン・アボットだとわかった。

　写真をしっかりと見る。ミス・アボットは長身で、ブロンドで、とても美しかった。シックな装いをして、髪は完璧にセットされている。その姿を見ていたら、高価な香水の香りまでしてきそうだった。写真のなかの彼女は、バーナビー・エルハーストの腕をつかんでカメラを見つめていた。彼のほうはミス・アボットを見ていた。

　わたしなら、ふたりが似合いのカップルだとは言いきれない。バーナビー・エルハーストは荒っぽい感じのハンサム――くしゃくしゃの黒っぽい髪、角張った顔立ち、鋭い目――だけれど、社交界の花の目を引くタイプには思われなかった。ふたりが婚約したのは、彼が名を上げたあとだったことに留意する。ミス・アボットはだから彼とつき合ったの？　ひょっとしたら彼女は、イングランド指折りの輝かしい経歴を持つ若きパイロットに近づくよう指示を受けたのかもしれない。結局のところ、バーナビー・エルハーストの失踪はわが国の士気を揺さぶったのだから。

　規模が小さく、ゴシップ紙寄りの新聞に、婚約者が失踪したあとのジョスリン・アボットの記事があった。《一度も愛に裏切られる？》という見出しだった。《夫にしたい男性としてロンドンで大人気の人物との婚約破棄を経験したミス・アボットは、今度は婚約者のバーナビー・エルハースト大尉が行方不明になるという悲劇に直面している》。記事は、任務でフランス上空を飛行中に搭乗機もろともなんの痕跡も残さずに消えた状況を描写していた。撃墜されたと推測されていたけれど、死亡したのか捕虜になっただけなのかは不明だった。

その記事には、誂《あつら》えの黒いスーツを着て、帽子のベールをそれらしく垂らし、状況にふさわしい面持ちのミス・アボットの写真が添えられていた。

彼女についてはほかにそれほど興味深い記事はなかったものの、観劇やパーティなどの社交行事のあちこちで名前が出ていた。こんな不安な状況にあるロンドンを彼女がまだ出ていないのは、ちょっとした驚きだった。でも、ひょっとしたら、スパイ組織の親玉から留《とど》まるよう命じられているのかもしれない。

オークション・ハウス所長のレスリー・ターナー＝ヒルは新聞でちょこちょこ取り上げられており、それは常に〈ボジンガムズ〉がらみだった。真の意味での上流社会の一員ではなく、その周辺をうろついているだけの人物のように思われた。反感を、もっと言えば恨みを抱くのに申し分のない立場かもしれない。望んでいる世界の一部になれないのだとしたら、彼は別の類《たぐい》の社会に入りこもうとするかもしれない。

中国の陶磁器と来《きた》るオークションの広告があった。《ヨーロッパの複数の蒐集家《しゅうしゅうか》から新たに入手したみごとな数点》。その複数の蒐集家とはだれだろう。彼らは今夜のパーティになんらかの関係があるのだろうか。それを知る術《すべ》はなさそうだった。

あれこれ探したにもかかわらず、ターナー＝ヒルの写真は見つけられなかったので、少佐に教えてもらうほかなさそうだった。

社交家で詩人気取りのマシュー・ウィンスロップに至っては、まったくなにも見つけられなかった。サー・ナイジェルやその取り巻きとかかわりがあるのなら、少なくとも社交欄で言及されているだろうと思っていたのだけれど、秘密の政治グループの首謀者なのだとしたら、新聞に名前が載らないよう気をつけているのかもしれない。大学生の小さな極右グループが、国全体を危機にさらすものに関与しているなんてことがほんとうにあるだろうか？小石が大きな波紋を起こす、とはミックおじがよく口にすることばだ。

「お探しのものは見つかりました？」若い女性にたずねられ、はっと現実に引き戻された。

「ええ、ありがとう」深い底から水面に出たかのように感じながら、顔を上げて返事をした。いくつかの記事を見つけるのに数分しかかからなかったみたいな印象をあたえたかもしれないけれど、腕時計をちらりと見ると、四時間以上も閲覧室にいたのがわかった。金庫を開けるときと同じく、時が経つのを忘れていたのだ。目的は果たせた気がした。サー・ナイジェル、ジョスリン・アボット、それにレスリー・ターナー＝ヒルの経歴についてわかるかぎりを掘り起こした。マシュー・ウィンスロップと、サー・ナイジェルの用心棒であるジェローム・カーティスに関しては謎のままだけれど、パーティでしっかり観察するつもりだ。今日はこれ以上の情報が手に入るとは思えなかった。

椅子から立ち上がりながら、首の凝りをほぐす。長い一日だったけれど、これで今夜だれに会おうと――それに、なにが起きようと――心の準備ができた気がした。

そのとき、亡くなったトマス・ハーデンを前にどこで見たのかをいきなり思い出した。そして、力になってくれそうな人がだれなのかもわかった。

12

モーディ・ジョンソンとわたしは同じ通りで育ち、それほど親しくなくてもいまも友だちだ。トビーが昔から彼女にちょっとばかりのぼせていたので、何カ月か前のある晩に小粋な紳士とデートをしている彼女に気づいたのだった。その紳士がトマス・ハーデンだった。

彼の人生でなにが起きていたのか、モーディが一部でも知っている可能性はあった。少なくとも、彼が胡散《うさん》臭そうな人物と交流していれば気づいただろう。たずねてみても害はないはずだ。

モーディのフラットは新聞図書館からの帰り道にあったので、運に任せてドアをノックしてみた。

「あら！　こんにちは、エリー」モーディが明るく微笑んだ。ハート形の顔、つやめくブロンドの髪、大きな青い目の彼女は、昔からずっと界隈《かいわい》一の美人だった。

もともとはダンサーで、いまは地元のナイトクラブでコーラスガールをしている。おそらく、トマス・ハーデンと出会ったのもそこだったのだろう。

「こんにちは、モーディ。元気だった？」

「ええ、まあまあね。あなたは？　その……トビーのことは聞いたわ」

わたしはうなずいた。「じきに連絡があるのを願ってるの」

「きっとあるわ」

単刀直入に訊こうとノックをする前に決めたので、計画どおりにした。「えっと……妙に聞こえるかもしれないけれど、実はトマス・ハーデンのことで来たの」

モーディの微笑みがほんの少し揺らいだ。左右に目を走らせ、わたしの背後を見て、ドアを大きく開けた。「入ってもらったほうがよさそう」

わたしは彼女のあとから廊下を進んで居間に入った。サテンや花柄の家具が置かれた、とてもモダンなスタイルの部屋だった。とてもお洒落《しやれ》な部屋。

「紅茶はいかが？」ふたりして薔薇《ばら》模様の快適な椅子に腰を下ろすと、彼女が言った。

「ありがとう。でも、けっこうよ。長居をするつもりはないの。ただ……」

「トマス・ハーデンについてどんなことを知っているの？」モーディの口調は鋭くはなかったものの、警戒気味だった。

「強盗に殺されたと新聞で読んだわ。で、あなたたちがつき合っていたのを思い出したの」

「数週間前に別れたわ」それでこの話は終わりだったのだろうけれど、彼女はもっと話したがっているような気がした。

「それでも、お悔やみ申し上げるわ。知っている人が突然亡くなるのは、いつだってショックよね」

モーディがわたしの目を見た。「この戦争では、この先たくさんの人が突然亡くなるわ」

それはぞっとする真実ではあったけれど、彼女のことばにはもっと深い意味があるのは明らかだった。謎めいたことを言ったモーディは、わたしがその謎を解くのを待っていた。

「でも、ミスター・ハーデンは戦争で亡くなったのではないわ」もっとしゃべってほしくて言ってみた。

モーディがうなずく。「彼には重要な仕事があったの。北部に工場を持っていたのよ」

「そうなの？」いまのは周知の事実ではないと踏み、手の内を明かさないようにした。

「わたしは……当然、わたしにはなにも話してくれなかったわ。でも、その工場で作っていたのだと思うの……戦時供出に関係するものを」

秘密を打ち明け合っているみたいに、わたしは少しだけ前のめりになった。彼女がなにをほのめかしているのかがわかった。そしてそれは、彼女に話してもらいたくてずっと待っていた情報だった。「まさか、そのせいで彼が殺されたとは思ってないわよね？」

今度はモーディが身を乗り出したけれど、わたしたちしかいないフラットでだれに聞かれるというのだろう？「デートをしたとき、何度かおかしなことがあったの」

「おかしなこと？」

「尾行されたりとか。トマスの自動車でまいたことも一度ならずあったわ。でも、彼は尾行をまいているのをわたしに気づかれないようにしていたわね。あと、彼のところに奇妙で秘密めいた電話がかかってきたりもしたの。最初は別の女性の存在を疑ったのだけど、内線電話で盗み聞きしたら、相手は男の人だった」

「電話の内容はなんだったの？」

モーディはきまり悪そうな顔になった。「工場に関係する話だったと思う。聞いてはいけない話なんて聞きたくなかったから、受話器を戻してしまったの」

わたしがうなずくと、彼女が続けた。

「外で食事をしたとき、トマスがテーブルを立ったことが一度あってね。なかなか戻ってこなかったから探したら、男の人と話をしていたのよ」

なにかを発見できそうだと急に感じた。「その男の人の外見は？」

モーディは肩をすくめた。「こっちに背中を向けていたから、よく見えなかった。背が高くてディナー・ジャケットを着ていた。黒っぽい髪」

それでは役に立たない。

「ほかには？」ちょっと強引だとは思ったけれど、秘密を明かした彼女の口はゆるくなっていた。

モーディが頭《かぶり》をふった。「そのときはあんまり気に留めてなかったのよ。わたしには話せない工場の仕事関係だろうと思った。そんなに真剣なつき合いじゃなかったから。でも、トマスが殺されたと知って、気になりはじめてしまって……」

まだ先がある。わたしは息を殺して待った。

「一度、例の電話のあとで、彼にすごくおかしなことを訊かれたの。筆跡ってどれくらい気づくものだと思うかって。二通の手紙を見くらべて、ちがいがわかるだろうかって」

「筆跡？」わたしは困惑した。予想していたものとはちがった。「実際に二通の手紙を見せられたの？」

モーディは首を横にふった。「哲学的な質問みたいな感じだった。そのあとしばらくしてトマスとは会わなくなったの」

「それでよかったのかも」いろいろな意味で。

そのあと、昔のご近所さんだとか共通の知り合いについてしばらくおしゃべりしたあと、いとまごいをした。家に帰ってパーティに出る準備をする必要があった。

入手したのが重要な情報かどうかはよくわからなかったけれど、考える材料ではあった。それに、容疑者候補のなかに長身で黒っぽい髪の人がいないか注意を払うつもりだ。それと、筆跡学に関心を持っている人にも。

「それらしく見えるのが救いね」その晩、自分のフラットで七時数分前にわたしはひとりごちた。

舞踏会へ行く前のシンデレラみたいな気分がちょっぴりした。侵入窃盗を働くことにとりわけ意識を集中させたシンデレラ。

仕上げに鏡の前でくるりとまわって確認する。モーディ・ジョンソンのところから帰宅すると、ドレスが待っていたのだった。ドレスは大きな白い箱で届けられており、包装をどけたときに喘《あえ》ぎ声が出た。

これまでわたしが持っていたものとくらべても、かなり美しいドレスだった。濃い赤紫色のビロードで、ウエスト部分は絞られ、スカートは長く優美で、別の生地がきらめくピンでヒップの両脇に留められている。

わたしの体にぴったりで、曲線があらわだった。四角い襟《えり》ぐりは自分で選ぶよりも若干深かったけれど、色っぽく見えるのは否定できなかった。ネイシーなら〝胸もとをそれとなく強調する〟とでも言いそうな襟ぐりで、肩にかかる太いストラップは首に視線を引き寄せるものだ。

美しいサテンのハイヒールと本物のシルクのストッキングまで届けられていた。なんて贅《ぜい》沢《たく》なの！

髪の毛もこのときばかりは望みどおりになってくれ、前髪はやわらかなウェーブを打ち、透明なバレッタで留めたシニヨンは完璧な仕上がりだった。この髪型にするとおとなっぽく見えていい感じだった。

ふさわしいアクセサリーは持っていなかったので、装身具はなしにした。模造宝石ならいくつかあったけれど、今夜のパーティ出席者には見破られてしまうだろう。どのみち、ドレスだけで充分優美だった。

マスカラをたっぷりめに塗り、口紅は赤紫色のドレスにぴったりの色を選んだ。総じて、黒髪と色白の肌をはっとするほど引き立てるできばえだった。

ラムゼイ少佐はどう思うだろう？　気づく間もなくそんな考えが浮かんでしまい、自分にいらだった。彼がどう思おうと、どうだっていいじゃないの。

でも、自分に正直になるならば、すてきに見えるのがうれしかった。これまで少佐が目にしたわたしは、いつだってちょっとばかりひどい状態だったから、その気になればきれいになれるところを見てほしいと思う程度の虚栄心はあった。

それに、男性がほとんどいないこの町で、彼はハンサムな人だ。そこに特別な意味をつけずに事実を認めたってかまわないはず。

去年のクリスマスにフェリックスがくれた高価なパリの香水を吹きかけ、コートとハンドバッグを手に取ったとき、ドアにノックの音がした。

ドアを開けると、少佐がいた。彼は正装用の軍服姿で、わたしは思わず見惚《みほ》れてしまった。漠然と彼を魅力的だと思うのは完璧に当たり前なのだと自分を納得させたわたしは、緑がかったカーキ色の軍服が背の高さと脚の長さを強調し、革のサムブラウン・ベルトが広い肩幅としゅっとしたウエストを際立たせているようすをつぶさに見た。

気づくと、少佐もわたしをじっくりと見ていた。視線が上から下へと動き、ふたたび上がってくる。曲線があらわになっている箇所で視線が長めに留まっていたのは、わたしの想像のなせる業《わざ》ではないと思う。女であると気づいてもらえたらしいことにかすかな満足を感じたけれど、少佐がわたしを女として考えるかどうかはわからなかった。なんといっても、彼にとってわたしは泥棒でしかないと、これまでにはっきりさせてくれていたのだから。

「これでなんとかなるかしら?」わたしはたずねた。

どうせ失礼なことを言われるだろうというこちらの予想を覆し、少佐はうなずいた。その表情は読み取るのがむずかしかった。「いいんじゃないか」ほんの少しだけ間があったあと、こう続けた。「とてもすてきだ、ミス・マクドネル」

うまい言い返しをしてやろうとかまえていたので、お世辞を言われてことばを失った。

「ありがとう、少佐。あなたもすてきよ」内心でたじろぐ。そんなことを言うつもりなどなかったのに。

「いいかな?」少佐がわたしのコートを示して言った。

「ありがとう」コートを渡すと、少佐が着せかけてくれた。

それから、待っている自動車を身ぶりで示した。「行こうか?」

ヤクブが運転手だった。近づいていくと、ドアを開けてくれた。

「こんばんは、ヤクブ」明るい笑顔で挨拶をする。

「こんばんは、ミス・マクドネル」

「エリーよ」

ヤクブはうなずき、笑顔を返してくれた。「こんばんは、エリー」

「スカートに気をつけて、ミス・マクドネル」自動車に乗りこむときにラムゼイ少佐に言われたので、ドアが閉まる前にビロードのスカートを引き入れた。わたしはフォーマルウェアを着慣れているとは言いがたかった。

「わたしをエリーと呼んだほうがよくない?」少佐が反対側から乗ってくると、そうたずねた。

彼は首を横にふった。「まったく別の呼び方をしたほうがいいと思う。このすべてが終わったときにきみの正体を突き止められないように、本名は使いたくない。どう呼んだらいいかな?」

「わたしたちの関係はどういう設定?」呼ばれ方を決める前に、自分の役割を知っておきたかった。「どれくらい親しい仲にするの?」

少佐と目が合い、腹部にばかげた衝撃を感じた。気恥ずかしさのせいにちがいない。いまのことばを誘い文句だと受け取られただろうから。誘い文句などではなかったけれど、自分が深い意味のないデート相手としてふるまうべきなのか、恋人としてふるまうべきなのかを知っておく必要があると思った。

「秘書仕事の経験はないんだろうね？」少佐が言った。

彼はわたしに秘書のふりをさせようとしているの？　どういうわけか、とてもがっかりした。

「速記とタイプはできます」何年か前に、ミックおじの仕事を整理する方法を学ぼうと考えて基礎コースの授業を取った。おじは錠前に関しては鋭い才知を発揮するけれど、書類仕事や請求書の作成となるとからっきしなのだ。

「それなら、きみが陸軍省の近くで働いていて、ある日の昼食時に私と出会ったという話にできそうだ」

「貧しい事務員を相手にしてくださっているわけ？」ちゃんとした交際相手という設定になって、なぜだかうれしかった。これでひと晩中メモを取りながらついてまわるよう言われなくてすむだろう。

少佐はわたしの皮肉を無視した。「きみを夕食に誘ったところ、あっという間にロマンスがはじまった」

「わたしたちは深く愛し合っているのかしら？」図々しく訊いてみた。どんな芝居にするのか、少佐とは棘《とげ》を和《やわ》らげて冗談を言い合えるのかを把握しようとしていたのだ。ラムゼイ少佐と戯《たわむ》れるのは、とてもやりにくそうだと密かに思っていた。

「今日は四回めのデートだ」わたしが挑発的にふるまっても、少しも慌てずに言う。「きみがもったいをつけているせいで、私に対する気持ちがはっきりしない」

わたしは口角の片方を上げ、舌を鳴らした。「わたしが？　国内には男性がほとんど残っていないのに」

「きみのせいばかりでもない。私の性格的に、気持ちを盛り上げるのにちょっとばかり時間がかかるから」

それを聞いてわたしは笑った。「だから、中国の陶磁器でわたしを口説こうとしているわけ？」

「非常時だからね、ミス・マクドネル」

「ミス・マクドネルって呼ぶのはやめてもらわないと。今夜うっかり口にしてしまうかもしれないでしょう」

「わかった。だれになりたい？」

わたしは考えた。「本名にできるだけ近いほうがおぼえやすそう」

少佐がうなずく。「まったく聞き慣れない名前にはしないほうがいいだろう」

「エリザベス・ドナルドソンはどうかしら？」

「いいんじゃないか。エリザベス」

「四回もデートしてるんだったら、リジーって呼ぶのはどうですか？　ベスとかベッツィでもいいけど」

少佐が首を横にふった。「私は愛称が嫌いだ」

「なんですって？」

「愛称。あだ名だ」

「意味はわかってます」わたしは言い返した。「どうして愛称が嫌いなの？」

「人はつけられた名前で呼ばれるべきだと思っている。そうでなければ、名前をつける意味がないのでは？」

わたしはちょっと笑った。「あなたって規則どおりに生きているのね？」

「そのために規則があるんじゃないのか？」

わたしは肩をすくめた。「どうかしら。規則なんて少しばかり嘲笑《あざわら》ったほうがおもしろいと思ってきたけど」

少佐はなにか言いかけて考えなおしたようだった。つかの間、彼はかつて規則をばかにして従わず、散々な目に遭ったのではないかという印象を受けた。それはなんだったのだろう？

不本意ながら、ラムゼイ少佐と彼の過去にまたちらりと興味を抱いた。

少佐についてほとんど知らないことに唐突に気づく。「あなたは？　洗礼名はなに？」

「ゲイブリエルだ」

それについて考えてみる。大天使と同じ名前なのがしっくりきた。偉大で、おそれ多く、絶対的に正義の側の人。金髪碧眼で眉目秀麗《びもくしゅうれい》な彼は、たしかに少しばかり天使のように見えた。あるいは、大理石の天使の胸像のように。

「ゲイブリエルは意外だったけれど、あなたにぴったりだと思う」しばらくしてから、わたしは言った。「お友だちはあなたをゲイブリエルとは呼ばないんでしょうね?」

「友人からはラムゼイと呼ばれている。だれも私をゲイブリエルとは呼ばない」

「女性も?」わたしは食い下がった。戯れをかけていると思われるかもしれないと気づいたけれど、少佐の壁を壊そうとがんばっていたのだ。

いまの質問で少佐の意表を突けるかもしれないと思った。それが無理でも、とても堅苦しい態度を揺さぶれるかもしれないと。でも、彼は平然と目を合わせてきた。「いまは女性のために割ける時間があまりない、ミス・マクドネル」

どういうわけか、信じがたかった。わたしは男性経験が豊富ではないけれど、ラムゼイ少佐のような男性なら努力なんてほとんどしなくても、女性がよりどりみどりであることくらいはわかっていた。

「わたしはラムゼイとは呼びませんから。よそよそしすぎるもの。となると、ゲイブリエルと呼ぶしかないわね」

「きみだけの特権だな」少佐の口調は淡々としていた。

彼がわたしといるときみたいにいつも横柄な堅物なら、女性がらみに関しては当然ながら大きなマイナスだろう。

通常の生活をしているときの彼はどんな感じなのだろう、と気になった。近しい人と微笑み、笑い、ばか話をしているわよね？　ずっと肩をいからせ、いかめしい顔をしているなんて思えなかった。でも、そういうペルソナがとても自然だから、始終そうなのかもしれない。いずれにしても、どちらであろうとわたしには大きなちがいはないわけだから、そんなことで気を揉《も》む必要はない。

「今夜パーティ会場へ行く前に、ほかに知っておかなければならないことはありますか？」わたしはたずねた。

少佐はわたしをじっと見た。「たとえば？」

わたしは肩をすくめた。「さあ。すべての情報を持っているのはあなたでしょ」

「今夜なにがどうなるかについては、きみは私とほぼ同じだけ知っている。しっかり目を開いておいて、疑わしいものを見たら私に教えてくれればいい。危ないまねはしないように」

「それは大丈夫」わたしの安全を考えてくれるなんて、彼にもちょっぴりやさしいところがあるのね。

「パーティを抜け出して金庫のところへ行けるのは、陶磁器の講演中になるだろう。いついかなるときも私の指示に従うように。きみがひとりで仕事をするのに慣れているのはわかっているが、いまは実質的に私の指揮下にいるのを忘れないように」

やさしくなんてなかった。

反射的に逆らいたくなった気持ちを抑えこみ、取り澄まして答えた。「イエス、サー、ラムゼイ少佐」

車内では少佐はそれ以上ほとんどしゃべらず、わたしも会話を迫らなかった。この時点で、わたしたちがロマンティックな関係だとだまされる人はいない気がしていたけれど、どうしようもなかった。わたしが努力しなかったとは少佐には言わせない。

しばらくすると、砂岩造りの豪邸の前に自動車が停まった。砂嚢《さのう》や暗幕もその豪奢《ごうしゃ》なようすを損ねていなかった。

ヤクブがドアを開けてくれ、わたしは自動車を降りて壮大な屋敷を見上げ、この先に待っているものを思って気を引き締めた。正直な気持ちを言うと、上流階級の人たちのなかに交じると思うと身が縮んだ。

「準備はいいかい、エリザベス？」少佐が肘《ひじ》を差し出した。

そこに腕を通す。「いいわ、ゲイブリエル」

わたしたちは玄関前の階段を上がり、屋敷に入った。

13

壮麗さを目にする心の準備はできていたけれど、サー・ナイジェル・ランドルフのメイフェアの屋敷は絵に描いたような絢爛豪華《けんらんごうか》さだった。白大理石の床に柱、金のモールディング、きらめくシャンデリア――なにもかもが目も痛くなるほどきらびやかだ。

屋敷自体も広大だった。玄関広間だけでも舞踏会を催せるくらい広く、わたしたちの足音が磨《みが》き抜かれた床から三階の天井まで上へ上へと反響した。これといった用途もないだだっ広い空間。これがおそらく、退廃的なほどの裕福さの究極の象徴なのだろうと思う。

「悪趣味だろう？」少佐がわたしの耳もとで言った。

わたしは彼を見上げた。「豪奢《ごうしゃ》ではあるわね」

裕福な人たちに特に反感を抱いてはいなかった。人生がフェアでないのは早いうちに学んでいた。自分以外の人にいいカードが配られたからといって、なぜ腹を立てる必要があるのか？　もちろん、うちの家族はちょっとした不正なら平気でしてきた。

「それに、思っていた以上に人が多いわ」美しい装いをした洒落者たちが飲み物を手に部屋を出入りしているのに目を留める。「この人たちはみんな、ほんとうに中国の陶磁器に興味を持っているの？」

「大半は、ここにいる人間を見たり自分が見られたりすることのほうに関心がある」少佐が答えた。「サー・ナイジェルのパーティは有名なんだ。戦時中でもね」

「獲物たちを教えてくれる？」

「獲物のひとりが来た」少佐が声を落とす。「あれがサー・ナイジェルだ」

顔をめぐらせ、決然とした足取りで向かってくる夜会服姿の紳士を見た。

サー・ナイジェルは、わたしが想像していたとおりの外見をしていた。高齢にさしかかった紳士で、贅沢な生活の影響でややでっぷりしていた。ふさふさした白髪の下の顔はハンサムといえなくもなかったけれど、心の内に心配ごとを抱えているのか、くたびれた感じを隠しきれていない。眼光鋭い目は薄青色で、肌は睡眠をほとんど取れていない大酒飲みのような、不健康に黒ずんだ色をしている。まあ、最近は、酒と睡眠不足はロンドンにいる人間全員に共通の悩みだったけれど。

それでも、サー・ナイジェルの物腰には疲れはほんのかすかにも出ていなかった。その点では、腕のよすぎる詐欺師だ。

「ラムゼイ！」自分の意見をなによりも重視させることに慣れている人間特有の、轟《とどろ》くような声だった。近づいてきて、少佐の手を握った。「帰国したきみに会えてうれしいよ。北アフリカは肌に合わなかったのかな？」

「いえ、そういう問題はありませんでした」少佐が答える。「命令された場所へ赴くのみなので」

北アフリカ？　それで日焼けしている理由がわかった。少佐が帰国を命じられたのは、この任務のためなのだろうか？　それとも、ほかに理由があるのだろうか？

「そうだろうとも、きみ。そうだろうとも」サー・ナイジェルの視線がわたしに転じられた。「こちらの美しいお嬢さんはどなたかな？」

「彼女はミス・エリザベス・ドナルドソンです。エリザベス、サー・ナイジェル・ランドルフを紹介しよう」

「はじめまして」わたしが言うと、サー・ナイジェルが手をしっかりと握ってきた。彼の視線はわたしの顔にじっと注がれていたけれど、不安にはならなかった。今夜にふさわしい格好をしているとわかっていたから。それを裏づけるように、サー・ナイジェルの視線が深い襟ぐりにちらりと落ちたあと、顔に戻ってきた。

「お会いできて光栄です、ミス・ドナルドソン。ロンドンの美女なら全員知っていると思っていたのだが、どうやらまちがっていたようですな」

わたしはにっこり微笑んだ。「ご親切にどうも、サー・ナイジェル」

「親切だなど、とんでもない」彼がいきなり捕食者めいた笑みを浮かべたので、わたしはそのことばを信じた。「それどころか、私は好色家で知られていましてね。ラムゼイはあなたから目を離さないほうがいい」

「そのつもりです」ラムゼイ少佐は微笑みながら返事をしたけれど、あまりにこやかな笑みではなかった。彼がわたしの腰のあたりにさりげなく手を置く。ひょっとしたら、思っていた以上に少佐は芝居がうまいのかもしれない。

サー・ナイジェルが笑った。「それならあなたは安全だ、ミス・ドナルドソン。この少佐に挑むほどおそれ知らずではないですからな。よかったら応接間に来ませんか？　紹介したい人たちがいるのだよ」

「喜んで」ラムゼイ少佐が答えた。

サー・ナイジェルが少佐をとても高く買っているらしいことに驚いた。目立たないようにパーティに溶けこむのだとばかり思っていたのに、サー・ナイジェルは少佐をほとんど貴賓《きひん》扱いしている。見落としているものがある気がした。おそらくは、ラムゼイ少佐がわたしには話す必要がないと判断したものだろう。

サー・ナイジェルがわたしたちの先に立って玄関広間を横切り、開け放たれた大きな両開きドアをくぐった。

わたしは腕に少佐の手が添えられた状態でその部屋に入り、周囲を見まわした。どんな場所だろうと入った直後にできるだけ多くを見て取るのが習慣になっていた。

サー・ナイジェルは応接間と呼んでいたけれど、高い天井、彫りを施《ほどこ》したモールディングに深紅色の壁紙、念入りに配置されたアンティーク家具が目につく豪奢な部屋だった。ドアの向かい側には巨大な大理石の暖炉があり、火が轟々《ごうごう》と燃えていた。いまいる場所からクリケットのフィールド分くらい離れているのに、パチパチという音が聞こえた。

部屋のなかへと進みながら、ラムゼイ少佐がすれちがう人々に会釈した。何人かに目を向けられ、優美でゴシップ好きな人々の頭のなかではどんな思いが駆けめぐっているのだろうと訝る。

サー・ナイジェルは、暖炉そばに置かれた椅子に座っている六、七人のちょっとしたグループのところにわたしたちを連れていった。近づくと、彼らは話をやめた。

「ラムゼイがやっとご帰還だ」サー・ナイジェルがグループに向かって言った。「彼はなんとこちらの美しいお嬢さん、ミス・エリザベス・ドナルドソンと一緒だったよ。きみたちに会ってもらいたくて連れてきた」

彼は全員の紹介をしたけれど、わたしはそのなかのふたりにだけ注意を払った。

ひとりは、〈ボジンガムズ〉所長のレスリー・ターナー＝ヒル。彼は長身瘦軀《そうく》で、青白い顔をして、分厚い眼鏡をかけていた。まさに、薄暗い地下室で日がな一日陶磁器を眺めている類の人に見えた。髪は黒っぽかったから、モーディから聞いたトマス・ハーデンと話していた男性というのは彼だったのかもしれない。

けれど、いまは彼よりも女性に興味を引かれていた。その女性はわたしたちが近づいてきたとき、思わずといった感じで驚いた顔をしたのだ。もっと正確に言うと、ラムゼイ少佐が近づいてきたとき、だ。

「こちらはミス・ジョスリン・アボットです」サー・ナイジェルがちらりと少佐を見た。「だが、きみはたしかジョスリンを知っていたね、ラムゼイ?」

サー・ナイジェルが少しだけ意地悪くおもしろがっている表情を見せなかったとしても、少佐とミス・アボットがたがいを見たときに周囲の会話が一瞬途切れたのに気づいただろう。ふたりのあいだには過去になにかあったのだ、とすぐさま感じた。行方不明になっているパイロットの婚約者がいようといまいと、彼女と少佐が単なる知り合いでないのは明らかだった。ふふ、おもしろいじゃないの。

「ごきげんよう、ジョスリン」少佐は平然と言った。

「ごきげんよう、ゲイブリエル」ふうん、じゃあ彼女は少佐をゲイブリエルと呼んでいるわけね。少佐の歯切れのよい口調とは対照的に、ミス・アボットの声はやわらかで心がこもっていた。

分かち合ったにちがいない思い出をふたりがよみがえらせているあいだ、わたしはミス・アボットをたっぷり観察した。新聞の社交欄で見た写真と同じく、長身で、ブロンドで、人を射抜くような黒っぽい目をした美しい女性だった。黒いサテンのドレスでばっちり決めていて、すごく痩せている。バーナビー・エルハーストの運命が心配でたまらないのだろうか

――それとも、別の心配ごとでもあるのだろうか？

とうとう彼女の目がわたしに向けられた。ミス・アボットは礼儀正しく挨拶をしたけれど、すぐに髪からドレスまで視線を走らせて値踏みしてきた。ずいぶん念入りだったので、わたしの穿《は》いているストッキングが本物のシルクかどうかもたしかめたかったんじゃないかとすら思った。

わたしはちょっとばかり自己満足に浸った。このすべてが終わったとき、ドレスは回収されてもいいけれど、ストッキングは欲しかった。

サー・ナイジェルが紹介を終えると、グループはロンドンっ子がいちばん関心を持っているふたつの話題について話し出した。天気と戦争だ。

わたしたちは小さなグループに分かれ、話し声が暖炉の火の爆《は》ぜる音と混じり合った。

「あなたは中国の陶磁器に興味をお持ちですか、ミス・ドナルドソン？」レスリー・ターナー＝ヒルがわたしのほうに顔をめぐらせて訊いた。いやみを言われたのだと思った。彼は自分の啓蒙的な行事に無知な人間が交ざりこんでいることに腹を立てているのかもしれない。

「明朝の作品はとても美しいと思いますわ」わたしは言った。「特に宣徳《せんとく》時代ですね。とはいえ、ほんとうを言うと、漢王朝の魂瓶《こんぺい》のほうに魅せられますけど。すごく魅力的じゃないですか？」

レスリー・ターナー＝ヒルが目を瞬《しばた》いた。「ええっと。ええ。おっしゃるとおりです」

「もちろん、それほど詳しいわけではないのですけど」笑顔で言った。「ただ、ときどき書かれているものを読んだりするだけで。でも、あなたが今夜取り上げる予定になさっている作品にはとても関心があるんです」

ちょうどそのとき、たまたまちょっと目を向けたところ、ラムゼイ少佐は突然知識を披露したわたしにほんのかすかに眉を上げていた。つかの間目が合って、彼が唇《くちびる》に小さな笑み——ほんとうに好意的に受け止めてくれたの？——を浮かべた。

そのあと、ミスター・ターナー＝ヒルはわたしを放っておいてくれたけれど、こちらはグループを離れていく彼から目を離さなかった。

少佐のことも観察した。いつもの堅苦しいようすとはあまりにも異なる社交的な面に興味をそそられたのだ。当然ながら、指揮官役をしているときにわたしにそういう面を見せなくてはならない理由などないけれど、彼の変化は興味深いと思った。ひとつには、少佐がとてもリラックスしているように見えたからだ。厳格な物腰をすっかり脱ぎ捨てたというわけではなかったけれど、そこにもっと洗練された感じのよさみたいなものがくわわっていた。別の種類の自信。ときどき美しい白い歯を覗かせる笑みすら浮かべていた。

だれもが少佐と同席できて喜んでいるみたいで、わざわざことばを交わしにやってきた。ジョスリン・アボットをのぞいて、だけど。わたしには、ふたりがたがいを無視しつつ、無視などしていないふりを懸命にしているように思われた。

ふたりのあいだには、まだ片のついていない問題があるのではないか、という印象を強く受ける。ふたりはどんな関係だったのか、そしてバーナビー・エルハーストはいつそこに登場したのか？　ある記事を唐突に思い出した。結婚相手としてふさわしい男性との婚約破棄についての記事だ。でも、まさかそれがラムゼイ少佐だったなんてことはないわよね？　今夜が終わったら、少佐に訊きたいことがたくさんあった。

少佐はほかの客たちと話すわたしにほとんど注意を払っていなかったから、彼がいきなり隣りに現われて背中に手を置き、温かな息が頬に当たるほど身を寄せてきたので驚いた。

「まだ見るなよ。マシュー・ウィンスロップがちょうど来たところだ。灰色のスーツを着た色の浅黒い男だ」

わたしはうなずき、彼からとてもおもしろい話を聞いたみたいに微笑んだ。それから顔を上げて彼を見た。まだ身を寄せたままだった少佐の顔が、思っていたよりも近くにあった。目が合うと、わたしの腹部が妙な引きつれ方をした。少佐はしばらく目を合わせたままでいたあと、背中に置いた手を離して向きを変えた。

少佐から視線をはずすと、ジョスリン・アボットがわたしたちを見つめていた。

わたしは少佐が教えてくれた男性を見ようと、ドアのほうに目をやった。マシュー・ウィンスロップは黒っぽい髪と瞳を持つむっつり顔の若者だった。見るからに疑わしげなようすでこそこそと入ってきたので、なにかの罪を犯している可能性なんてほんとうにあるのだろうかと訝った。ナチスだってもっとましなスパイを雇うのでは？

ちょうどそのとき、部屋の隅から人々を見まわしている、かなりがっしりした体つきの男性がいるのにはじめて気づいた。サー・ナイジェルの用心棒のジェローム・カーティスだろう。油断のない顔はいくつかの傷痕とゆがんだ鼻が特徴的で、わたしのいる場所からだと彼の黒っぽい目は光を放つブラックホールのように見えた。

まさに喉を掻き切る類の男性に見えた。彼らは悪党倉庫から直接人を雇うのだろうか？

いずれにしても、これで五人の獲物全員を視界にとらえた。

ゲームのはじまりだ。


そのあとはかなり退屈な展開になった。続く一、二時間は紹介、雑談、あとで見る予定になっている陶磁器についての推測といったものがぼんやりと通り過ぎていった。わたしは上流社会にうまく溶けこめるけれど、ほとんど興味のないことについて知らない人と話すのにすごくうんざりした。前日に中国の陶磁器について新聞でざっと調べてはいたものの、あまり関心は持てなかった。この催し物をパーティと呼んだラムゼイ少佐は、わざと不正確に伝えたとしか思えなかった。

少なくとも、長テーブルにビュッフェスタイルで供された食べ物はおいしかった。

少佐とわたしはわざと部屋のあちらとこちらに離れて動き、五人の容疑者を監視した。わたしは、少佐に対して肉体的に愚《おろ》かな反応をしてしまったことを考えまいとした。彼が魅力的な人だからといって、わたしが彼に惹かれているということにはならない。そのふたつはまったくの別物だ。

そんな思いをふり払い、ロンドンがドイツ軍の手に落ちるかどうかという年配男性との話に集中しようとした。チャーチルが言ったように、そうなる前に市街戦で受けて立つ、と意見を言いつつ、わたしはサー・ナイジェルを目で追った。

サー・ナイジェルはよどみなく動き、客たちとことばを交わし、男性陣と笑い、女性たちには気を引くような態度で接し、完璧な主催者ぶりだった。彼は信用できない、と本能的に感じた。ああいった上っ面の魅力には、どこか反感をおぼえた。

うぬぼれの塊というだけで、サー・ナイジェルをナチスのスパイと断じるわけにはいかないけれど。

見られているのを感じたのか、サー・ナイジェルは客のグループから離れてわたしのところへやってきて、シャンパンのグラスを差し出してきた。

「楽しんでいますか、ミス・ドナルドソン？」

「とっても」明るく言う。グラスを受け取りはしたものの、口はつけなかった。彼を信用できる確信はなかったし、たとえ信用していたとしても、今夜は頭を明瞭にしておく必要があった。

「陶磁器の話がはじまったら、申し訳ないが退屈になると思いますよ」サー・ナイジェルが言った。「あなたも蒐集家なら話は別ですが?」

「多少の興味はありますけど、あまりよく知らないんです」

「興味のない人にはおかしな趣味に思われているんでしょうな。だが、時の試練を耐え抜いた繊細なものには、そこはかとない荘厳《そうごん》さがあるのですよ」

「そうですね。見た目は当てになりませんもの」

サー・ナイジェルが少しのあいだわたしの顔を凝視《ぎょうし》した。

「ラムゼイと知り合ってからどれくらいですか?」ようやく彼が訊いた。

急に話題を変えて不意を突こうとしているのかと思ったけれど、準備はできていた。少佐と一緒にふたりの経緯《いきさつ》を決めておいてよかった。少なくとも、出会い方に関してばらばらの話をする事態は避けられる。

「ほんの何週間かですけど、もっと長く感じます」

サー・ナイジェルがにっこりした。「若いときはそう感じるものですよ」

そのことばは感傷的に響いたかもしれないけれど、すでにサー・ナイジェルをよくわかっていたわたしは、そこに皮肉と人を小ばかにする気持ちがこもっているのに気づいた。

「戦争中にはなにもかもが通常より速く進むものだと思いませんか?」わたしの返答だ。

「そうなんでしょうな」

あまりやりすぎてはいけないと思った。ラムゼイ少佐を知っている人ならだれだって、彼が〝ひと目惚れ〟する類の男性ではないのをわかっているはずだから。

「もちろん、いまのはわたしの気持ちです。ゲイブリエルがどう思っているかはよくわからないんです。彼って心の内が読みにくくありません？　あなたは彼をよくご存じなんですか？」

「昔からの家族ぐるみの知り合いですよ」

わたしは最初に頭に浮かんだ思いを口にした。「みなさん揃って彼みたいにおそろしく堅苦しいご家族なんでしょうか？」

サー・ナイジェルが腹を抱えて笑った。「いまのはよかったな、ミス・マクドネル。たしかに彼の家族はみんな、最初のうちはちょっとばかり取っつきにくいが、心配はいらない。あなたはまちがいなくオーヴァーブルック卿に大いに気に入られるでしょうな」

「オーヴァーブルック卿？」

サー・ナイジェルの笑みが大きくなった。「ラムゼイから聞いていないのかな？　それもそうか。彼はつながりをひけらかす男ではないからな。ラムゼイのおじ上はオーヴァーブルック伯爵なのだよ」

わたしが知らなかったのは明白なので、わざわざ驚いた気持ちを隠しはしなかった。「ええ、彼から聞いていません」

伯爵の甥とは。やはりラムゼイ少佐は上流階級の人間だったのだ。

「伯爵さまなら、とっても堅苦しいでしょうね」わたしは微笑みを浮かべつつ言った。

「もちろん、ラムゼイは縁戚関係を利用したことなどないですよ。とはいえ、手の施しようがないほど状況が悪化する前に北アフリカから帰還できたのは、おじ上の影響力の賜物《たまもの》にちがいないでしょう。なんといっても、砂漠にいるよりも内勤のほうが遙かに安全ですからね」

このあてこすりを聞いて、どういうわけか少佐を弁護しなくてはならない気になった。

「彼は戻ってきたくなかったんじゃないでしょうか」なにも知らなかったけれど、そう言ってみた。「事務仕事をするよりも、現場に出ていたがる人だと思います」

「まあ、言うまでもないでしょうな。だが、オーヴァーブルックは望みのものを手に入れる男でね。それに、結局のところはラムゼイも如才ない男ですよ。きっとここロンドンで頭角を現わすでしょう」

サー・ナイジェルはさらりといやみを言うのが好きな人のようだったけれど、少佐が親族のコネで呼び戻されたと彼が考えているのであれば、ほかにもそう思っている人たちがいるということだ。そして、ラムゼイ少佐はそれに気づいているはず。前線から安全な事務仕事に移れるようおじが手をまわしたと信じられているのは、少佐にとっては癪《しゃく》の種だろう。

「どんな任務で呼び戻されたとしても、ゲイブリエルなら立派になし遂げてくれると思っています」口調の端にほんのかすかにいらだちをこめた。交際相手を侮辱《ぶじょく》されたのなら、そうするのが当然だからだ。

わたしに向けたサー・ナイジェルの笑みは、少しばかり見下すようなものに感じられた。

「そうでしょうとも。さて、あなたのような魅力的な人との話は楽しかったが、段取りについてターナー＝ヒルと話してこなくては」

「どうぞ、そうなさってください」

サー・ナイジェルは立ち去り、ジェローム・カーティスが大きくて不吉な影のようについていった。残されたわたしはラムゼイ少佐についての新たな情報について考えながら、ふたたび部屋を見まわしはじめた。頭と目を同時に使うことに慣れていてよかった。もし周囲に注意を払っていなければ、シャンパンを供していたウェイターがマシュー・ウィンスロップにこっそり紙片を渡すのを見過ごしていただろう。

14

紙片を受け取ったマシュー・ウィンスロップはすばやく周囲を見まわし、客たちに背を向けて紙片を広げて目を走らせた。それから、ポケットにすべりこませた。なにからなにまで非常に怪しげなふるまいだった。

ラムゼイ少佐を探したけれど、どこにも姿がなかった。この特別な仕事にはわたしのほうが向いているから、かまわないと判断する。

サー・ナイジェルから渡されたシャンパンのグラスを置く。それから、部屋の隅で壁に背を向けているミスター・ウィンスロップのほうへのんびりと向かった。彼は来たくもないパーティに無理やり来させられたという雰囲気だったので、チャンスがあり次第脱走するだろうと思われた。すばやく行動する必要があった。

陰鬱《いんうつ》なようすの彼だったけれど、気分を明るくさせる自信があった。わたしたちマクドネル一家は、いつだって魅力的なのだ。

「ごきげんよう」そばまで行くと声をかけた。

彼ははねつけるような一瞥《いちべつ》をくれたあと、もう一度目を向けてきた。目にしたものを完全に嫌ったわけではなさそうだった。

「ごきげんよう」渋面《じゆうめん》がほんのわずかに和らいだ。

「パーティを楽しんでらっしゃいます？」わたしは訊いた。

マシュー・ウィンスロップは肩をすくめた。「まあまあかな」

わたしは握手の手を差し出した。「エリザベス・ドナルドソンです」

彼はわたしの手を握った。「マシュー・ウィンスロップだ」

「お会いできて光栄です、ミスター・ウィンスロップ。わたし、ここにいる人たちをあまり知らないんです。壁際にいるあなたを見かけて、格好の退避場所だと思って」

「大きな集まりはあまり好きじゃないんだ」

「わたしもです。こちらにはおひとりで？」

「ああ」関心が強くなったみたいな目でわたしを見る。「きみも？」

わたしは吐息をついた。「いいえ。一緒に来た人はどこかへ行ってしまったの」

「それはひどいな」ミスター・ウィンスロップは小さな笑みを浮かべていて、口調は先ほどまでより少しだけ愛想がよくなっていた。ほらね。前に進みつつあるじゃない。

わたしはうなずいた。「彼は、わたしが陶磁器を見たがると思ったみたい。彼のおじさんが蒐集しているらしくて。わたしはあまり詳しくないんです。あなたは蒐集家ですか？」

「ある意味では」

わたしはからかうような笑みを浮かべた。「古い陶磁器に興味がある人っぽくは見えないけれど」

彼はわたしを気に入りはじめている。そう感じた。体ごとこちらに向き、唇には笑みといってもよさそうなものが浮かんでいた。「ぼくはどんな人に見えるのかな?」

彼を眺めまわして考えているふりをしながら、詩人みたいなものだと言った少佐のことばを思い出していた。「詩を書きそうな人に見えるかしら」ようやく言った。

ミスター・ウィンスロップが小さく笑った。「実は書いてるんだ」

「ほんとうに?」うれしそうな声を出すよう努めた。「すてき!」

「詩は好き?」

少なくともこれに関しては、正直に答えられる。「とっても。表現がほとんど不可能に思える考えや感情を詩人がことばにするのを、昔から魔法みたいに思ってました」

ミスター・ウィンスロップがうなずく。「そこが詩のたいへんなところなんだけど、思ったとおりに書けたときの満足感たるや、ほかでは味わえないものでね」

「わかる気がします。詩を書くのってすごくむずかしいんですか?」

「産みの苦しみを味わうときもあるね。でも、嘘みたいに簡単なときもある」ミスター・ウィンスロップの声にはそこはかとなく夢見心地なようすがにじんでいた。わたしのまわした鍵でドアがするっと開いたみたいだった。

「すごく興味深いですね。詩はよく書かれるんですか?」

「あいにく、詩神《ミューズ》は気まぐれでね。いつ降りてくるか予測がつかないうえに、降りてくるときはたいてい最悪のタイミングだったりするものなんだ」

「わたしが声をかけたとき、あなたはひとりでしたけど、詩について考えてらしたんですか?」

「えっと……そうなんだ」彼は嘘が下手だ。これは注目に値する。

「詩は頭のなかで作られるんですか?」

その質問に彼の目が興奮できらめいたのを、わたしは見逃さなかった。錠前について話しはじめるときのミックおじと同じだった。

「実は、いつもノートを持ち歩いているんだ」

「そうなんですか? どれかわたしに読んでください! 創作過程にすごく興味があるんです」自分の調子のよさに目玉をぐるりと動かさずにいるのは、ひと苦労だった。この若き極右主義者の詩など、なにがあっても聞きたくなかった。でも、彼はわたしのことばを額面どおりに受け取ったらしく、顔を赤くした。

「下書きみたいなおおざっぱなものなんだ。完成した詩はタイプライターで打っている」

「じゃあ、おぼえているものを暗唱できませんか」政府にはわたしの奉仕に感謝してもらいたいものだ。

「声に出して暗唱するのにはあんまり慣れていないんだ。たいていは編んで本にするから」

「特別にお願いできません？」わたしは彼の腕に大胆に手を置いて身を寄せた。彼はいやがっていないみたいだった。

「まあ、いいか……『夕暮れどきの雲雀《ひばり》の歌』という詩がある。これは……」

「失礼」顔を上げると、ラムゼイ少佐が近づいてくるところだった。またあの指揮官然とした顔つきをしている。隣りでミスター・ウィンスロップが体をこわばらせるのを感じた。

「あら、ゲイブリエル」明るい声で言ってマシュー・ウィンスロップの腕から手を離し、気持ち離れた。「ミスター・ウィンスロップ、こちらはゲイブリエル・ラムゼイ少佐よ。ゲイブリエル、マシュー・ウィンスロップを紹介するわ。彼は詩人なの。ちょうどいま、とっても興味深いお話を聞かせてもらっていたところで……」

「はじめまして」ラムゼイ少佐が冷ややかに口をはさんだ。「エリザベス、ちょっと話せるかな？」

「ええ、少しだけ待って」

「いますぐだ」一拍の間があったあと、少佐がつけ足した。「頼む」

そう言われては、どう返してもひと悶着《もんちゃく》起きるだろうし、それが役に立つとは思えなかった。とはいえ、ほかの状況で男性からいまみたいな口のきき方をされたら、頭のなかの思いをぶちまけていただろう。

わたしはマシュー・ウィンスロップに向けて申し訳なさそうな顔をした。「あとでまた会えるかもしれませんね。あなたの詩をほんとうに聞きたいんです」

ミスター・ウィンスロップがうなずく。ラムゼイ少佐が来てから、彼の表情は硬くなっていた。それでも、会話を続けるのはやぶさかではなさそうだ、という感触があった。

少佐は有無を言わさずわたしの腕を取り、ひとけのない隅へ引っ張っていった。「なにをしているんだ?」わたしと向かい合うと、少佐が落とした声で言った。

「ミスター・ウィンスロップと話していたのよ。あなたはなにをしているの?」そうたずねはしたものの、わたしに小言を言おうとしているのは明らかだった。

「こんなことは計画にはなかった。私の指示に従えと言ってあっただろう。きみは容疑者に近づいてはならない」

少佐に肘をつかまれたままなのに気づいて、腕を引き抜いた。「会話くらい、危険な目に遭わずにできます」口調はおだやかだったけれど、癇癪《かんしゃく》が爆発しそうになっているのを感じた。わたしは明らかに軍務には向いていない。命令には反射的に反感を抱いてしまうのだ。

「顔をしかめるのをやめるんだ」少佐が命じる。「みんなに気づかれるだろう」

「痴話《ちわ》喧嘩をしていると思われるだけよ」わたしは言い返した。「だって、あなたはたったいま、別の男性のそばからわたしを引き離したんですもの」

少佐はすばやく周囲を見た。「ああ、きみは彼にかなりくっついていたな。あのあとどうするつもりだったんだ？」

ミスター・ウィンスロップが受け取ったメッセージのことを話すつもりだったけれど、少佐がわたしを怒らせた。そういうときのわたしは、協力的な気持ちになったためしがない。なにも答えずにいると、少佐がじっとわたしに目を据えたまま身を寄せてきて、ぜったいにだれにも聞こえないくらいに声を落とした。「きみを雇ったのは金庫を開けてもらうためで、ミス・マクドネル、敵を誘惑してもらうためではない」

わたしは歯を食いしばり、両手を体の脇で拳に握った。癇癪を起こしちゃだめよ、エリー。癇癪を起こしちゃだめ。鼻から息を吸いこんでゆっくりと吐いたけれど、敗北の色が濃かった。耳もとで血がどくどくいうのを感じながら、少佐をにらみつける。口を開いたらなにを言ってしまうかわからなかった。

「おっと。間の悪いときにおじゃましたのでなければいいが」たがいに視線を引き剝《は》がしてふり向くと、口もとに笑みを浮かべたサー・ナイジェルがこちらに近づいてくるところだった。間の悪いときなのは百も承知のはずだから、わたしも少佐もわざわざ否定しなかった。

わたしからほんの少し離れたラムゼイ少佐は、おだやかな表情に戻っていた。

「痴話喧嘩かな？　〝真の愛の道は平坦であったためしがない〟（シェイクスピア『夏の夜の夢』第一幕第一場のライサンダーの台詞）と言われているのではなかっただろうか？」サー・ナイジェルはこれを楽しんでいた。「申し訳ないが、ミス・ドナルドソン、この件に関してはラムゼイの肩を持たざるをえませんな。

あなたがウィンスロップと長々と過ごすのは、私とて賛成できかねます。見かけは陰鬱そうだが、彼には女たらしというううわさがありますから」

つまり、彼に見られていたということ？　まあ、少なくともわたしたちはいい仕事をしたわけだ。

わたしはなんとかこわばった笑みを浮かべた。「自分の面倒くらい自分で見られますわ、サー・ナイジェル」彼のせいでいらだちが募りつつあった。アイルランド人の癇癪を抑えるには、高価なドレスやシルクのストッキングでは限界があった。

サー・ナイジェルがにやりとしたので、わたしが礼儀正しい態度を保つのに苦労しているのを感じ取っているのだろうかと訝った。なんとなくだけれど、そうだと思った。「それは疑っていませんよ、ミス・ドナルドソン。一瞬たりとも。ただ、ラムゼイにあまり怒っていなければいいと願っているだけです。彼はあなたのためを思っているのだから」

わたしは少佐を一瞥した。彼の表情は読めなかった。

「私をお探しでしたか、サー・ナイジェル？」少佐が言った。

サー・ナイジェルがにっこりする。「他人に干渉すべきではなかったな。そうだろう？ほんとうは、ターナー＝ヒルの講演がもうすぐはじまるから、舞踏室に行かないかと誘いにきたんだよ。椅子を並べてある」

「すぐに行きます」ラムゼイ少佐が答えた。

「しくじるなよ、きみ」サー・ナイジェルは立ち去り際に少佐の肩をぽんと叩いた。「ミス・ドナルドソンのような女性と毎日のように出会えるわけではないのだからね」

サー・ナイジェルがいなくなると、少佐がわたしに向きなおった。サー・ナイジェルがどういうつもりだったにせよ、状況をみごとに和らげてくれた。彼が来る前の張り詰めた空気は消散し、少佐はいまもいらだったままではあったけれど、怒りの湯気が耳から噴き出しているような感じはなくなっていた。

そのとき、ラムゼイ少佐がわたしを驚かせた。「気分を悪くさせたのなら謝罪する。ただきみの安全を心配しただけだったんだ」

謝罪されるなどとは思ってもおらず、わたしは意表を突かれた。

「気持ちはありがたいけど、一緒に仕事をするのであればわたしの能力をもう少し信頼してくれたらうれしいわ」

「きみの能力を疑ってはいない。疑っていたら、ここに連れてはこなかった」

お世辞でわたしの足もとをすくおうとしているの？　少佐ならやりかねないと思った。いずれにしても、まだ不満を吐き出しきってはいない。

「そう言いながら、わたしにたくさんの隠しごとをしているわよね」声を落として言った。これで少佐が驚いて認めると思っていたとしたら、むだに終わったわけだ。非難されても、少佐は目を瞬《しばたた》きすらしなかった。

「どんな人に対しても隠しごとをしている」少佐は周囲に目を走らせながら言った。

「伯爵の甥だって教えてくれなかったでしょう」

少佐はわたしに向きなおっていらだちの息を吐いた。「なんの意味もないからだ」

「わたしはあなたの……」ためらい、思いつくなかでいちばん不快でないことばに落ち着いた。「恋人の設定なのよ。デートを重ねてきた印象をあたえたいのに、そんなことも教えてもらえていないとなれば、あなたについてほとんどなにも知らないのがバレてしまうじゃないの」

「四回めのデートなんだ。私についてそれほど知らなくて当然じゃないか」

「同じ理由でジョスリン・アボットとの話も教えてくれなかったわけ？」

いまのことばは少佐の注意を引いた。薄い色合いの目がわたしに向けられる。冬の薄暮れどきの色。それが彼の目の色だった。雪野原をおおいつつある夕暮れの空の色。

しっかりしてよ、エリー。少佐を詩にしている場合じゃないでしょ。わたしは自分を叱った。マシュー・ウィンスロップ並みにひどい。

「だれから聞いた？」少佐が言う。

「あなた方はさりげないとは言いがたいもの」

今夜わたしが口にしたなかでも、いまのがいちばん少佐をいらだたせたみたいだった。

「しばらくのあいだ、社交の場で会う仲だったが、ずっと前に終わっている。今回の件とはなんの関係もない」少佐はいつものように控えめだった。ふたりが社交上の知り合い以上だったのは見え見えだ。でも、いまはそんな話をしている場合ではなさそうだ。

それでも、こうつけ足さずにはいられなかった。「もしわたしが容疑者のだれかと関係があってそれを話さなかったら、あなたはすごく怒ったはずだと思うけど」

「いまはそんな話をしている場合ではない」少佐が言った。自分でも同じように考えたばかりだったけれど、少佐に言われていらっときた。

「わたしに関係のないことなのはわかっているわ。というか、ふつうの状況なら関係なかっただろうって。でも、自分がどんなことに首を突っこもうとしているのか、わたしには知る権利があると思うの」

少佐はなにか言い返そうとして、考えなおしたみたいだ。しばしの間のあと、わたしの目を見て言った。「きみの言うとおりだ。これからは話すよう努力する」

わたしは疑い深そうな目を向けた。

「友だちに戻れるかな?」少佐が手を差し出した。

わたしは眉を両方ともつり上げた。「友だちだったことなんてある?」

少佐が不機嫌な顔になる。

わたしはため息をついた。「わかったわ。友だちね」

差し出された手を握る。少佐はその手をさっとふって放すと思っていたのに、しばらく握ったままでいた。しっかり握ってくる彼の手は温かかった。

「そのお返しに、きみは容疑者から離れているように」

わたしは手を引き抜こうとしたけれど、彼にきつく握られてしまっていた。少佐は握手をするようわたしを操ったのだ。

「努力するわ」彼のことばを投げ返す。

「いいだろう」少佐が手を放してくれた。

「あなたが不機嫌じゃなかったら、マシュー・ウィンスロップと話していたのにはちゃんとした理由があったのだと言う時間があったのに」

「ほう?」

「ほんとうよ。部屋の離れたところから見ていたら、彼がウェイターから紙片を渡されたの。ミスター・ウィンスロップはこそこそとそれを読んだあと、上着のポケットにしまった」

少佐はいらだたしげな息を吐いた。「いまごろそんな報告をするのか」

「あなたが話す機会をあたえてくれなかったんじゃないの」わたしは言い返した。

「だから彼に近づいたんだな」少し前の懐柔的な口調ではなくなっていた。「なんだ? ウィンスロップの詩に興味を示して少ししゃべったら、その紙片を見せてもらえるとでも思ったのか?」

この人はときどきほんとうに耐えられないほどのうるさ型になる。

「ちがいます」ずっと左手に握っていた、たたまれた紙片を見せた。「彼のポケットからちょうだいできると思ったのよ」

15

少佐はしばらくわたしを凝視した。わたしが犯罪に走りがちであると示すこの最新の証拠に対して、どんな反応をするべきかを決めあぐねているかのように。

「掏摸《すり》もやるのか?」ようやく少佐が口を開いた。「多才だな」

「役立つ技術というよりは、客間で披露する手品みたいなものね。とはいえ、今夜は役に立ったけれど。でしょ?」

少佐は返事をせず、わたしが文句を言う間もなく紙片を取り上げた。

取り返したかった。だって、それを手に入れたのはわたしなのだから。でも、今夜はもう充分すぎるほどふたりは注目を浴びていた。

少佐が周囲を見まわした。パーティの参加者のほとんどは、レスリー・ターナー＝ヒルが講演を行なう舞踏室へと移動しはじめていた。わたしたちもすぐにでも行かないと、怪しまれてしまう。

少佐は人々に背を向けて紙片を開き、内容を読んだ。その表情からはなにを考えているかわからなかったけれど、これまでもわかったためしがなかった。

覗きこむと、黒いインクの特徴のない字で書かれていた。おまけに完全にちんぷんかんぷんだった。

「ハーデンの手帳と同じ暗号で書かれているの？」わたしはたずねた。

「そうらしい」少佐は紙片をポケットにしまった。「あとで調べさせる。とりあえずのところは、ミスター・ウィンスロップをしっかり監視していよう」

「彼はそのうち紙片がなくなっているのに気づくと思わない？」

「おそらく。だが、いつどこでなくしたかはわからないだろう」

「これでほかの人たちは除外できる？」

「だれひとり除外できないと思う。いまもサー・ナイジェルの金庫のなかを覗きたい気持ちは大きい。講演がはじまったら、こっそり抜け出して書斎へ行こう」

わたしはうなずいた。

少佐が肘を差し出し、わたしはほんの少しだけためらったあと腕を組み、ふたりで舞踏室へ向かった。最高にすばらしい部屋としかいいようがなかった。金色の壁紙を貼った壁、金のモールディング、一列に並んだきらめくシャンデリア、全面に神話の場面がいくつも描かれた天井のある広大な空間だ。

頭上の天井画を見上げた。いかめしい顔つきをした舵手《だしゅ》の舟で暗い川を渡っている女性が描かれている。その表情は、恐怖と決意がないまぜだ。

「冥府のペルセポネだ」わたしの視線を追った少佐が、声を落として言った。

「ちがう。プシュケの最後の試練よ」

少佐はちらりと見てきたけれど、わたしはそれ以上なにも言わずに彼とともに後ろのほうの椅子に腰を下ろした。

わたしたちはやや遅れてしまい、レスリー・ターナー＝ヒルはすでに部屋の前方の演壇で話しはじめていて、聴衆が熱心に耳を傾《かたむ》けていた。

「みなさんもご存じのとおり、白磁は色のばらつきがあります」ミスター・ターナー＝ヒルが言っていた。「今夜最初にお見せしたいのは、ひときわすばらしい徳化磁器です」

演壇の横にはテーブルがあって、ミスター・ターナー＝ヒルがその前を歩きながら展示された数点の作品についてしゃべりはじめた。でも、わたしたちがいる場所は後ろすぎてよく見えなかった。

そのあと、わたしの視界は〝青白磁《せいはくじ》の釉薬《ゆうやく》のような〟とでもいえそうな感じにかすみはじめた。人工遺物や古器に興味はあったけれど、ミスター・ターナー＝ヒルの講演は、熱狂的な愛好家向きのものだった。サー・ナイジェルとジョスリン・アボットが前のほうの席に座り、ふたりとも講演のふさわしい箇所でふさわしい笑みを浮かべていた。

わたしは少佐にちらりと目をやり、仕事にかかるころ合いだというなんらかの合図を待った。彼は講演に熱中しているようで、くつろいだ雰囲気だった。身じろぎをすると太腿《ふともも》が少佐の脚に触れてしまい、慌てて離した。

ミスター・ターナー＝ヒルが次の作品に移った。彼はよくわからない陶磁器のダジャレを言い、聴衆が笑った。

そのとき、少佐がほんのかすかに顔をわたしのほうに向け、ほとんど聞こえないくらいの声で言った。「あと少ししたら玄関広間に出て、階段脇のアルコーブで待っていてくれ」

わたしはうなずいた。

講演が続くなか、わたしは立ち上がって少佐の前をそっと通り、ゆっくりと舞踏室から出て玄関広間へ行った。ぎっしりと座った人たちのいない玄関広間はひんやりしていて、ミスター・ターナー＝ヒルの声はかすかに聞こえる程度だった。深呼吸をして、作戦の次の段階に備える。

それから大理石の大きな階段へと向かった。階段は玄関ドアの正面にあり、広い踊り場の先がふた手に分かれて曲線を描いて上に伸びていた。一階の階段の下には、ビロードの長椅子が置かれた小ぶりのアルコーブがあった。長椅子に腰かけて少佐が出てくるのを待つ。

うまくいくだろうか？　もちろん、そう願ってはいるけれど、楽観的になりきれなかった。サー・ナイジェルはとても狡猾《こうかつ》な人物に思えた。そんな人が書類を金庫にしまっておくだろうか。これほど大きな屋敷なら、隠し場所だって何百とあるだろうに。

「エリザベス」顔を上げると、少佐が立っていた。近づいてくるのに気づかなかった。

手を差し出され、なにも考えずに長椅子を立って彼に手を重ねた。

少佐は無言のままわたしを連れてアルコーブを出ると、長い廊下を進んだ。「姿を消したことに気づかれるかしら？」わたしはたずねた。

「大丈夫だろう。みんな講演を夢中で聞いていたから。気づかれたとしても、しばらくふたりきりになりたくて抜け出したんだと思ってくれるさ」彼がわたしと手をつないだのは、わざとだったようだ。たまたまだれかに目撃されても、淫《みだ》らな逢い引きのために抜け出したみたいに見えるように。

ちらりと少佐を見る。「あなたはそういうふるまいをする人だと信じてもらえそうなの、ラムゼイ少佐？」からかい一色だったわけではない。少佐にはいついかなるときもとても謹厳な雰囲気があったので、中国の陶磁器についての講演の真っ最中に逢い引きのために抜け出したと思われるなんて信じがたかったのだ。でも、抜け出すにはこれ以上ないくらい絶好のチャンスなのでは？

「今夜男たちがきみを見ていたのに気づかなかったらしいな。彼らはそそられた私を責めはしないと思うが」

一瞬、いまのことばを正しく聞いたか自信がなかった。まさか少佐がわたしに戯れをかけているはずがない。彼はこちらをちらりとも見ず、声はまじめで、わたしとしては気をよくすればいいのか、おもしろがればいいのか、わからなかった。

あまり他人に見せない屋敷のこの部分も、カーペットはふかふかで、壁は暗い色合いで、金の額縁に入れられた絵が飾られているといった具合に、ほかの装飾品と調和していた。間取りは少佐が知っていると思い、なにも訊かずについていった。

壁の突き出し燭台《しょくだい》に飛び飛びに明かりが灯《とも》っているだけなので、廊下のこのあたりは薄暗かった。静かでもあり、聞こえるのはわたしのビロードのドレスがたてるかすかな衣《きぬ》ずれの音だけだった。家宅侵入にはサテンやシルクよりもビロードのほうが遙かにすぐれているとわかった。将来のためにおぼえておかなくては。

廊下の突き当たり近くの部屋まで来ると、少佐が背後に目をやってからドアを開け、わたしを先に入れてから閉めた。部屋はまっ暗だったけれど、少佐がドア脇のランプに火をつけるまでだった。廊下の薄明かりを頼りにランプを目にしていたにちがいない。

ランプのやわらかな明かりのなかですら、美しい部屋なのが見て取れた。壁の三面が書棚でおおわれている。正面の壁には高い窓があり、いまは長くて黒いカーテンが閉まっている。調度類はどっしりとした美しい造りだった。部屋の中央には大きな机が鎮座している。片側には椅子ひと組と革のソファもあった。本を読んだり手紙を書いたりして午後を過ごすのに理想的な場所に見えた。あるいは、自国政府を裏切る陰謀を企てるのに。

「金庫はここだ」ラムゼイ少佐は、書棚と書棚のあいだの壁に飾られた絵にすたすたと向かった。わたしは美術について詳しくないけれど、その絵は気に入らず、絵そのものではなくほかのものを隠す目的で選ばれたのがわかった。屋敷内のほかのものとは明らかに質がちがっていた。如才ないサー・ナイジェルらしくもないと思ったけれど、内輪の冗談みたいなものなのかもしれない。

少佐が分厚い金色の額縁の端をつかんで軽く引っ張る。絵が本の表紙のように開くと、壁のなかの金庫が姿を現わした。

「どうして金庫の場所がわかったの？」わたしは訊いた。

「下調べをした」いつものように、少佐の返事はなんの情報もあたえてくれなかった。

彼が少し脇にずれ、近づくよう身ぶりでわたしに示した。

金庫の型はなじみのあるものだったので、安堵した。盗難防止機能が高難度のものではなく、遥かに単純な造りだった。まず、出荷時に初期設定されている数字の組み合わせを試す。サー・ナイジェルが初期設定を変更しない迂闊《うかつ》な人だとは思わなかったけれど、試してみる価値はあった。

手早く確認したところ、組み合わせは変更されていた。

「書くものをもらえる？」

少佐はノートと鉛筆をポケットから出して渡してくれた。必要な道具はそれだけだと伝えてあったけれど、わたしには持ってくる手立てがなかった。ドレスは物を隠すようにはぜったいにできていない。

「どれくらいかかりそうだ?」すぐ後ろから少佐の声がした。

「そばをうろうろされたら、必要以上に長くかかるわね」

少佐は吐息をついて下がった。彼が机のほうへ行くのが聞こえた。引き出しがガタガタ鳴った。

「錠がかかってる?」顔だけふり向いてたずねた。

「開くと期待していたわけじゃない」

「やらせて」少佐のところへ向かいながら、髪に手をやってヘアピンを一本抜いた。小説や映画のなかで定番の展開だけど、ほんとうにそれで開けられるのだ。正しい角度と力の入れ具合がわかっているだけでいい。

錠が降参するまで、ほんの数秒しかかからなかった。一般的な錠を開けるのがどれほど簡単かを知れば、もっと多くの人がたいせつなものを守るためにちゃんとお金を注ぎこむと思う。

少佐が書類を調べはじめたので、わたしは金庫に戻った。

そのあとは少佐を頭から閉め出し、ミックおじから教わったとおりに集中した。長いあいだ、わたしと、ダイヤルと、接触点を見つけたときのきわめて微細な反応しか存在しなくなった。

少佐としては、机の引き出しと同じくらい簡単に金庫が開いてほしいと思っていたのだろうけれど、わたしは一分一秒を楽しんでいた。リラックスしているといえるほどおだやかな気持ちでダイヤルを試し、ノートに接触点を書き記した。

頭がかつてないほど鋭く明瞭になっている感じがした。能力を国のために使っているとわかっているせいだろうか？　いずれにしろ、これまでで最短ではないかと思える速さで組み合わせを書き留めていった。

ダイヤルをまわすと解錠の手応えがあり、金庫を開けた。「開いた」そっと言った。

ラムゼイ少佐がすぐにそばに来た。「よくやった、ミス・マクドネル」

彼がポケットから懐中電灯を取り出して、金庫内部を照らした。手を伸ばし、中身を検《あらた》める。

わたしは息を殺した。

「だめだ」しばらくすると少佐が言った。「ここにはない」

「たしかなの？」

「文書の類はいっさいない」

わたしは失望を抑えこんだ。可能性が低いのは、はじめからわかっていた。なんといっても、サー・ナイジェルは如才のない人で、文書を奪ったのが彼ならば、それを金庫に入れるのはまずいとわかっていたはずだ。それでも、がっかりしたけれど。

少佐が金庫から離れたので、こらえられずにわたしもなかを覗いた。少佐の言ったとおりだった。なかにあるのは、いくつかの宝石箱だけだった。どうやらサー・ナイジェルは、だいじな文書をほかの場所に保管しているらしい。

「金庫を閉める？」少佐にたずねた。

「そうしてくれ」彼はわたしを見もせずに答えた。

金庫を閉じてダイヤルをまわすわたしの頭のなかで、ミックおじのことばが響いていた。〝常にもとどおりにするんだぞ、ラス〟絵をもとの場所に戻した。

すべて前と同じになった？　頭のなかで自分たちの動きを再現する。ううん、まだだ。机の引き出しが残っている。

「机には価値のあるものはなかった？」わたしは訊いた。

「ああ」

「サー・ナイジェルは文書をほかの場所に隠しているのかも」

「私たちにとっては困る、だろう？」その声には刺々《とげとげ》しさがあったけれど、わたしに向けられたものではないとわかる程度には少佐を理解できるようになっていた。彼は失敗したことにいらだっているのだ。そんな彼を責められなかった。

わたしは自分が開けた引き出しのところへ行き、机に置いておいたヘアピンを使ってもどおりに錠をかけた。曲がったヘアピンをまっすぐにして、髪に挿す。これで、わたしたちがここにいたことはだれにも知られない。

「これからどうするの？」少佐のそばに行く。

彼はため息をついた。「ふりだしに戻った」

「マシュー・ウィンスロップが受け取ったメッセージがあるじゃない。それだって収穫でしょ？」

ふり向いた少佐の表情は読めなかった。「戻ろう。そろそろ講演が終わるころだろう」

つまり、それについて話したくないわけだ。少佐は考えをまとめてから話をするタイプの人だったから、いまは食い下がらないでおこう。それに、いないことに気づかれる前に戻らないと。

ドアのところまで来たとき、廊下から紛《まぎ》れもない人声が聞こえてきた。

ラムゼイ少佐は片手を上げて、じっとしているよう合図した。そうするつもりだったことを命じられるのは、すごくいらいらする。

廊下から聞こえるのは、ふたりの声だった。ひとりはサー・ナイジェルだと気づく。

「気に入らないな」サー・ナイジェルが言った。「調べてほしい」

「すぐに行きます」

「いや。客たちが帰ってからにしたまえ。そのほうが目立たない」

返事があったのだとしても、わたしには聞こえなかった。自分たちの選択肢を懸命に考えていたからだ。

部屋を見まわす。ドアはひとつだけ。廊下のふたりが書斎に向かっているのなら、わたしたちは身を隠すか、もっともらしい口実を考えるかしなくてはならない。とんでもない窮地に陥ってしまった。ミックおじとともに捕まった夜と同じ不安をうなじに感じた。

ラムゼイ少佐を見上げる。選択肢を考える彼の目にさまざまなシナリオがよぎるのが見える気がした。それから、わたしの頬に唇が触れるほど身を寄せてきた。

「先に謝っておく」少佐が低い声で言った。「きみにキスをするしかない」

16

　そのことばに一瞬驚いたものの、すぐに少佐の意図に気づいた。薄暗がりのなかで他人の書斎をこそこそと嗅ぎまわっているところを見つかるよりは、キスをしているところを見つかるほうが問題が少ない。そもそも、一緒に講演を抜け出すところを見られてしまったら、逢い引きに見せかける計画だったのだし。

　とはいうものの、ただ単に抱き合っているだけではここにいる充分な説明にはならないだろう。キスならアルコーブやひとけのない応接間でもできるのに、舞踏室からこんなに離れたところにいるのだから。説得力のあるものが必要だ。

　周囲を見まわし、自分たちがドアの近くにいる状態に引っかかった。そんな場所に立ってキスをしているなんて、部屋に入ってきた人物にどれほどばかげて見えるだろう。

　ドアの外で話し声がやんだとき、少佐の腕をつかんで部屋の中央へ引っ張っていき、革のソファのそばで立ち止まった。

「しっかりやってちょうだいよ」わたしは少佐の軍服のいちばん上のボタンをはずし、彼の髪をくしゃくしゃに乱した。それから、自分がなにをしているのかをじっくり考えてしまう前に、少佐を引き連れてソファに倒れこんだ。

ラムゼイ少佐には言いたいことがいろいろあるけれど、呑みこみが速いのはたしかだった。お返しにわたしの髪を乱し、ドレスのストラップを片方下ろし、そして——かなりなめらかな動きで——ドレスの裾から片手を入れて脚をなで上げたとき、ドアノブがガチャガチャいった。びっくりするほどの手際のよさに感嘆する間もなく、少佐に唇《くちびる》を重ねられていた。

キスは少佐らしいものだった。ほかのこと同様、徹底的で、非常にみごとだったのだ。わたしたちは情熱的な抱擁《ほうよう》をはじめたばかりではなく、そのまったさなかを見つかったようにふるまわなければならず、本気のネッキングをする少佐には遠慮も躊躇《ちゅうちょ》もなかった。彼の仕事ぶりはすばらしく、わたしはそれがまったくいやじゃないと認めざるをえなかった。もちろんこれは芝居だけど、自然に腕を少佐の首にまわして、自分も積極的に協力していた。

ドアが開くころには、わたしたちは完全に恥ずべき状態になっていた。

キスがはじまってからほんの少ししか経っていなかったにもかかわらず、少佐が唇を離してわたしの腕から逃れ、すばやく立ち上がってドアのほうを向いたとき、わたしはまだちょっとくらくらしていた。サー・ナイジェルが戸口にいた。彼と廊下で話していた相手はいなくなっていた。相手はジェローム・カーティスだったにちがいない。

少佐は肩をこわばらせて軍服を整え、その仕草でわたしがはずしたボタンに注意を引いた。

わたしはソファで身を起こし、ドレスのストラップを引き上げ、スカートをなでつけ、髪の乱れを押さえて、その間《かん》ずっとひどく気まずい思いをしている表情を取り繕《つくろ》った。視線を落としたけれど、気恥ずかしさを装う必要はなかった。知り合いでもない人の家のソファで男性の手がスカートの下に潜りこんだ場面を見つかるなんてはじめてだったから。

サー・ナイジェルから目をそらしていたけれど、彼の表情をちらっと見たところ、ちょっとした芝居はうまくいったようだった。サー・ナイジェルは怒っている風にも疑わしげにも見えなかった。それどころか、おもしろがる笑みのようなものを口角に浮かべていた。

「失礼したね」サー・ナイジェルが真顔で言う。「この部屋にだれかいるとは思わなかったもので」

「申し訳ありません、サー・ナイジェル」ラムゼイ少佐がぎこちなく言った。「お招きいただいたご厚意を無にするふるまいをしてしまいました」

少佐はわたしにばつの悪さを感じさせまいとするかのように少しだけ前に立ち、言い訳をしなかった。まあ、あんなふるまいにどんな言い訳ができるのだと言われれば、それまでだけど。ふたりでうまくやってのけたことに、わたしはちょっとばかり悦に入った。

「謝らないでくれたまえ」サー・ナイジェルが微笑《ほほえ》み、わたしにちらりと視線を向けた。「こちらのお嬢さんと仲なおりしたようだとわかってうれしいよ――それに、私たちと同じくきみも自制心を失うことがあるとわかって」

ラムゼイ少佐が体をさらにこわばらせたようだった。

「エリザベスと私は……」声が小さくなっていく。「講演に戻ったほうがよさそうです」

少佐がわたしをふり向いて、手を差し出してソファから立ち上がらせてくれた。

「ぜひに」サー・ナイジェルだ。「私のことは心配いらない。口が堅いからな。結局のところ、いまは戦時中なのだ。できるうちに人生を楽しむのが得策だ」

「ありがとうございます」サー・ナイジェルの視線を避けたまま、わたしは小声で言った。

ラムゼイ少佐がわたしの腕に手を添え、ふたりでそそくさと書斎を出た。

無言の少佐に玄関広間へといざなわれながら、わたしの心臓は激しく鼓動していた。屋敷前面あたりから、笑い声や話し声が聞こえた。

「ちょっと待って」客たちの姿がまだ見えていないとき、腕をつかまれて少佐を見上げた。つい先ほど見つかった場面のせいで悔しそうにしているだろうと思っていたけれど、少佐はいつもの落ち着いた顔のままだった。第二の皮膚みたいにいつもそんな表情をしているらしい、と遅まきながら気づく。「髪が……乱れている」

少佐に言われて手を持っていくと、シニヨンが傾《かたむ》いていて、片方の首筋に巻き毛がこぼれ落ちていた。机の引き出しを開けるのに使ったヘアピンがだめになったようだ。少佐がわたしの髪に手を差し入れたのもあったし。どういうわけか、ばかみたいに顔が赤くなった。

反対側の髪からヘアピンを引き抜き、ほつれ髪をくるくると巻き上げてなんとかそのピンで留めた。

「ましになった?」鏡がなかったので少佐にたずねる。

彼がわたしをじっと見る。「いいかな?」しばらくして言い、わたしの髪を指し示した。

わたしはうなずいた。

顔にかかった巻き毛をなでつけたあと、別のほつれ毛を耳にかけてくれた。少佐の仕草にやさしげなものはなかったけれど、それでも首が熱くなるのを感じた。わたしったら、どうしてしまったのだろう?

「ありがとう」顔を上げて言った。そして、さらに赤くなった。「やだ。口に……口紅がついてるわ」

少佐はポケットからハンカチを出して拭《ぬぐ》った。「ましになったか?」

「いいかしら?」

少佐がうなずいたので、わたしは親指を使って下唇に残っていた口紅を拭った。ほんの少し前に彼がわたしにキスをしていたとは、なんて奇妙なんだろう。証拠がなければ、あのすべてを想像の産物だと思ってしまいそうだ。ラムゼイ少佐にキスをする場面を想像なんてしたことはなかったけれど。

「ほんとうに申し訳なかったね」少佐が言った。

「謝らないで」きびきびと言って、無理やり少佐と目を合わせた。「あの部屋にふたりきりでいるそれらしい理由はほかになかったもの」

「頭の回転がずいぶん速かったな」奔放に自分の上に少佐を引き倒してソファに横になった件を言っているのだろう。

わたしは気恥ずかしげな笑みを浮かべてみせた。「まあね、説得力を持たせるにはちゃんとやらないとだめだと思ったの」

少佐の唇が片方ひくつくのが見えた。彼がめったに見せない微笑みの気配。

「サー・ナイジェルは油断のならない男だが、うまくだまされてくれたんじゃないかと思う」

「そうね」重ねられた少佐の唇や、脚に触れた温かな手のことを考えまいとした。「あなたってすばらしい役者だわ」

少佐が目を合わせてきた。キスについて言ったのだと思われたらしいと気づいて、気恥ずかしさが新たに襲ってきた。まあ、彼はキスもうまかった。それを否定しても意味がない。

「ふたりともみごとにやり遂げたと思う」少佐が言う。「私たちがいないことに気づく人がこれ以上出る前に戻ったほうがいい」

ふたりでこれといって注意を引きもせずに客のなかに戻り、しばらくしてから断りを言ってわたしは化粧室へ行った。少佐が髪をちゃんとしてくれたはずだけれど、鼻に白粉《おしろい》をはたいて口紅を塗りなおす必要があった。

サー・ナイジェルは明らかに上流階級のレディたちをもてなすのに慣れていた。というのも、化粧室はわたしの知っているロンドンのナイトクラブにも引けを取らないくらい優雅に設《しつら》えられていたのだ。壁紙はピンクのブロケードで、壁の一面には縁《ふち》が金色の巨大な鏡がかかっている。鏡の前には、天板が大理石の長いテーブルがあり、サテンのスツールが並んでいる。運よくジョスリン・アボットがスツールのひとつに座っていて、隣りが空いていた。

わたしが入っていくと、鏡のなかで彼女の目が追ってきて、それから無視することに決めたのか目をそらした。

隣りのスツールに厚かましくもわたしが腰を下ろすと、彼女はたじろいだみたいだった。

「すばらしい講演でしたね?」口紅を取り出しながら声をかけた。「とっても興味深かったわ」

鏡越しに冷ややかな目が向けられた。「ほんとうに? ほとんどいなかったのに」

じゃあ、彼女は気づいたわけね? 舞踏室の前のほうに座っていたのに、どうやってわかったのだろう。おそらく、講演が終わったあとにラムゼイ少佐とわたしが廊下から入ってくるのを目にしたのだろう。精一杯努力したにもかかわらず、ちょっとばかり乱れた身なりで。

わたしはどことなく恥ずかしそうな笑みを彼女に向けた。「最後のほうで少しだけ席をはずしたんです」

「ゲイブリエル・ラムゼイとはどれくらいのつき合い?」あら、いきなりぶつけてくるのね。

わたしは単刀直入に訊いてくる女性を尊敬する。

「ほんの二、三週間です」口紅をつけながら言った。「すでに彼をとても好きになってます」

鏡のなかの彼女がしゃべるのを見ていたら、隠しきれない感情のようなものがよぎった。

「ゲイブリエルはとてもすばらしい紳士よ」

「彼をよくご存じなんですか？」

「ええ。よく知っているわ」そのことばは鏡越しではなく、直接わたしをふり向いて言われた。つまり、察しろ、ということだ。

「あら」少しだけ頬を赤らめられた、と思う。「なるほど」

ミス・アボットは無造作に肩をすくめたけれど、わたしに身のほどをわきまえさせたあとだったので、少しばかり愛想がよくなっていた。「でも、久しく会っていないの」

「か……彼が北アフリカにいたから、いろいろとたいへんだったんでしょうね」祖国の男性たちが戦っている話をして、バーナビー・エルハーストの話題に持っていこうとしたのだけれど、正直になるならば、自分の好奇心もちょっとばかり混じっていた。

「距離が問題だったわけじゃないのよ。ほかに……いろいろと……」ことばが尻すぼみになり、ミス・アボットはこわばった笑みを向けてきた。「どうでもいいことだけれど」

でも、どうでもよくないのは明らかだった。彼女の表情のなかに相反するものがあるのに気づいたのは、わたしも同じように感じていたからだ。それは、フェリックスへの優柔不断な渇望が映し出されたものだ、と気づく。ミス・アボットが少佐を愛していたのがはっきりわかった。ひょっとしたら、いまだに愛しているのかもしれない。

そうなると、バーナビー・エルハーストはどういう存在になるのだろう？

命知らずのパイロットについての話になるのを待ったけれど、彼女は話してくれなかった。もしミス・アボットがスパイでなかったら、バーナビー・エルハーストの話題はつらすぎるものなのかもしれない。あるいは、彼の話をするのに飽き飽きしたのかもしれない。そうだとしても、ミス・アボットを責められなかった。悲劇を何度も何度も追体験したい人間などいないのだから。わたしの場合、とても深く埋めたので、白日のもとに引っ張り出すにはかなり掘らなくてはならないだろう。

あいにく、わたしには任務がある。ミス・アボットがドイツのスパイかもしれず、微妙な現状よりもそちらのほうが遙かに重要だ。質問をしようとしたとき、ミス・アボットが身を乗り出して手を重ねてきたので意表を突かれた。

「あなたが彼をとても幸せにしてくれるよう願っているわ」黒っぽい目を潤《うる》ませ、彼女がそっと言った。「彼は幸せになるべきだもの」そのあと、さっとスツールから立ち上がった。

「楽しい夜を、ミス・ドナルドソン」

少ししてわたしが化粧室を出たときには、ミス・アボットはパーティをあとにしていた。

17

ラムゼイ少佐は年配紳士と話していたので、わたしはその機会にレスリー・ターナー＝ヒルをつかまえようと思った。

いまや、暗号手紙を受け取ったマシュー・ウィンスロップが明らかな容疑者だったけれど、せっかくここにいるのだから徹底的に調べてもいいだろう。

熱狂的な陶磁器愛好家のグループがようやく離れて、オークション・ハウスの所長がひとりになった。わたしは少し待ってから動いた。

「講演はとても楽しかったですわ、ミスター・ターナー＝ヒル」彼に近づいてそう声をかけた。

ミスター・ターナー＝ヒルがふり向き、眼鏡の上からわたしを見た。少佐とわたしが講演を抜け出したことに、彼も気づいただろうか。気づいたとしても、彼はそれを口にしなかった。

「ありがとう。ミス……ドランでしたか？」

「ドナルドソンです。今夜、あなたの講演でとてもたくさん学びました。中国の陶磁器を改めてすばらしいと思いました」やりすぎなのはわかっていたけれど、ミスター・ターナー＝ヒルはお世辞に弱いだろうと推測したのは正しかった。

「中国の陶磁器に関しては、私は秀でた権威のひとりだと見なされているのですよ」細くて骨張った顔を自己満足している人ならではの感じで輝かせ、得意げに言う。「もちろん、それだけが専門ではありませんが、おそらくはいちばんたいせつに思っているものです」

この軟弱な紳士がトマス・ハーデンの喉を掻き切っているところを想像しようとしたけれど、どうもピンとこなかった。

「あなたの陶磁器を買いに世界中からお客さんが来るんでしょうね。戦争の影響は大きいんですか？」

ミスター・ターナー＝ヒルの顔が少し曇ったけれど、注意していても罪悪感はみじんも見られなかった。「ええ、かなり。だが、戦争は永遠に続くわけではありませんからね」

「そうですね。それに、どういう状況になろうとも、あなたならきっと買い手を見つけられると思います」

わたしは薄氷の上を歩いていた。少佐から、彼は戦前にドイツ高官のために作品を入手していたと聞いた。つながりはまだ残っているのだろうか？

「おっしゃるとおりだと思います。まあ、わが国が勝利するのはまちがいないでしょうが。イングランドの長い栄光の歴史が裏打ちしていますからね」レスリー・ターナー＝ヒルが嘘つきならば、かなりの腕前だった。完全に心から言っているように見えた。

「ええ、そのとおりだと思います」

「先ほど漢王朝の魂瓶《こんぺい》が好きだとおっしゃっていましたよね」ミスター・ターナー＝ヒルは、話題を巧みに自分の好きなものへと戻した。「もちろん、今夜は一点も展示されていませんでしたが、以前のオークションで一、二点扱った経験がありましてね。〈ボジンガムズ〉にいらしたことは？」

「残念ながらまだ。でも、おじはうかがっています」

おそらくは、いまこの瞬間もオークション・ハウスをこそこそ動きまわっているだろうミックおじと少佐の部下を思った。ふたりはこの紳士の有罪を明らかにするものを見つけられているだろうか？

「なるほど。うちのオークションにぜひおいでください。きっと気に入る催し物が見つかると思いますよ……」

ミスター・ターナー＝ヒルは話し続けていたけれど、わたしは聞いていなかった。視野の隅で、部屋の横手にあるフレンチ・ドアからジェローム・カーティスがするりと出ていくのをとらえたのだ。

書斎の外の廊下で彼とサー・ナイジェルが話しているのを聞いたことを思い出す。少なくとも、あれは彼だったとわたしは考えていた。

サー・ナイジェルは、なにかを調べてほしいと相手の男性に言っていた。それはなんなのだろう。

それに、ジェローム・カーティスが外に行くのは、文書の受け渡しをするためだろうか。横取りしたマシュー・ウィンスロップ宛のメッセージからして、それはなさそうだった。でも、たしかめておきたかった。

ラムゼイ少佐がその辺にいないかと周囲を見まわす。少佐は、わたしが最後に見かけた場所におらず、近くにも見当たらなかった。つまり、わたし次第ということだ。

運よく、ミスター・ターナー＝ヒルから離れる口実を考える必要がなくなった。眼鏡をかけた学究肌のグループが、景徳鎮の磁器の真価について話そうとノートを手に近づいてきたのだ。

曖昧《あいまい》に挨拶をしてレスリー・ターナー＝ヒルのそばを離れ、ジェローム・カーティスを追った。

フレンチ・ドアを抜けて小さな庭に出る。とても暗かったので――ドアをおおう暗幕カーテンが屋敷内の明かりを遮断していたのだ――目が慣れるまでしばらくかかった。

やがて、壁に背を向けたジェローム・カーティスの大きな影が見えた。彼は暗がりからこちらを見つめていた。

わたしは驚いたふりをした。「きゃあ！　まあ、ごきげんよう」

「どうも」彼の声は低くて粗野な感じだった。まさにわたしが想像していたとおりの声。つまり、映画の悪役っぽい声ということ。

「ちょっと新鮮な空気を吸いたくなって」わたしは言った。「なかは人がおおぜいいてむっとしているから」

彼はなにも言わなかった。火のついた先端が動き、彼が煙草を口もとへ持っていったのが見えた。

「一本いただけます？　自分の煙草をなかに置いてきてしまったので」

ジェローム・カーティスはディナー・ジャケットの内ポケットから煙草の箱を取り出し、差し出した。

わたしはそばへ行って一本もらい、口にくわえて身を乗り出し、火をつけてくれるのを待った。彼がマッチを擦《す》ると、つかの間その顔が照らされた。部屋の離れたところから見たときよりも、近くで見るほうがおそろしげだった。ミックおじの友人は雑多な一団なので、荒っぽい男性もたくさん知っている。でも、ジェローム・カーティスにはどこかちがうものがあり、それがなにかを探ろうとした。

顔立ちがごつごつしてゆがんでいたけれど、ボクサーの顔なら何度も見ていた。傷痕もそれほど珍しいものではない。目だ、と気づく。まっ黒に見え、瞳孔と虹彩の境がわからなかった。顔に刻まれた暴力の歴史やごつい体と組み合わさると、まるで童話に出てくる人食い鬼のように見えた。

「ありがとうございます」煙草を吸い、暗がりに煙を吐き出した。

わたしたちはしばらく静けさのなかで過ごした。

ジェローム・カーティスはなぜここへ出てきたのだろう。煙草を吸うためだったという可能性もありそうだ。スパイ・ゲームに関与していると、隠れた動機なく行動する人もいる、ということを忘れがちになる。

「陶磁器についてはあまりよく知らないんです」おしゃべりをするために言ってみた。「あなたは蒐集家なんですか？」

彼はちらりとわたしを見た。「おれはサー・ナイジェルのもとで働いてる」

「あら、とても興味深そうですね」

返事の代わりにうなり声のようなものが返ってきた。明らかにおしゃべりをしたがっていない。

わたしたちはまた沈黙のなかで煙草を吸った。

「変な感じがしません？」ついにわたしは口火を切った。「町がこんなに暗いなんて」

またもやうなり声。

「どのみちドイツ空軍に見つけられてしまうでしょうに。そのうちに」

これにはなんの反応も得られなかった。

「上陸してこないのを願うばかりだわ」

「上陸などしたら、後悔させてやる」

ジェローム・カーティスの反応を引き出したのが、上陸云々《うんぬん》のことばだったことにちょっとばかり驚いた。はっきりと脅《おど》し口調だったのにも。彼は明らかにドイツ人に好意を抱いていない。

「おじもそう言ってます」わたしは言った。「おじは……その、荒々しい人たちと一緒に育ったんです。暗黒街にいるタイプの人たちと」ジェローム・カーティスは犯罪組織にかかわりがあったというラムゼイ少佐の話を思い出し、こう言えば口が軽くなるかもしれないと思ったのだ。

そうはならなかった。彼は餌に食いつかなかった。

ジェローム・カーティスという男性を読み取るのに苦労していた。芳《かんば》しくない人たちのいるところで育ったせいかもしれないけれど、彼がおそろしい外見をしているにもかかわらず、暗がりでふたりきりでいても不安はなかった。

不安を感じるべきなのかもしれない。けれど、こわいとは思わなかった。それに、理由ははっきりとはわからないけれど、彼はドイツ側についたり、ドイツのために働いたりするような人だとは感じなかった。もちろん、サー・ナイジェルの命令で人を殺す可能性は残っていたけれど。

ミスター・ターナー＝ヒルとはちがって、ジェローム・カーティスがためらいもなくだれかの喉を掻き切る場面は容易に想像できた。

犯罪組織をほのめかすのはうまくいかなかったので、ボクシングの話題でなにか聞き出せないかやってみることにした。ミックおじの友人で、ジェローム・カーティスよりも顔が崩れ、子どもだったわたしが興味をかき立てられた不格好な耳をした巨漢がいたのをおぼえている。彼は何度か家にやってきて、ミックおじと酒を飲み陽気に笑い、わたしとボーイズはネイシーに部屋から追い出されるまでリングでの血まみれの試合についての話に聞き入った。

「ラディおじは、必要とあらばドイツ軍を痛めつけてやるって言ってましたわ。彼は元ボクサーで、一戦隊くらい自分ひとりで充分だと言ってました」

ジェローム・カーティスがわたしに顔を向けた。「ラディ・マローンか？」

わたしはにこやかに微笑んでうなずいた。「そうです！　ご存じなんですか？」

「ラディ・マローンとは一九二四年に戦った」

「え、ほんとうですか？」

「危うく彼に殺されかけたな」これまででいちばん温かみのある声だった。「回復するのに何カ月もかかった」

「おぼえているかどうか、ラディおじに訊いてみなくては」ラディ・マローンにはもう何年も会っていなかったので、ジェローム・カーティスがあれこれ訊いてこないことを心から願った。「お名前は？」

「ジョリー・ジェリーがよろしくと言っていたと伝えてくれ」

陽気《ジョリー》なジェリーですって。思わず声を出して笑いそうになった。

「伝えておきます。あなたが人生でうまくやっていると聞いたら、喜ぶと思います」

「昔ほどじゃないが。だが、おれもあのころほど若くないからな」

「ええ、ラディおじもいつもそう言っていますわ」

「おれたちが闘士だってことについちゃ、彼の言うとおりだな。必要とあらば、ドイツ軍と戦う気持ちがある」

わたしはうなずいた。「あなたのおっしゃるとおりだと思います」

そのとき、フレンチ・ドアが開いてちょっとした明かりの条《すじ》が庭に射しこんだ。

「エリザベス」非難めいた声には聞きおぼえがあった。少佐がわたしを見つけたのだ。

「いま行くわ、ゲイブリエル」

煙草を落として靴のつま先で揉《も》み消した。

「少佐はわたしを上流階級の生まれ育ちだと思っているの」ジェローム・カーティスにささやいた。「ラディおじのことはふたりだけの秘密にしてくださいね」ウインクをしてから向きを変え、少佐についてなかに戻った。

18

屋敷のなかに戻るとき、少佐は薄青色の目でにらみつけてはきたけれど、なにも言わなかった。むだだと悟ったのだろう。

そのあとは、パーティには長居しなかった。講演は終わっており、金庫を開けるという目的は果たしていた。それに、ジョスリン・アボットとマシュー・ウィンスロップも帰ったあとだった。レスリー・ターナー＝ヒルはまだいたけれど、支援者らに囲まれていて、そんな状況で文書の受け渡しをするとは思えなかった。

外に出てひんやりした夜気を大きく吸いこみながら、仕事が完了した際にいつも感じるつかの間の無重力感を味わった。なかなかの夜だった。

「ジェローム・カーティスから有益な情報を聞き出せたのか？」自動車に戻ると、少佐がたずねた。

「彼が自分の意思でドイツのためにスパイをしているという印象は受けなかったわ。ジェローム・カーティスが人を殺《あや》めているとすれば、それはサー・ナイジェルに命令されたからだけど、彼が関与しているとは思えないの」

「その理由は?」

「どう説明したらいいかわからない。でも、不思議だけど、ぜったいに越えないある一線を持っている、ああいう危険な人たちを知っているの。ジェローム・カーティスにとって、敵のスパイをすることがそれに相当するのだと思う」

少佐はなにも言わず、自動車が屋敷から離れて暗い道路へ進むなか、わたしたちは黙りこんだ。ふたりとも考えごとに耽《ふけ》っていたのだと思う。ラムゼイ少佐はきっと、金庫のなかになかった文書のことと、文書を見つけるためにまだできることがあるとすればそれはなにかを考えていたのだろう。わたしもある程度はそれについて考え、スパイの可能性がある人たちと交わしたやりとりについても考えていた。

けれど、後部座席でラムゼイ少佐がすぐそばにいるせいで、ソファで抱きしめられたときのことも思い出してしまった。役に立たないそんな思いが頭に忍びこんできたのが気に入らなかった。あれはなんの意味もないことだ。ふつうの状況だったら、少佐がわたしみたいな女に目を向けるなんてぜったいにありえない。本気を出せば自分だって魅力的になれるだろうとは思っているけれど、陸軍の将校で伯爵の甥《おい》でもある男性は、規則に慣れ親しんでいる。片やわたしは法を破ることで生計を立てている。共通点なんてふたつもないのではないかしら。

戦争という困難な状況のまっただなかにいる若い独身女性のひとりとして、ともに冒険に放りこまれたハンサムな男性に惹かれたとしても、それは完璧に自然なことだ。ただし、それについてぐだぐだ考えてもなんの役にも立たない。

自動車がミックおじの家の前で停まり、わたしは現実に引き戻された。

少佐に顔を向けたものの、なにを言えばいいのかわからなかった。そこで、プロっぽいことを言っておいた。「文書が見つからなくて残念でしたね」

「きみの技術不足のせいではないがね。今夜のきみはよくやってくれた、ミス・マクドネル。緊迫した状況下で、またもやすばらしい自制心を発揮したね」

「今回は、あとで気分も悪くならなかったし」

少佐が笑顔を見せた。おもしろがっている大きな笑みで、わたしがはじめて引き出せたものだった。「そのことばはお世辞と受け止めておこう」

自分のことばがどんな風に聞こえたかに気づいて、わたしは声を出して笑った。「なにが言いたかったかというと、死体を見つけなかった分、今夜のほうがうんとましだったということなの」

「たしかにそうだな」少佐が目を合わせてくると、わたしは首筋が赤くなっていくのを感じた。恥ずかしいことをしでかしてしまう前に、自動車を降りなくては。幸い、ちょうどそのときにヤクブがドアを開けた。

わたしは少佐に握手の手を差し出した。「お休みなさい、ラムゼイ少佐」

握り返してくる少佐の手は温かかった。「お休み」

頭がぐるぐるした状態で自動車を降り、家に入った。波乱の多い夜だった。文書は見つからなかったけれど、わたしは自分の価値を証明してみせた。それだけでなく、この仕事がもたらすスリルを楽しむようになってきていると認めざるをえなかった。

真夜中をとっくに過ぎていたけれど、神経が昂《たかぶ》りすぎていて眠れなかった。だから、やかんを火にかけた。キッチンを出たとき、ドアをノックする音がして驚いた。

つかの間、心臓の鼓動が不規則になった。少佐が戻ってきたの？　ううん、そんなはずはない。戻ってくる理由なんてないもの。

ドアを開けると、帽子を手にしたフェリックスが階段の上に立っていたのでびっくりする。

フェリックスはわたしの全身を眺めまわして口笛を吹いた。

「今夜は……外出してたの」わたしは言った。

「そうみたいだね」

「ちょうど帰ってきたところで、やかんを火にかけているのよ。入る？」

フェリックスは腕時計をちらりと見た。「かまわないのかい？　こんなに遅い時刻だとは思わなかったよ。ふたりして親父さんに叱られるのはごめんだな。ちょうど通りかかったから、きみが起きているかどうかたしかめてみようと思っただけなんだ。明日出なおしてもいいんだよ」

わたしは暗い母屋にちらりと目を向けた。ミックおじは自分に割りふられた冒険からもう戻ってきているだろうか？　あちらの作戦のほうが早く開始されたのだから、たぶん戻っていると思われた。首尾がどうだったかは、明日説明するつもりなのかもしれない。

「ミックおじさんはもうベッドに入っているし、いずれにしてもあなたは心配ないってわかってるから」

「ほんとうに？」フェリックスがウインクをしながら言った。「きみがそんな姿だから、行儀よくしているのに苦労するかもな」

フェリックスをにらみながらドアを大きく開けて、彼が入れるよう脇に寄った。「わたしが自分の面倒くらい見られることを、忘れないように」

「もちろんだよ」フェリックスは笑いながら言った。「きみから強烈な一撃を食らったのも一度じゃないからね」

「ここ数年はないけど、やり方は忘れていませんからね」彼とソファへ向かいながら言った。「夜のこんな時刻にロンドンを歩きまわってなにをしていたの？」

「一杯やろうとパブに立ち寄ったんだ。一日中職探しで歩きまわったあとで、たまたま通りかかったのさ」フェリックスはそこでことばを切り、ため息をついた。「いや、ちがうな。ずっと心に引っかかっていることがあってね。それについてきみと話をする必要があったんだ」

「わたしにならなんだって話せるってわかってるでしょ」そう言ったものの、彼の真剣な面持ちにちょっとばかり驚いた――狼狽《ろうばい》すらした。フェリックスはいつも朗《ほが》らかで、悠々としている人なのだ。

「あることを知ってしまったんだ。少なくとも、そうだと思う。その……」彼がわたしの目をとらえる。「きみのお母さんについて」

つかの間、沈黙が落ちた。よりによってそんなことを言われるとは思ってもみなかった。

家族はわたしの母についていっさい話をしない。母は、歴史の教科書に載っている人物みたいな存在だった。知ってはいるけれど、脇に払いのけた昔の事実。蜘蛛《くも》の巣におおわれた屋根裏に鎮座する過去の遺物。わたしたちが母の話題を避けるのにはそれなりの理由があって、その過去が重くのしかかってきて、ぺちゃんこに押し潰されそうな気がするときもあった。

そんな風に特別に疲れ果てて打ちひしがれたあるとき、フェリックスの肩を借りて泣き、ことばがあふれ出たことがあった。彼は先入観を持たない部外者として、ミックおじやボーイズにはとてもできないようなやり方で抱きしめて慰《なぐさ》めてくれた。わたしは、ほかの人には一度も話したことのない話をした。母は有罪判決を受けたけれど、無罪だったと信じていると。

「ど……どんなこと？」なんとか訊いた。

「たいした情報じゃないかもしれない。海軍で出会った男がいてね。ある晩、ふたりともちょっと飲みすぎて、というか、彼が飲みすぎて家族の話をはじめて、母親がホロウェイ刑務所で一年服役したと言ったんだ。もちろん、きみのお母さんについてはぼくはなにも言わなかったよ。でも、彼のほうからきみのお母さんの事件について触れてきてさ。彼は……その……ぼくもおそらくその名前をおぼえているだろうって言ったんだ」

やさしすぎるフェリックスが言えずにいるのがなにか、わたしにはわかっていた。母の事件は、イングランド人の大半が耳にしたくらいのセンセーションを巻き起こしたのだ。

「とにかく、彼の母親はきみのお母さんと仲よくなった。で、きみのお母さんからいろいろ聞いたらしい」

どういうわけか、わたしは寒さと痺《しび》れるような感覚を味わった。口を開いたとき、自分の耳にも奇妙な声に聞こえた。「いろいろって?」

「彼ははっきりとは知らなかったか、酔っ払いすぎて思い出せなかった。ただ、彼の母親の話では、服役中の女囚の大半が無実を主張するけど、彼女が無実だと信じたのはきみの母親だけだったと。法廷で言及されなかった事実があって、そのうち冤罪が明らかになるだろうと思っていたそうだ……」

長いあいだ、わたしたちは黙ったままだった。頭がちょっとくらくらしていたけれど、期待してはだめと自分に言い聞かせた。結局のところ、別段真新しい情報というわけではないのだから。それほどには。受刑者仲間の意見など、大半の人たちの目にはたいしたものではないと映る。しかも、母親の話をおぼえまちがいをしている可能性のある酔っ払いからのまた聞き情報だ。それでも……。

「その人のお母さんはまだ存命なの？」わたしはたずねた。

「ああ。話がしたいなら、彼に手紙を書いて母親の住所を訊けるよ。きみに話す前に、きみとの関係を彼に伝えたくなかったんだ」フェリックスがためらう。「正直に言って、きみに話すべきかどうかもわからなかった。これだけの年月のあとで、なにかわかる確率はどれくらいだろうって。でも、自分だけの胸に留めてはおけないと気づいたんだ。ぼくが勝手に決めていいものじゃない、これはきみに関する情報なんだって」

わたしは彼の目を見た。感謝の気持ちで胸がはち切れそうだった。

「ありがとう、フェリックス」そっと言った。

彼がわたしの手をつかんだ。「あまり期待しないようにね、エリー」

わたしはうなずいた。「でも、その人のお母さんと話しても害にはならないでしょう」

フェリックスは答えなかった。

わたしは紅茶を淹《い》れようとソファを立った。いまの話はあまりに突然で、まともに考えられない。パーティやらこの最新情報やらで、今夜のわたしの頭はぐちゃぐちゃだった。

とにかく、一度にひとつずつだ。成功の鍵は集中にある。集中と、目先の仕事に優先順位をつけること。フェリックスの仲間から返事が来るまで時間がかかる。待っているあいだ、気を散らさずに政府のための仕事を続けよう。

母のことを頭から追い払い――長年訓練してきたおかげで、これは簡単にできた――レコードをかけた。ふたりで紅茶を飲んでくつろいでいると、《シンデレラ、行かないで》が流れてきた。この歌を聴くと、この先どうなるかを知らず、人生は喜ばしい可能性に満ちているように感じられた、戦争前の幸せな日々を思い出す。なんの複雑さもなく、このうえなく幸せだった日々。

しばらくレコードを聴いた。ふたりとも、その曲にうっとりしていたのだろう。それからフェリックスがわたしのほうを向き、しげしげと見つめた。「今夜はダンスに出かけていたの？」

「ううん。中国の陶磁器の講演だったの」

彼がにやつく。「戦争のせいで社交の場がちょっとばかりつまらなくなったね」

わたしは笑った。「まあ、そんなところかしら」

「そんなドレスを着ているんだから、踊らなきゃ」フェリックスはティーカップを置いて立ち上がり、手を伸ばしてきた。「ぼくと踊って」

「でも……」思わず彼の脚に視線がちらりと向かってしまった。

「言わないで、エリー」フェリックスがそっと言った。「踊ろうよ」

わたしが手を重ねると、フェリックスが部屋のまんなかへと向かった。彼の腕のなかに入り、ふたりで曲に合わせて動きはじめる。

つかの間、この何カ月かが消え、以前と変わらぬ気楽なふたりに戻っていた。でも、抱き合い方が変わったことに意識が向かい、昔とはなにかがちがってしまったのを完全に忘れることはできなかった。人生はかくもはかないものだと気づいたせいかもしれない。フェリックスは優雅に動いていたけれど、悪いほうの脚に体重がかかるたびにかすかに体をこわばらせるのが感じられた。ダンスのせいで痛みがもたらされているのだとわかったけれど、それくらいではぜったいに踊るのをやめないのもわかっていた。

だから、曲に合わせてゆっくりと体を揺らした。哀愁と安らぎとほかのなにかが奇妙に混じり合ったものが、わたしの心をざわめかせていた。ラムゼイ少佐と今夜のすべてが、不意にとても遠くに感じられた。

曲が終わっても、わたしたちはたがいの体に腕をまわしたままでいた。顔を上げ、長いあいだフェリックスと見つめ合う。

やがて彼が抱擁《ほうよう》を解いて下がり、ほんの少しよろめくと顎《あご》をこわばらせた。

「もう帰るよ」なんとか笑みを浮かべて彼が言った。「きれいなドレスをむだにせずにすんだしね」

「もう少しいて」なぜだかわからないけれど、まだひとりになりたくなかった。「グレン・ミラーの新しいレコードがあるの」わたしたちは昔から、夜遅くまで一緒に音楽を聴くのが好きだった。

フェリックスはためらったあとうなずいた。「わかった」

わたしが蓄音機のほうへ向かうと、フェリックスはソファに戻った。「きっと気に入ると思うわ」

「やさしいエリー」ポケットからシガレット・ケースを取り出しながら、彼が言った。「いつだってぼくをくつろがせてくれる」

わたしは彼の隣りに腰を下ろし、曲を聴きながら紅茶を飲み干した。しゃべる必要はなかった。フェリックスの腕のなかではおかしな気持ちになったけれど、いまは快適にくつろげ、久しぶりに気分がよかった。彼に会えなくてどれほどさみしかったか、相手にとって自分がどういう立場かがわかっている人とどれほど一緒にいたかったかを、はっきりと気づいていなかった。

ミックおじとはちょっとちがうのだ。ボーイズがいなくなってもおじはいつも朗らかだったけれど、トビーの行方がわからなくなったことや、コルムが遠方で戦っていることで不安に苛《さいな》まれているとわかっていた。だれにとってもつらかったけれど、わたしの一部はこの状況がどれだけこたえているかを見せないことでおじを守らなければ、と常に感じていた。おじのために、わたしは強くあらねばならなかった。

もの思いに耽りきっていたせいで、レコードが終わってはっと驚いた。「別のレコードをかけましょうか？」

フェリックスからは返事がなかった。見ると、彼は眠っていた。

起こすべきだとわかっていた。ミックおじは常に理解のある人だったけれど、わたしのフラットに男性が泊まるなんてぜったいによしとしないだろう。たとえそれがフェリックスでも。ひょっとしたら、フェリックスだからこそ。

けれど、起こすのは忍びなかった。外は寒く、ソファの彼はとても暖かくて快適そうだった。それに、脚がかなり痛んでいるはずだったし、彼がここでゆっくり眠れるならば、そのじゃまをしたくはなかった。

だからネイシーが編んでくれたブランケットをそっとかけた。フェリックスは身じろぎもしなかった。

わたしは静かに明かりを消して寝室へ行った。

19

フェリックスは、わたしがまだ眠っている早朝に帰っていった。朝食を出してあげたかったので残念だ。彼がここにいるところを見られたら大騒ぎになっただろうけれど、わたしとしてはあまり気にしていなかった。だって、もうおとなの女なのだから。ミックおじとネイシーからは小言をちょうだいするかもしれないけれど、わたしのフラットで起きることはわたしだけの問題だ。

それに、たとえフェリックスに対してロマンティックな想いを抱いていたとしても、まじめな交際をするつもりのない男性とは深くかかわらないほうがいいことくらいわかっている。そう、ゆうべは意味ありげなまなざしを向けてきたとはいえ、彼はぜったいに真剣な気持ちではない。少なくとも、わたしはずっとそう思ってきた。フェリックスは口が達者で魅力的な人で、わたしは彼に惹かれてはいるものの、彼の戯《たわむ》れにたいした意味はないと考えてきた。ただ、いまはふたりのあいだがどこか変わったと認めざるをえなかった。たがいの好意が一瞬ぱっと輝くというよりも、もっと本質的なもの。わたしたちは未知の領域に踏みこみかけていた。ますます複雑な事態になりつつあるところへ、さらにまたひとつ複雑なものがくわわってしまった。

いずれにしても、わたしが寝室から出てきたときにはソファは空っぽで、フェリックスにかけたブランケットはきちんとたたまれてクッションの上に置かれていた。

わたしは朝食をとりに母屋へ行った。ゆうべの件についてミックおじと話したくてたまらなかった。おじの任務が少佐とわたしよりもうまくいったことを願った。

おじはダイニング・ルームの大きなテーブルについていて、紅茶が用意されており、朝刊を広げていた。わたしが部屋に入ると、おじが顔を上げた。

「エリー嬢ちゃん」明るい笑顔だった。「すばらしい今朝のご機嫌はいかがかな?」

「まあまあよ」曖昧に返して隣りの席に向かった。おじもわたしも、なにをしているかをネイシーに話していなかったけれど、彼女のことだからとっくに勘づいていてもおかしくはなかった。話したくないことは話す必要がないと、ネイシーはしょっちゅう言っているけれど、いつだって探り出してしまうのだ。わたしはこれまで彼女からなにかを隠しおおせたことがなかった。

そのとき、ソーセージ、卵、トースト、庭から採ったトマトを載せた皿を持ってネイシーが入ってきた。

「おはよう、ネイシー」わたしは挨拶した。

彼女はわざと皿をどんとテーブルのわたしの前に置いた。顔を上げると、こわい顔を向けられていた。

「よく眠れましたか？」彼女が言う。

「ええ、よく眠れたわよ」わたしはネイシーの態度に困惑していた。

あいかわらずにらんでくるネイシーの眉が、ほんの少しだけ上がった。

そのとき、気づいた。彼女はフェリックスがわたしのフラットから出るところを見たのだと。

ああ、もうっ。さっき言ったとおりだ。ネイシーには隠しごとができない。

ミックおじをちらりと見た。やましいことなどこれっぽっちもなかったけれど――それに、どうして言い訳しなくちゃならないわけ？――朝食のテーブルでしたい会話ではなかった。

ネイシーも同じ考えらしく、なにも言わないままくるりと向きを変えてキッチンへ戻っていった。新聞に夢中になっているミックおじは、無言のやりとりに気づかなかったようだ。

わたしは卵料理を口に入れた。

「今朝は仕事があるんだ、エリー嬢ちゃん」ミックおじが言った。

わたしは顔を上げた。

「まっとうなほうの仕事だよ」そう言ってウインクをする。「一緒に来るかい？」

「ええ、ぜひそうしたいわ」昨夜のオークション・ハウスでの首尾について訊けるし、一時的にでもネイシーを避けられるからだ。

急いで食事を終え、おじと一緒に家を出て駅に向かって歩き出した。ひんやりしたそよ風が吹き、太陽が陽気に輝いているいいお天気だった。よく知っている家や店の並ぶ通りを歩くのは気分がよかった。

ある意味ではわたしが子どもだったころと同じだけれど、戦争のもたらした変化に気づかずにいるのは無理というものだった。砂嚢《さのう》や暗幕や板を打ちつけた窓といったものだけの話ではない。それぞれの庭を占領している家庭菜園などに見られる、密かな決意の表われがあった。通りで伸び伸びと遊んでいる子どもたちの姿も少なくなっていた。

こんな状況になる以前は、近所ではかなりの子どもたちが通りで遊んでいたのに。笑ったり叫んだりしながら遊んでいる子どもたちの声が聞けなくてさみしかった。子どもたちの姿はいまも見られたけれど、どこか抑制されたものを感じた。小さな子たちはなにかがちがうのを感じ取り、年かさの子たちの多くは出征した父親の代わりを務めていた。彼らが子どもに戻れるのがあまり先でなければいいと願っていたけれど、わたしの一部はものごとが昔どおりに戻る可能性はあまりないだろうと思っていた。

「ゆうべはどうだった？」静かな通りを歩きながら、ミックおじがたずねた。

「まあまあね。でも、文書は見つからなかったの」

昨夜の冒険をすべて話したけれど、ラムゼイ少佐からキスをされたことだけは省いた。そんな話はおじにするものではないからだ。

「となると、そのウィンスロップとかいう男が怪しいな」

「たぶん。おじさんのほうは？　うまくいった？」

オークション・ハウスでの偵察のようすを聞きたくてうずうずしていた。

ミックおじが頭をふった。「それほどでもないな。侵入はうまくいって、オークション・ハウスを隅々まで調べた。だが、なにも見つからなかった」

「文書は絵の裏や陶磁器のなかに隠されていなかったの？」半ば冗談で言った。

おじが微笑む。「なかったよ。少佐の部下は私と同じくらい徹底していたんだがね。あの男が秘密を持っているのなら、あいにくどこか別の場所に隠しているんだろうな」

それなら、だれにとってもちょっとした失望の夜だったわけだ。

ヘンドン・パークを通り過ぎた。今日は人がほとんど出ておらず静かだった。先月は大きな集会があった。〈風説を一掃しよう〉というものだ。歌やダンスがあり、演説者らが戦争に関するゴシップを広げないよう奨励した。いまとなっては、ずいぶん前のことのように思われた。

柱の並ぶヘンドン・セントラル駅の入り口を通り、地下鉄のむっとした空気のなかへ降りていく。ここ何カ月か、すごく変わったものもあるのに、同じまま残っているものもあるとよく考えるようになったけれど、いまも同じだった。

ノーザン線の電車が来るのを待つあいだ、ミックおじは煙草を吸い、今日の仕事について話してくれた。簡単な仕事だよ、ピカデリーに住む男から今朝電話があって、ドアの錠のつけ替えを頼まれたんだ、と。

「おもしろみはないが、仕事は断ったことがないからね」

ミックおじはロンドンのあちこちから仕事を受ける。確固たる評判を築き上げ、開けたくても開かない錠があるときに頼れる男として有名だ。

このちょっとした日常のおかげで、急に幸福感に襲われた。わたしはミックおじさんと一緒にいる。ふたりで単純な仕事をする。ほんのつかの間であろうと、世界のすべてがあるべき姿をしている、と安堵のため息をついた。

そのおだやかな感覚は短命の定めだった。

三時間ほどの外出から帰宅すると、出かける前よりもネイシーの機嫌が悪くなっていた。窓からようすをうかがっていたらしく、わたしたちが近づくとネイシーが家から出てきた。目の前に来る前から彼女はしゃべり出した。「帰ってきたのね。やっとだわ。ようやく平穏が持ててほっとする。ずっと電話が鳴りっぱなしだったし、そのあとはあの男性を三度も寄こしたんだから。ガソリンのむだづかいだって言ってやったのよ。あの男の人が悪いんじゃないのはわかっているけど、だれかがなにかをしなくちゃね。わけがわからないわ、彼らがなにを……」

「ネイシー、いったいなんの話をしているの？」わたしは口をはさんだ。

彼女がいらだちの息を吐く。「言ったでしょう。ずっと電話が鳴りっぱなしだったって」
「だれからだったの？」
「ラムゼイ少佐の代理のだれかさんですよ。すぐにあなたに来てほしいそうよ。ひとりで」

ネイシーやミックおじと少し話し合い、ひとりで出向いてもなんの問題もないとふたりを安心させたあと、駅に戻った。少佐のオフィスへは自動車でしか行ったことがなかったから、地下鉄での行き方はちょっとした推測ゲームだった。でも、わたしにはすばらしい記憶力と抜群の方向感覚があった。それに結局のところ、ベルグレーヴィアで荒くれ者の集団に遭遇するわけでもあるまいし。

いくらもしないうちに見おぼえのある通りに出て、そこから少佐のオフィスまではあと少しだった。ヘンドンよりも静かで、落ち着いた雰囲気だ。でもそれは、戦時中だからではなく、この通り独特のものなのだろう。

少佐はわたしになんの用があるのだろう？　だれかが文書を入手できたとか？　ちがうわね。もしそうなら、わたしとミックおじのふたりを呼んだだろうから。

なぜわたしひとりですぐに来いと言ったのだろう？　好奇心に駆られ、ほんの少しだけ不安だった。

ミックおじは心配して一緒に来たがったけれど、ラムゼイ少佐がわたしにひとりで来るように言ったのであれば、怒らせるようなまねをすることはない。それに、いまでは少佐の扱い方もよくわかっていた。

玄関の階段を上がってノックすると、いつも以上に不機嫌な顔をしたオスカー・デイヴィーズがすぐにドアを開けた。

「少佐がお待ちかねです、ミス・マクドネル」わたしがなかに入ると、彼が即座に言った。その口調が、警告を思わせた。「少佐に言われて、今朝はあなたのご自宅に何度かうかがいました」

「そうらしいわね」

皮肉を言われておもしろがるどころか、オスカー・デイヴィーズはかすかに気を悪くした面持ちになった。

彼はなにか言おうとして口を開いたけれど、結局その口を閉じた。執務室へ案内するかのように向きを変えた彼をわたしは止めた。

「場所ならわかっているわ、オスカー」

彼がうなずく。わたしを執務室へ連れていかずにすんで、ほっとしているように見えた。ラムゼイ少佐はそれほどひどい上司なのだろうか？　だとしても、驚かなかった。ミックおじが言ったように、高圧的じゃない人間は少佐にはなれない。というか、そんなような意味合いだった。

オスカーに小さく微笑んでから、廊下を進む。ラムゼイ少佐の執務室前まで来ると、ドアをノックした。

木製の分厚いドアのせいで声はくぐもっていたけれど、聞き取れるほどにははっきりしていた。「入れ」

ドアを押し開けてなかに入る。少佐は机についてはいなかった。腕を背後にまわして立ち、壁の地図のひとつを見つめていた。わたしが執務室に入っても、少佐はふり向かなかった。

「おはようございます」わたしは挨拶した。

「彼はだれだ?」

その質問と口調に不意打ちを食らった。「彼とは?」

そこで少佐がふり向き、真剣そのものなのがわかった。「きみのフラットでひと晩過ごした男だ」

少佐の質問と、そこにこめられたあてこすりのせいで、顔が赤くなっていくのを感じた。とっさに言い訳をしかけたけれど、ぐっと抑えこむ。だって、少佐にそんな質問をする権利なんてないでしょう? 大好きなネイシーにだって説明しなかったんだから、少佐に説明する義務があるとは思わなかった。

「あなたには関係ないと思いますけど」軽い口調で言ってみた。

「あいにく、関係あるんだ」少佐は落ち着いて返した。「事実上、きみはいまも一日二十四時間われわれの管轄下にある。深夜の逢い引きもふくまれる」

「講演後は仕事は終わったと思っていたわ」こわばった声で言った。「どうしてわたしを見張らせていたの？」

「用心のためだ」

かっと言い返したい気持ちをこらえる。ラムゼイ少佐相手に腹を立ててもむだだと、すでに学んでいた。

「あの男はだれなんだ、ミス・マクドネル？」

頑固な性格と募りつつある怒りのせいで答えるのを拒否したくなったけれど、子どもじみたふるまいだとわかっていた。隠すことなどなにもないのだから、なおさらだ。

「ただの友人です」

「名前は？」

「知らないなんてびっくりだわ」嚙みつくように言う。「わたしの個人的なことすべてをご存じみたいなのに」

少佐はわたしがしゃべらなかったみたいに続けた。「こちらで突き止めることはできる、ミス・マクドネル。だが、きみが話してくれれば、おたがいに時間と手間が省ける」

高圧的な態度を向けられるのは気に入らなかったけれど、少佐の言うとおりなのだろう。鼻から息を吸う。癇癪《かんしゃく》を抑える術《すべ》だ。「秘密でもなんでもないわ。彼の名前はフェリックス・レイシーよ」

「親しい友人なんだな」

わたしは体をこわばらせた。

「彼はわたしのソファで寝ました。それが聞きたかったのなら」どうしてそんなことを言ったのかわからなかった。少佐がどう思おうとまったくどうでもよかったし、わたしの私生活など彼にとってもどうでもいいはずで、おそらくはお高くとまった道徳観でお説教する機会でしかないだろう。彼ほどの外見の男性が禁欲主義であるとは信じがたかったけれど。

「彼がどこで寝たかは重要ではない」少佐が言った。「政府としては、きみがなにをしようとかまわない。問題は、相手だ」

きちんとした紳士なら、こんな会話にきまりの悪さを感じるはずだけれど、ラムゼイ少佐はまったく心地悪そうではなかった。

「フェリックスは政府の仕事とはなんの関係もないわ。放っておいて」

「私はきみの交友関係を知っておく必要がある。これはゆゆしき任務なのだと念押ししなくてはならないのか？　きみのフラットに知らない男が住んでいるとなると、障害となりうる」

「彼はフラットに住んでいません」またかっとなりそうな気持ちを精一杯抑えこんだ。「帰国したばかりだったから、会いにきてくれたの。レコードを聴いているあいだに彼がソファで眠ってしまって、起こすのが忍びなかっただけです」そんなことまで明かしてしまって、すぐに自分に腹が立った。だから、こう続けた。「あなたには、わたしのフラットでなにが起きたかを尋問する権利はないと思いますけど」

「では、きみのおじさんは、紳士が訪ねてきても平気なんだな？」

フェリックスが夜明け前にフラットをこそこそと出ていったなんて、ラムゼイ少佐に認めたくなどなかった。わたしのフラットを監視させているらしいので、当然それもとっくに知られているのだろうけれど。

「わたしはおとななんですよ、ラムゼイ少佐」彼の目を見ながら言った。「おじはそれを理解してくれています。あなたも理解してらっしゃるはずだと思いますけど」

「もちろんだ。ミスター・レイシーはきみの職業を知っているのかな？」

「金庫のことかしら？」

「そうだ。きみとおじさんといとこが家宅侵入して盗みを働いていると、彼は承知しているのか？」

「全部ではないけど、知っているわ。昔からの家族ぐるみの友人だから。その……一度か二度は手を貸してくれたこともあったし」いまのは言ってよかったのかどうかわからなかったけれど、真実だった。腹が立ってはいたけれど、できればラムゼイ少佐に隠しごとをしたくなかった。最終的には彼の知るところとなり、そうなるといろいろとやりにくくなってしまうだろうからだ。

「では、ミスター・レイシーも金庫破りなんだな」

「ちがう。彼には……別の技術があるの」

きっと問い詰められると思ったのに、ラムゼイ少佐はそうしなかった。

「われわれの作戦を彼に話したのか？」

少佐に信頼されていないという侮辱《ぶじょく》を受け、わたしは顔を上げた。「まさか。わたしをどう思っているか知らないけれど、秘密を漏らす習慣はありません」

少佐が片手を上げた。「悪気はなかった。だが、秘密を漏らしたくなる人間が非常に多いのでね……親しい友人に」あてこすりは明らかだった。

「言ったでしょう……」

「どうでもいい」退《しりぞ》けるように手をひらひらとやる。「きみがこの任務について秘密を漏らさずにいるかぎり、残りは私の関与することではない。彼の休暇はいつまでだ？」

「無期限よ。フランスで脚を失ったの」

ラムゼイ少佐は不機嫌な顔になった。「当分きみの周辺をうろつくということか」

「可能性はあるわね」

少佐がため息をひとつつく。「まったくもって都合が悪いな」

「あら、あなたの都合のために彼は脚を失ったわけじゃないと思いますけど」辛辣《しんらつ》に言ってやった。

腹立たしい彼らしく、わたしのことばをほとんど聞いていないようで、まるでなにもしゃべらなかったみたいに続けた。「いずれにしろ、きみを呼んだ理由はそれではない」

そうなの？　まさにわたしの私生活について問い詰めるのが目的で、わたしをつかまえるまでネイシーをいじめたみたいだったけれど。とりあえず、少佐が続けるのを待った。

少佐は黄昏《たそがれ》どきの青色をした目をわたしに据えた。「マシュー・ウィンスロップに渡されたメッセージを解読した」

20

まだ少佐に腹を立てていたので、彼の話に興味があるところを見せたくなかった。それにしても、仕事が速い。

ふたりは顔を見合わせた。少佐はなにが書いてあったのかとたずねられるのを待っていたけれど、わたしは彼が口を開くのをぜったいに待つつもりだった。

一分ほど沈黙が続いたあと、少佐がかすかに吐息をついた。「今日の午後に、あるティールームで連絡員と会うよう指示する内容だった。パーティは受け渡しには明らかに人が多すぎて、文書を所持している人間がだれにしろ、別の機会を待つことにしたらしい」

わたしは眉を両方ともつり上げた。「じゃあ、手がかりは完全に消えてしまったわけではないのね」

「ああ。完全に消えてはいなかった」

「で、どうするの？」

「座らないか、ミス・マクドネル？」少佐が机の向かい側にある椅子を身ぶりで示した。彼は堅苦しい口調に戻っていて、それはおそらくよくない兆候だった。

わたしが腰を下ろすと、少佐も座った。

「この状況はわれわれの予想外だった。サー・ナイジェルの金庫か、ミスター・ターナー＝ヒルのオークション・ハウスからなにかを入手できると考えていたので、きみの関与は一時的なもののつもりだった。だが、そのどちらも不首尾に終わってしまった」

少佐がなにを言おうとしているのか、理解しようとした。わたしはお払い箱になったの？　どうもそんな風に聞こえた。少佐にはとんでもなくいらいらさせられたけれど、いまにも訪れそうな失望で胸が締めつけられるのを感じた。お払い箱にはされたくなかった。手伝い続けたかった。それ以上に、昨夜金庫を開けるのに成功したのだから、腕前を少佐にわかってもらえたと感じていたのだ。

「これからやらなくてはならないことは、きみの領域を超えたものだ」

「言い換えると、わたしはもう用ずみになったということね」さっさと要点に入ってもらいたかった。

「ミス・マクドネル……」

「いいから早く言ってちょうだい、少佐」

そのとき、ドアをノックする音がした。

少佐はいらだちの息を吐いた。「なんだ？」と大声を出す。

ドアが開き、オスカーが顔を覗かせた。「キンブルが来ました、サー」

「待つよう伝えろ」

「緊急と言っていますが」

「彼がなんと言おうとかまわない。待つよう伝えろ」

「イエス、サー」

オスカーがドアを閉め、少佐は痛烈に悪態をついてからわたしを見た。「失礼」

「男だらけの家で育ったわたしの前で、ことばづかいに気をつける必要はないわ」

「それでも……」ことば尻がしぼんだ。

少し前にラムゼイ少佐の人となりを推しはかったので、彼がなにを感じているかがわかった。少佐はいついかなるときでも感情的にならずにいたい人だ。ただ、ときどき短気を起こしてしまう。それがどういうものか、わたしにはわかる。生まれてからずっと、短気と奮闘してきたからだ。

「どのみちあなたはわたしを上流階級の女性とは思っていないわけだから、乱暴なことばを使ったら壊れてしまうとばかりにびくびくする必要はないわ」

「乱暴なことばくらいじゃ、きみは壊れそうにないな、ミス・マクドネル」

「ほめことばと受け止めておくわ」

「そのつもりで言ったんだが」

率直にほめてくれるとは思ってもいなかったので、ちょっぴり不意を突かれた。

「ありがとう」ようやくそう言った。「育ちのせいなんでしょうね。お上品だったり繊細だったりする機会はあんまりなかったの。だから、クビにするならそう言ってくれて大丈夫。オブラートに包んだ言い方はないかと探さなくていいわ」

「私が言おうとしているのは、ミス・マクドネル、まだきみの手助けを必要としているということだ」

わたしは少佐を凝視《ぎょうし》した。こんな展開は予想外だった。任務の金庫破りの部分は終わったし、おそらくはフェリックスがひと晩泊まったことも手伝って、わたしの利用価値はもうなくなったと政府は判断しただろうと思っていた。

「きみはこういった任務に必要な資質があると証明した」わたしがなにも言えずにいると、少佐が続けた。「金庫破りを生業《なりわい》にしているかもしれないが、その仕事には腕前以上のものが必要だ……度胸が。切迫した状況下では特に。そんな風に考えられて、時間的制約のあるなかで忍耐力と仕事をなし遂げる決意を持っている人間は、それ以外の場面でも明らかに役に立つ」

疑念が大きくなるのを感じた。少佐はこちらの機嫌を取ろうとしているように思われ、それは明らかに警戒心を起こさせるものだった。

「それ以外の場面とは、具体的には？」わたしはたずねた。

少佐がためらう。「きみには引き続き私の……恋人のふりをしてもらう必要がある」

「ゆうべのソファでのことだけじゃ充分じゃなかったのかしら、少佐?」考えなおす間もなくそう言ってしまっていた。そして、すぐさままっ赤になった。いまのはフェリックス相手に言うような冗談で、ラムゼイ少佐はどう見たってフェリックスではない。

けれど、少佐は気を悪くした風ではなかった。彼の目がほんの一瞬わたしの唇に向けられ、みぞおちのあたりが震えた。

「ああいったことはもう必要にならないと思う」少佐が言った。

「じゃあ、計画を聞かせて」

またせっかちなノックがあった。少佐がいらだたしげな顔で椅子を立ち、ドアを大きく開けた。

男性が入ってきて、すぐ後ろにオスカー・デイヴィーズもいた。

「キンブル、どういうつもりだ?」ラムゼイ少佐だ。

「申し訳ありません、サー」オスカーが口をはさんだ。「止めようとしたのですが……」

「火急の用件なんだ、ラムゼイ。そうでなければじゃまなどしない」

乱入してきた男性とわたしはたがいの顔をじっくりと見た。家宅侵入でミックおじと一緒に捕まった夜、わたしを尋問したいかめしい顔の警察官らしき人物だった。

彼がわたしに向かって小さく会釈した。「ミス・マクドネル」

わたしは冷ややかに会釈を返した。捕まった晩のラムゼイ少佐のふるまいについては赦《ゆる》すことにしたけれど、このキンブルという男性はまだ赦していなかった。

「行っていいぞ、デイヴィーズ」ラムゼイ少佐の口調は冷たかった。

「イエス、サー」オスカーは部屋を出てドアを閉めた。

勧められてもいないのに、キンブルは少佐の机の前にあるもうひとつの椅子に座った。

「あることが起きて、あなたに相談しなくてはならなくなった。早急に」

「それは聞いた」少佐が机の奥の椅子に戻る。

「場をはずしましょうか?」わたしは言った。

「いや」ラムゼイ少佐がそう言うと同時に、キンブルが「ああ」と言った。

少佐がわたしを見た。「ここにいるキンブルもわれわれとの契約で働いている。とはいえ、きみとは法律の反対側にいる男だが」

「警察の人でしょ」わたしは即座に言った。

「そうだ」少佐の返事。「ロンドン警視庁の警部補だ。われわれにとっては好都合なことに、〝職業倫理に反する行為〟で免職となったが。どうしてわかった?」

「見るからに警官って雰囲気だもの」どんな行為で警視庁を追い出されたのだろう、と思わず考えていた。

「注意を要する情報なんだ、ラムゼイ」キンブルはわたしを完全に無視していた。「だから……」

「なんなんだ？」ラムゼイ少佐がいらいらと言った。

「監視していた男が消えた」

キンブルがそう言ったとき、わたしはたまたま少佐を見ていたのだけど、彼の目がものの一瞬で黄昏どきの青色から冷ややかな鉄灰色に変わるのを目にするというおもしろい経験をした。

「消えたとはどういう意味だ？」血も凍りつくほどの冷たい口調だった。

少佐の態度が変わってもそれほどの動揺を見せなかったキンブルは、たいしたものだった。

「やつは鞄《かばん》を手に家を出て、駅へ向かった」

「で、見失ったわけか」

「ああ、それについては」キンブルは平然と言った。「部下に尾行させてた」

「最初にそう言うべきだったな、キンブル」少佐の口調はそっけなかった。

「部下は駅へ行く途中で一瞬だけやつを見失った」キンブルが続ける。「少しして角を曲がったところ、路地で血を流しているやつを発見した。喉を掻き切られていた」

わたしは思わず喘《あえ》ぎ声を出してしまった。こんなおだやかな声でされる話がこれほど暴力的だとは予想もしていなかった。

少佐はちらりとわたしを見たあと、キンブルに視線を戻した。「きみの部下は男が死ぬ前になにか聞き出せたのか？」

キンブルが首を横にふった。「その時点ですでに手遅れだった。犯人も見ていない。すばやい仕事だった」

ラムゼイ少佐は椅子にもたれながら苦々しげな悪態をついたけれど、今回は謝らなかった。

「知らせておくべきだと思った」キンブルだ。「いわば、手がかりが……死んだのを」

少佐はつかの間考えこんでいるようだったけれど、やがてうなずいた。「ありがとう、キンブル。とりあえずのところは以上だ」

キンブルはうなずき、そそくさと立ち上がった。「なにかわかったら、今夜また立ち寄る」

それから、わたしに向きなおった。「ごきげんよう、ミス・マクドネル」

「ミスター・キンブル」わたしは曖昧に言った。いま聞いた話にまだ動揺していた。

キンブルはくるりと向きを変え、それ以上なにも言わずに出ていった。少佐に目をやったわたしの眉が、勝手につり上がる。

「おもしろい男だ」ラムゼイ少佐が言う。「彼ほど感情を見せない人間には会ったことがない」

ラムゼイ少佐が言ったとなると、かなり重みのあることばだ。

「だれが……今度はだれが死んだの?」

少佐がため息をついた。「キンブルには別の男を見張らせていた。われわれの重要人物たちのあいだで使い走りをしているのではないかと疑われる男だ。ゆうべの講演の際は、ウェイターとして働いていた。ウィンスロップにメッセージを渡したのはその男ではないかと考えている」

「そして、だれかが口封じのためにその人を殺した」

「そのようだ」

ちょっと気分が悪くなったけれど、なんとか平静を保てたと思う。

「ミスター・ウィンスロップと連絡員が会う予定は、いまも変更なしと考えていいのね？」

「そうだ。キンブルが乱入してくる前にそれを話そうとしていた。私と一緒にティールームへ行って、彼らの到着を待ちかまえてもらいたい。ふたりでいれば、ウィンスロップと殺人犯の連絡員は、私たちがそのティールームにいるのを単なる偶然だと考えてくれるかもしれない」

「ミスター・ウィンスロップが文書を手に入れたら？」

「もう一度それを盗み出す試みができるかもしれない」

どれほどの大博打か以前は気づいていなかったとしても、いまはそれがわかった。すでにふたりが殺されている。これは危険な任務だ。

「もちろん、キンブルか彼の部下にやらせてもいい」同じことを考えているかのように少佐が言った。「だが、きみはキンブルたちのやり方をじかに見ているだろう」

「最初の晩にわたしたちを拉致したのが彼ら？」

「そうだ。繊細なやり方は彼らの流儀ではない」

「彼らにティールームへどかどかと入ってもらいたくないのはわかるわ」

少佐は彼らしいかすかな笑みを浮かべた。「そのとおり。それだけでなく、きみはすでにこの作戦に片足を突っこんでいるのだから、最後まで見届けてもらうのがふさわしいと思った」

「よかった」

少佐がはっとわたしの目を見た。正直な気持ちをことばにしただけなのに、どうやら彼を驚かせたらしい。わたしはあまりしょっちゅう本心を表わさないからだろう。ずっと感情を、自分自身を隠してきた。家族以外の人たちの前では警戒することを学んで大きくなった。少佐といるのは心地よく、つかの間でも警戒心をゆるめたという事実が多くを語っていた。

ラムゼイ少佐が相手のときはよくあるように、わたしの上機嫌は短命だった。

「言わずもがなだが、この任務が完了するまで友人と会うのは控えてもらわなくてはならない。明日の任務だけでなく、すべての任務が終わるまでだ」

「友……人？」

「ミスター・レイシーだ」

反射的に返事をしていた。「それは呑めない」

「交渉の余地はない、ミス・マクドネル」少佐の口調から、反論するのは得策ではないと感じたけれど、だからといってわたしが引き下がるはずもなかった。

「どうして彼と会ってはいけないの？」

「彼のせいでいろいろとややこしくなるが、この時点でそれは望ましくない。昼夜を問わず彼がきみのフラットに出入りするようなら――」彼は反論しようとするわたしを手を上げて制し、続けた。「任務遂行に支障をきたすかもしれない」

異を唱えたくてたまらなかったけれど、少佐の理屈を否定はできなかった。この秘密の任務を計画しているときに、フェリックスがそばにいたらやりにくいだろう。ひとつには、昔からずっと仕事の詳細を彼に話してきたからだ。フェリックスはいつだって熱心に耳を傾けてくれ、適切なアドバイスをくれた。政府のための仕事について話してはいなかったものの、彼と過ごす時間が長くなるにつれ、わたしの一部は話したくなっていくだろう。

「帰国したばかりの彼をどうやって無視すればいいの？」

「なにか理由を考えてもらうしかないだろうな」

陸軍ではきびきびとした敬礼を受け、出した命令には一も二もなく従われるのに慣れているのだろうけれど、いまは軍にいるのではないと少佐はちゃんと理解すべきだ。

「彼は負傷したのよ」わたしは続けた。「支えてくれる友だちが必要だわ」

「そのとおりなんだろう。だが、彼よりも私のほうがきみを必要としている」

ほかの男性が言ったのなら、いまのはお世辞だっただろう。でも、わたしは命令を聞き取った。

「彼はわかってくれないわよ」

少佐が冷ややかな目を向けてきた。「彼は戦争に行った。きみという話し相手がいなくても二週間くらい持ちこたえられるだろう」

わたしは目を瞬《しばたた》いた。そのことばが命中した痛みを感じた。たしかにそのとおりなのだろう。わたしは自分の重要性を過大評価していたようだ。

ゆうベダンスをしたときに感じたこと、今朝感じたことを考えた。彼とのあいだで育ちつつあるものがなんであれ、それを失うリスクは冒したくなかった。でも、ひょっとしたら少佐が正しいのかもしれない。この任務は最優先されなくてはならない。フェリックスに対する個人的な感情のもつれをほどくこと――それに、彼が入手してくれるかもしれない母に関する情報について知ること――はあとまわしにするしかなさそうだ。

気に入らない気持ちを少佐にわからせるべく、ため息をついた。

「わかりました」ついにそう言ったけれど、反抗的なティーンエイジャーみたいにふてぶてしい口調だった。「やるわよ。でも、渋々ですからね」

「そうだろうとも」ラムゼイ少佐はまったく無頓着だった。「そうじゃないときなどあるのか?」

21

フェリックスに伝えなければならない話を思って憂鬱《ゆううつ》になったわたしは、その日の午後に文書の受け渡しが行なわれるはずのティールームへ行く前に、彼に電話をかける気力を奮い立たせられなかった。

少佐は少し早く迎えにやってきて、わたしはまだストッキング穿《ば》きの素足で髪はとっ散らかっていた。

「うわっ」きびきびしたノックに応えてドアを開けたときに出たことばだ。「その……ちょっと待っててもらえます、少佐？　あと少し準備が残っているので」

「もちろん」

「あの……お入りになります？」こういう場合のエチケットがわからなかった。少佐は自動車で待ちたいかもしれない。

ところが、少佐は誘いを受ける気満々のようだった。「ありがとう」

わたしはドアを大きく開けて下がり、彼を通した。

少佐が制帽を取っても、ブロンドの髪は乱れなかった。彼はわたしのあとから居間に入った。

パーティの日も迎えにきてもらったけれど、あのときは少佐は外にいた。彼がフラットにいるのは変な感じがした。ひとつには、彼が大柄なせいで部屋が小さく見えたから。少佐が部屋の空間の大半を吸収したみたいだった。

さらには、うちの家族は人を呼ぶのが好きだったけれど、まさか政府関係者が自分のフラットに来るなんて想像もしていなかったから。長年にわたり、ミックおじの友人や仲間が家にやってきていた。泥棒や詐欺師、それに危険人物にすら会ってきた。でも、ラムゼイ少佐はまったく新しいタイプの人だった。

彼は狭い部屋に視線を走らせ、慣れたようすで見て取っていった。観察力にすぐれた人だから、この部屋からわたしという人間を推しはかろうとしているのだろう。色づかいが派手ながらこざっぱりしている居間を見て、少佐がどんな推論にたどり着くのかを当てようとする。

わたしは矛盾の塊《かたまり》みたいなものかもしれない。理路整然とした思考の持ち主でありながら、創造的なこともできる。

自分の住まいが第三者にどう見えるかなど、真剣に考えたことがなかった。

このすべてがわたしの頭をよぎったのはほんの何秒間かで、そのあと少佐はわたしに注意を戻した。その視線がストッキング穿きの足に向けられたので、きっといつもより背が低いと気づいたのだろう。

「座っていてください。すぐに支度を終えます」

急いで寝室へ戻り、靴に足をすべりこませる。それから鏡の前へ行き、おとなしくしろと念じながら巻き毛に手櫛《てぐし》を通した。髪は脅《おど》しに屈しなかった。

ため息をつくと、髪に好きなようにさせ、居間へ戻った。

少佐はソファに座るのではなく、書棚のひとつのところへ行っていた。

「ギリシアの古典を読むとは意外な気がするな」少佐が顔だけめぐらせて言った。「とはいえ、サー・ナイジェルの舞踏室の天井画に描かれているのがプシュケだと言われたときに気づくべきだったんだろう」

いまのことばをどう解釈すればいいのかわからず、とっさに顎を少し上げた。「どんな本を読んでいると思ったのかしら?」

少佐がわたしをふり向いた。ふざけた返事をされると思ったけれど、少佐はじっくり考えているようだった。「テニソンかな」ようやくそう言った。「おとなしめの神話。そう、大胆不敵さと冒険がたっぷりあるが、正義と騎士道精神もある物語だ」

どう返事をすればいいかわからず、しばらく無言でいた。少佐に不意を突かれたのだ。

「エリー、あの自動車がまた家の前に停まっているけど……」いつものようにフラットに勢いよくやってきたネイシーが、ラムゼイ少佐の姿を見て戸口ではたと足を止めた。

彼女は少佐を見て、わたしを見て、また少佐を見た。みごとな体を非の打ちどころのない軍服に包んだ少佐は、なかなかにすばらしい光景で、ネイシーはじっくり堪能しているようだった。

彼女がそっと出ていってくれるのを願ったけれど、どうやらどこへも行きそうになかったので、ふたりを紹介するしかなかった。

「入って、ネイシー。ラムゼイ少佐、こちらはネイシー・ディーンです。ネイシー、彼はラムゼイ少佐よ」

「はじめまして」少佐がほんの小さく会釈した。わたしの予想に反して尊大な態度ではなく、礼儀正しさがにじみ出ていた。

「おじゃましたんじゃなきゃいいですけど」ネイシーは言い、両の眉をつり上げてわたしを見た。

ラムゼイ少佐が見ていない隙に、わたしはネイシーをにらみつけた。彼女はそれに気づいたのに気づかないふりをした。

「とんでもありません」少佐が言った。

「そろそろふたりで出かけるところだったの」わたしは言った。

少佐がわたしをふり向く。「自動車で待っていようか、ミス・マクドネル？」わたしがうなずくと、彼はネイシーに向きなおった。「お会いできて光栄でした、ミス・ディーン」

「こちらこそ、少佐」ネイシーは見たこともないくらい感じがよかった。

少佐が出ていってドアが閉まると、わたしはすぐに彼女をふり向いた。

「入る前にノックくらいしてくれてもよかったでしょう」

「あたしはノックなんてしたことありませんよ」

「内密の話をしていたのよ」

ネイシーの目はいつになくきらめいていて、唇《くちびる》には訳知りの笑みが小さく浮かびつつあった。

「なにを考えているのかわからないけれど、ネイシー、でも、きっとまちがっていると思うわ」わたしは取り澄まして言った。

ネイシーがみっともない音をたてて鼻を鳴らした。「あたしにだって目があるんですよ。歳は取っているかもしれないけど、視力に問題はないし、あれはこれまで見たなかでもかなりの男前でしたね。あの目といったら！　しかも背は高いし、がっちりしている！　ブロンドの若者を魅力的だと思ったことはあんまりありませんけど、あの人は例外にしてあげてもいいですね。いつだって」

「ネイシー！」

彼女は平然としていた。「夜明け前にフラットをこそこそと出ていったのがあの人だったら、それほどあなたを責めはしませんよ。でも、フェリックスは……」

「ネイシー、フェリックスとわたしはなんでもないの。彼はソファで眠っただけ」

「そんなことより、あの人とのチャンスを逃さないようにね」ネイシーは少佐が出ていったほうに頭を傾《かし》げた。「あたしがあと三十歳若かったら……」

彼女は最後まで言わなかったけれど、なにを考えているか見当はついた。

ネイシーが色目を使う前にラムゼイ少佐が出ていってくれて、ほんとうによかった。


その日の午後、わたしたちはティールームにはまっすぐ向かわないことにした。注目を集めてしまいそうだったからだ。そこで、ピカデリー・サーカスからそう遠くない場所でヤクブに降ろしてもらい、人混みを縫って数ブロック歩き、問題のティールームから通りをはさんだところで足を止めた。建物のくぼんだ場所に入り、話しこんでいるふりをして待った。

わたしはティールームのドアを見張った。そこに出入りする人たちから判断するに、粋な――そして少しばかり尊大な――常連客向けの優雅な感じの店だった。まさにラムゼイ少佐がデート相手を連れてきそうな場所だったので、ばったり出くわしても偶然だと信じてもらえそうだ。

「彼の姿はまだないわ」わたしは通りをさっと見た。

「まだ二十分ある」少佐が時計も見ずに返事をした。

わたしは自分の腕時計をこっそり見た。ぴったり二十分前だった。当然ね。

ふたりはしばらく無言のまま、マシュー・ウィンスロップと、トマス・ハーデンを殺して文書を奪ったと思われる連絡員が現われるのを待った。彼らが来たら、あとは本物の文書と偽物をすり替えるチャンスを見つけるだけだ。

そのとき、あることに気づいた。

「機密文書の受け渡しをするには、ここは人目が多すぎるんじゃないの？　公園とかひとけのない路地のほうがいいと思うのだけど」

「こういうことは、実際は人のおおぜいいる場所でやるのが最善なんだ。目立ちにくいから」

少佐のことばを信じるしかなかった。わたしがこれまでしてきた違法行為は、すべて夜陰に乗じるのが最善だったから。

「そんなに何度も通りに目をやるな」わたしが通りをよく見ようとくぼみの角からまた覗いたとき、少佐が言った。

このくぼみでふたりだけの話をしている若い恋人同士のふりをしなければいけないのはわかっていたけれど、ラムゼイ少佐と一緒のときはかならずそうなるように、愛想のよい表情を浮かべるのにものすごく苦労していた。

「見逃したくないのよ」

「見逃しはしない」

ウィンスロップがわたしたちの追っている男性だとわかって、少しばかり驚いたのはたしかだ。わたしだったら、サー・ナイジェルに賭けていただろう。彼にはどこかひどく胡散臭《うさん》いところがあるのだ。とはいえ、サー・ナイジェルが昼食にこういう場所をよく利用しているとは思えないのは認める。彼の場合、通りで下層階級の人間と肩を触れ合うことのない会員制クラブで食事をしそうだ。

でも、詩人なら中産階級のなかに交じるのを気にしなそうだ。

それ以上の推測をしている時間はなかった。少佐がほとんどわからないくらいにいきなり体をこわばらせたからだ。たいていの人なら気づかなかっただろうけど、わたしはそういうことに敏感だった。少佐はなにかに驚いたのだ。

わたしは通りを見ていたけれど、少佐はわたしの肩越しにティールームのドアを見ていた。少佐の視線を追ったわたしは、自分が見ていなかった方向から来たマシュー・ウィンスロップがいるものと予想していた。

でも、そこにいたのはジョスリン・アボットだった。

22

わたしは少佐を見た。いかめしい顔を目にして、ゆゆしい状況であるのがわかった。いつもは自信たっぷりの面以外ほとんど見せない少佐が、いまはわたしにはよく判断できない表情をしていた。でも、少佐がなにを考えているかはわかった。

「彼女じゃないかもしれないわ」そう言ってみた。「ただの偶然かも」

「偶然はありそうにないと、きみだってわかっているはずだ」

もちろん、少佐が正しい。でも、筋の通らない部分があった。

「まさか、彼女が……ハーデンともうひとりにじかに手を下してはいないわよね?」あの優美な女性がだれかの喉を掻き切るところなど思い描けなかった。でも、なんだってありうるのだろう。

「わからない」少佐の口調はにべもなかった。「共犯者がいるのかもしれない」

少佐がわたしの同情心を勝ち取るのは珍しかったけれど、かつてたいせつに思っていた相手が売国の陰謀に関与している決定的な場面を目にするのがどんな気持ちか想像できた。彼女はたしかに容疑者リストに載っている。でも、よく知っていると思っていたその人は、こんなことにかかわっていないはずだと密かに願っていたのではないだろうか。思わず慰《なぐさ》めのことばをかけたくなったけれど、うまいことばは浮かばないだろうとわかっていたし、どのみち少佐は慰めなど欲しくないだろう。

「通りの先に公衆電話がある」しばらくすると、少佐が言った。「キンブルに電話をして、ここに来るように言う。きみのおじさんを拾ってもらい、私の執務室で今日の午後の首尾についで話し合おうと言ってあった。もうそこで待っているかもしれない」

「あなたの姿を見たら、彼女は受け渡しを中止すると考えているのね」

「決行するとは思えない。キンブルが間に合えば、きみと彼で一緒になかに入ってくれ」

この思わぬ展開に対する準備ができていなかったのなら、少佐がジョスリン・アボットをわたしたちの獲物だと本気で信じてはいなかったのが明らかだ。彼らしくない。

「ひとりで入るわ」

「だめだ」いまのことばは反射的なものだった。ここまでのつき合いで、わたしに反対する癖《くせ》がついただけだと思ったけれど、少佐はあいかわらずわたしに意識を集中していなかった。彼は選択肢を検討していた。この時点で選択肢はほとんどなかった。

わたしは言い募った。「一緒にお店に入ったら、彼女はなにかがおかしいと気づいてしまう。あなたも言ったように、彼女がマシュー・ウィンスロップと会うその場所にわたしたちが同時に到着するのはあまりにも偶然がすぎるでしょう。でも、もしわたしがひとりで入れば、特になにも考えずにいてくれる可能性が高くなる」

「きみにそんなことは頼めない。危険があるかもしれないんだから」

「万一戦うことになったとしても、ミス・アボットを負かせると思うわ」冗談で言ったのだけど、子どものころからコルムやトビーにだって負けていなかったのだ。もしものときだって、十秒きっかりでミス・アボットを倒してみせる。

ほんの一瞬、おもしろがるように目をきらめかせたあと、少佐は当面の問題に戻った。

「問題外だ」

「これよりうんと危険なことだってしてきたのよ」それはほんとうだった。少佐と出会う前から、真夜中に他人の家に忍びこんでいたのだ。わたしは気弱というわけでもないし。「それに、文書が受け渡されるところを見守るだけでしょう？　それのどこに危険があるの？」

少佐はいまのことばを考えているようだった。突き進むにはそれだけで充分だった。

「作戦を練りなおしてる時間なんてないでしょ」少佐に答える間をあたえず、横をすり抜けてくぼみから通りへと出た。「行くわ」

腕をつかまれるだろうと半ば覚悟していたけれど、少佐には驚かされた。

「いいだろう」どれほど勝ち誇った気分になったかを悟られないようにしたつもりだったけれど、少佐にこう言われてバレているのがわかった。「だが、彼女に近づいてはならない」

「知り合ったばかりなんだから、挨拶しなければ変よ」

「それなら、彼女に気づかないふりをすればいい」

小さくうなずき、それ以上命令される前に少佐から離れた。ティールームに入るとウェイトレスが来て、テーブルへ案内してくれた。運よくミス・アボットのすぐそばを通った。

ラムゼイ少佐は彼女を無視するよう言ったけれど、命令に対するわたしの気持ちをそろそろ理解しているべきだった。

「あら、ごきげんよう、ミス・アボット」彼女のテーブルを通り過ぎるときに声をかけた。言わせてもらえるならば、わたしは才能豊かな女優だ。欺瞞《ぎまん》が必然の職業につきものなのだろう。いずれにしろ、ジョスリン・アボットを尾《つ》けて入ったこの店で、彼女とばったり会ってそこはかとなく驚いた顔をしている自信があった。

「ごきげんよう、ミス・ドナルドソン」ミス・アボットはわたしと会ってそれほどうれしそうではなかったものの、単なる偶然だと思っているのが伝わってきた。わたしを疑うべきだなどという考えは浮かばないのだ。

「いいお天気ですよね？」

「ええ」彼女はおしゃべりをしたがっていなかった。それはかまわなかった。ちがう状況だったなら、わたしだって彼女とおしゃべりなどしたくなかっただろうから。それに、少佐はもちろん気に入らないだろうけれど、彼はここにいない、でしょ？

自分の計画が正確にはどういうものかわからないなりに、ミス・アボットにしゃべらせるのがいいと思った。そのつもりもなく、なにかを漏らしてくれるかもしれない。

紺青色の粋なスーツを着てネットのついた帽子をかぶり、髪もメイクも完璧な彼女が、トマス・ハーデンと運の悪いウェイター殺しに関与しているなんて信じがたかった。でも、そうとしか考えられなかった。

わたしは最初のパンチをくり出すことにした。

「パーティでお話ししたとき、あなたの婚約者がバーナビー・エルハーストだと気づきませんでしたわ」

プライバシーを侵害されてミス・アボットが表情を硬くするのは想定内だったし、人の表情を読むのが得意だったから、彼女が鋭い顔つきになった直後に無表情を取り繕《つくろ》ったのを見逃さなかった。用心深くて抜け目のない表情がよぎったのだ。

「そう」ミス・アボットの体はこわばっていた。

「あなたには見おぼえがあったのだけど、社交欄の写真を見たのだと気づいたのはあとになってからだったの」わたしは続けた。「すごくお気の毒で……その……きっと無事にお戻りになると……信じています」気まずくて無力ながら、彼女が愛していることになっている人が死を招く戦争という魔の手からきっと逃れると安心させることばは、それほど苦労しなくても出てきた。わたし自身が、トビーの行方がわからなくなったと知ったいろんな人からしよっちゅう言われたことばだったからだ。

ミス・アボットが顔を上げ、引きつった笑みを向けてきた。「ありがとう」あいかわらずこちらを警戒していたけれど、その目に奇妙なものが一瞬浮かんだ。無防備ともいえそうなものが。わたしは驚いた。殺人も犯しかねないスパイとしての役割とは相容れないものだった。

「お会いできてよかったわ」わたしは言った。

ミス・アボットはわざわざ嘘のお返しをしなかったけれど、唇を結んだままの笑みをくれた。それからウェイトレスがそばのテーブルへわたしを案内し、メニューを渡してくれた。メニューを見ながらミス・アボットのテーブルに注意し、マシュー・ウィンスロップが来るのを待った。

ミス・アボットは一度こちらをちらりと見たけれど、わたしはなにを頼もうか考えこんでいるふりをした。お金をあまり持っていなかったので、単なる見せかけだ。紅茶を一杯とサンドイッチくらいなら大丈夫かもしれない。何シリングか少佐に貸してもらえばよかった。

ミス・アボットがメニューに意識を向けると、わたしは腕時計をさっと見た。すでに予定の時刻を過ぎている。マシュー・ウィンスロップは遅刻していた。

ミス・アボットもそれに気づいたらしく、壁の時計を何度も見ていた。

ウェイトレスが注文を取りにきた。紅茶とケーキひと切れだけでスコーンもクリームもなしの注文に驚いた顔をしたけれど、如才なくふるまった。

そのあとは、なにも起こらない時間が五分か十分あった。ミス・アボットは時計を見つめ、わたしは彼女を見つめた。わたしの紅茶は、来るのにずいぶん時間がかかっていた。

思うに、大義に関与するスパイや警察官などは、通常はこういう状況で忍耐強くいる訓練を受けているのだろう。でも、わたしは残念ながらそういう訓練を受けていなかった。目の前に金庫があって複雑な問題を頭で解くのであれば、忍耐の権化になれるけれど、ここにじっと座ってなにかが起きるのを待つのは拷問だった。

やっと紅茶とケーキが運ばれてきて、わたしはゆっくりと味わいながらなにが起きるかと待った。

もう外に出て少佐に相談しようと決めかけたとき、マシュー・ウィンスロップが入ってくるのが見えた。

彼は店内に目を走らせ、ミス・アボットを見つけた。

彼女はマシュー・ウィンスロップに会えて喜んでいなかった。見ていた者ならだれでもわかるほど、ミス・アボットは気持ちを隠していなかった。でも、彼と会う算段をつけたのはミス・アボットなのでは？

わたしはふたりの会話が聞こえるほど近くにはいなかったけれど、彼は独りよがりの表情を浮かべており、ミス・アボットは切羽詰まったような押し殺した声でなにやらささやいていた。いまにも泣きそうなのを懸命にこらえているという感じだ。

そのとき、ミス・アボットがハンドバッグに手を伸ばしたのが見えた。

わたしは席を立ち、テーブルに硬貨を何枚か放った。ふたりのテーブルに近づいたとき、ミス・アボットがハンドバッグから出した書類をミスター・ウィンスロップのほうにすべらせた。こちらに気づかれる前に、押し殺した会話の一部が聞き取れた。ふたりは周囲にちゃんと注意を払っていなかったけれど、彼女たちのために弁解してあげると、わたしは昔からこっそり動くのが得意だったのだ。

「お会いできてうれしかったわ、ミス・アボット」わたしは明るく声をかけた。

ふたりがぎくりと固まる。状況が状況でなかったら、滑稽《こっけい》なほどだった。

「あら、ごきげんよう、ミスター・ウィンスロップ。あなたにもお会いできてうれしいわ！おふたりとも、すてきな午後をね」

返事を待ちもせず、ゆっくりと離れてティールームを出た。

ラムゼイ少佐は先ほどと同じ場所で待っていた。

少佐はなにも言わずにわたしの腕を取り、通りを歩き出した。角を曲がって立ち止まると、わたしをふり向いた。

「彼女はウィンスロップに文書を渡したのか？」

「ええ」

少佐をじっくりと見たけれど、なにを感じているにしろわたしにはわからなかった。

彼が小さくうなずいた。「では、ウィンスロップの屋敷で文書を入れ替えよう。キンブルと彼の部下がすでに見張っている。別の男にミス・アボットを見張らせる手配をする。よくやった、ミス・マクドネル」

でも、もっとあった。少佐は最悪の部分を聞いていない。ふたりのテーブルに近づいたときに、わたしが耳にしたことばだ。すべての形勢が逆転してしまう情報。

「それだけじゃないの。残念だけど、ちょっとした問題があるわ」

「問題とは？」

「ミス・アボットは、文書が本物であると証明する一筆を添えたの」

「どういうことだ？」ハンサムな少佐がかすかに眉をひそめた。

「ドイツ側がバーナビー・エルハーストを拘束しているの。ミス・アボットが文書を渡すまで、彼は人質になっているのよ。修正した計画では充分じゃないわ。ミス・アボットの筆跡で書かれた一筆が必要なの」

23

通りの角でヤクブに拾ってもらい、わたしたちは張り詰めた沈黙のなかで地下牢への帰途についた。隣りで少佐がやきもきしているのが感じられた。そんな少佐を責められない。計画が台なしになったのだから。

ヤクブとの合流地点まで歩いていくあいだ、少佐は一度ならず確認してきた。そのたびに、わたしは聞きまちがいなどではないと請け合った。

マシュー・ウィンスロップは、かなりはっきりとミス・アボットに言ったのだった。「エルハーストの命がきみに懸かっている。わかっているはずだ。ちゃんと一筆添えたのかい？」

「ええ」ミス・アボットの答えだ。「指示どおり、筆写したわ。その筆跡は、彼らが持っている、バーナビーに宛てたわたしの手紙の筆跡と一致するはずよ」

それ以上明確なことはなかった。バーナビー・エルハーストはドイツ軍に撃墜され、ミス・アボットに協力させるために人質にされている。彼女は婚約者の命を救うために文書を手に入れたけれど、ドイツ側はだれかが文書を入れ替えようとするかもしれないと疑った。だから、ミス・アボットに書きつけを添付させて保険をかけたのだ。

パイロットのエルハーストは、捕虜にされたときにミス・アボットからの手紙を持っていたのだ。そしてドイツ側は、自分たちに有利になるようそれを利用している。ミス・アボットは技術文書の特定の一部を筆写するよう指示を受けていた。筆写したものと手紙の筆跡が一致すれば、文書が本物であると判断され、おそらくエルハースト大尉は解放される。

このすべては、わたしたちが技術文書だけでなく、偽物の技術文書と一致する偽物の書きつけも本物とすり替えなくてはならないということを意味している。事態はたったいま、かなり複雑になってしまった。

モーディ・ジョンソンと話したとき、筆跡の比較についてトマス・ハーデンに訊かれたことがあると言っていたのが、これで意味をなした。

賑やかな通りを走る自動車の窓から外を見つめた。暮らしがいつもどおりに続いているというのは、いろいろな意味で奇妙だった。一週間前に、敵のスパイがドイツ側に兵器の図面を渡そうと動いていることなどまるで知らないわたし自身が、この通りを歩いていたかもしれないのだ。

そして少佐は、かつてたいせつに想っていた女性が敵のスパイとかかわっていることなど知らずにいた。

「彼女がハーデンやあのウェイターを殺したとは思わない」わたしは言った。「意思に反してやらされているのよ。だから、殺人を犯してはいないと思う」

少佐は返事をしなかった。

ジョスリン・アボットについてついいましがた判明したことと、まだ折り合いをつけようとしているところなのだとわかっていた。動機が判明したいま、ミス・アボットが理解――同情すら――できた。愛する人を守るために、わたしたちはどこまでやるだろう？　トビーを捕らえている、命を救いたければ母国を裏切れ、とドイツ側に脅されたら、わたしはなんと答えるだろう？　簡単には答えの出ない問題だ。

けれど、少佐はものごとを白か黒かに二分化して見る人だから、ミス・アボットの背信行為は見過ごせないだろう。

ようやく地下牢に着き、わたしたちはなかに入った。少佐の秘書であるオスカー・デイヴィーズは、すでに立ち上がっていた。

「キンブルとミスター・マクドネルがお待ちです、サー。あの……どこでお待ちいただけばいいかわからなかったのですが、キンブルが少佐の執務室でいいと言ったので……」

少佐は無言のままオスカーの前を通り過ぎ、わたしは彼の非礼を目で謝罪してあとに続いた。自分がいないときに執務室に人を通したかどで、少佐はきっとオスカーを叱責するだろう。

机の前に置かれた革張りの椅子に座っていたミックおじとキンブルは、わたしたちが部屋に入ると立ち上がった。部屋には葉巻の煙が充満していた。

「やあ、エリー嬢ちゃん」ミックおじが言う。「首尾はどうだった？」

わたしはちらりと少佐を見た。「あまり……予想どおりにはいかなかったわ」

キンブルはまったくなんの反応も示さなかったけれど、ミックおじはもの問いたげに両の眉をくいっと上げた。

少佐は状況を話し合う気分ではないのが態度から明らかだったので、起きたことと計画を変更せざるをえないことをわたしからふたりに説明した。

話し終えると、ミックおじが口笛を吹いた。「それはちょっと問題だな？」そう言いつつも、わたしと目を合わせたおじの目はきらめいていて、ティールームから戻る車中でわたしが考えていたのと同じことを考えているのだとわかった。この窮地を脱する方法がひとつある。

手堅い計画だ。問題は、少佐を納得させられるかだ。

わたしがそんなあれこれを考えているあいだ、キンブルも彼なりの計画を立てていたようだ。

「じゃあ、あいつに対処する必要があるんだな、サー？　文書を敵に渡されてしまう前に」

抑揚のない、退屈ともいえそうな口調だったけれど、キンブルの意味するところはわかった。マシュー・ウィンスロップを殺して文書を入手するのだ。キンブルがロンドン警視庁でうまくやれなかった理由がわかりはじめた。

暴力を嫌悪する気持ちを脇に置いておいたとしても、文書を奪回するためにマシュー・ウィンスロップを殺したら、ドイツ側に偽情報をあたえるチャンスが奪われてしまう。ほかのすべてが失敗したらそういう過激な手段に訴える必要があるのは理解できる。でも、まだその状況になってはいない。

「その前に別の案があるの」わたしは言った。

少佐とキンブルがわたしをふり向く。ふたりともあまり関心がなさそうだったけれど、にべもなくはねつけもしなかったので、思いきって話してみることにした。

ミックおじをさっと見ると小さくうなずいてくれた。「わたし……たち、たまたま贋造師《がんぞうし》を知っているの。文書を簡単に偽造できる人を」

つかの間の沈黙があった。

「きみは興味深い人たちとつき合いがあるんだな、ミス・マクドネル」ついにラムゼイ少佐が言った。

わたしはわざわざ否定しなかった。友人の大半が、ラムゼイ少佐がよしとしない人たちなのはわかっていたが、これは戦争で、融通を利かせる必要がある。すでに融通は利かせられているのだから、あと少し範囲を広げたってかまわないのでは？

「エリーのアイデアはいいものですよ、少佐」ミックおじが言った。「これをなし遂げる唯一の方法だ」

少佐は答えなかった。彼がなにを考えているかわからなかったけれど、少なくとも即座に拒みはしなかった。ただ、続きを話せばそうされるだろう。

「彼は優秀な贋造師よ」わたしは続けた。「わたしの筆跡をまねて書かれたものを見て、自分が書いたと信じてしまうくらいの腕前なの。彼ならミス・アボットが書いたものを模して、偽の図面を本物だとドイツ側に思いこませられる。ミックおじが言ったように、それが成功する唯一の頼みの綱よ」

「やってみる価値はあるな」キンブルの口調はおざなりだったけれど、熱のこもらない支えですらわたしにはうれしいものだった。

「その贋造師にはすぐに連絡が取れるのか?」ようやくラムゼイ少佐が言った。「時間があまりないんだが」

「ええ、いますぐに連絡が取れるわ」わたしは大きく息を吸い、思いきって言った。「実はね、贋造師はフェリックス・レイシーなの」

24

「きみの男友だちが贋造師なのか？」そう言ったラムゼイ少佐の表情は謎めいていた。

「あなたはすでに犯罪者と運命をともにしているのだから、選《え》り好みをするにはちょっとばかり手遅れじゃないかな」わたしに先んじてミックおじが言った。「それに、フェリックス・レイシーはこの仕事にうってつけの男ですよ」

少佐が考えこむ。「彼に電話をしてくれ」ついにそう言った。「できるだけ早く会う算段をつけてくれ」

わたしはうなずいた。「彼にはなんと話せばいい……このすべてについて？」

「戦争に勝つために贋造仕事をするのはどう思うか、と訊けばいい。詳細はいっさい話さずにだ。もし興味があるようなら、彼をここへ連れてきて詳しく話せばいい」

わたしはうなずいた。時間はなく、成功を望むなら問題をすばやく解決しなくてはならないと、少佐もわたしもわかっていた。

フェリックスに打診する役割を少佐がわたしにやらせてくれることになってよかった。フェリックスは公権力を高く買っていないのだ。ラムゼイ少佐に引き合わせる前にわたしが話すほうがうんといい。それに、フェリックスに会うのをやめろという少佐の命令が撤回になったのもうれしかった。

みんなに見られているのをひどく意識しながら、ラムゼイ少佐の執務室の電話を取った。フェリックスの番号にかけ、出てくれるよう願う。職探しで外出中だったら、いつ連絡が取れるかわからなかった。

二度めの呼び出し音で出てくれて、ほっとする。

「もしもし?」フェリックスの声を聞いて、温かい気持ちにどっと襲われた。唐突に、なにもかもうまくいくと感じた。

「もしもし、フェリックス。エリーよ。あの……話があるのだけど、出てきてもらえないかしら」

「もちろんだよ。いつ?」フェリックスらしかった。なにも訊かない。

「差し支えなければ、いま」

「いいよ。半時間で行くよ」

「いえ……わたしのフラットじゃないの。いまから言う場所に来てくれる?」

少佐のオフィスからそう遠くないティールームの住所を伝えた。

「大丈夫なのかい?」フェリックスが訊いた。顔を上げると、少佐から見られていた。

「ええ。会ったときに全部話すわ」

「わかった。すぐに行くよ、ラブ」

電話を切って、わたしを見つめている男性陣をふり向いた。

「会ってくれるそうよ」

「当然だな」少佐だ。

少佐がどういう意味で言ったのかよくわからなかったから、無視しておいた。

「仕事を引き受けてくれる見こみはどれくらいだ？」キンブルがたずねた。

「やってくれるさ」ミックおじが言う。「なにはともあれ、エリーのためなら。彼はエリーが少しばかり好きだからね。ずっとそうだった」

「国のためにやってくれるのよ」頬が赤くなるのを感じる。「わたしたちと同じく、ナチスをやっつけたがっているもの」

少佐の冷ややかな青い目がわたしを見た。「きみが正しいことを願おう、ミス・マクドネル」


半時間後、フェリックスとわたしはティールームの静かな隅のテーブルについていた。なんだか今日は一日の大半をティールームで過ごす運命みたいだったけれど、少なくとも今回のお店は先ほどのお店ほどもったいぶっていなかった。

ウェイトレスが紅茶を出してくれ、わたしは突然そわそわした。理由ははっきりとわかっていた。これまでフェリックスにはどんな頼みごともしてこなかったのに、彼をふくめておぜいの命が懸かった危険な状況のまっただなかに身を置いてほしいといきなり頼まなければならないからだ。

「どうしたんだい、スウィート？」フェリックスがわたしの手に手を重ねた。

わたしは顔を上げた。思いがさまよっていた。そんな状態のあいだ、くつろいでいる風を装っていたけれど、ほんとうは不安だった。それに気づくのはフェリックスくらいのものだ。

「お願いがあるの」ずばりと切りこんだ。

「きみのためならなんだってするよ。わかっているだろう」

「返事は話を聞いてからにしたほうがいいわ」

「聞いてるよ」フェリックスはわたしの手を放し、ポケットから紙巻き煙草を取り出してくわえた。

どう伝えるのが最善かをあれこれ考えたけれど、まだ心は完全には決まっていなかった。だって、どうやってスパイ行為に勧誘するっていうの？ それが、本質的にわたしがしようとしていることなのだ。

「実はあなたに隠しごとをしていたの」フェリックスがマッチを擦《す》って煙草に火をつけたとき、わたしは言った。

「へえ？」彼はわたしをじっと見ていたけれど、不安そうな気配はなかった。フェリックスはいつだって落ち着いていて、ものごとはいずれ自分の思っていたとおりになると確信していた。

「そうなの。実は……かなりの隠密仕事にかかわっているのよ」

「おじさんと?」

「ある意味では」

不必要に話を引き延ばしていると気づく。さっさと要点に入ったほうがよさそうだ。

「ミックおじとわたしは政府に協力しているの」

「政府に協力している?」彼がおうむ返しに言う。すごく驚いているようすではなかったけれど、そもそもフェリックスは簡単に驚く人ではなかった。いつだって快活に、涼しい顔をして、ものごとをありのままに受け止める。

「ええ。まあ……話せば長くなるわ。わたしたち……ある家に泥棒に入って捕まって、協力するか投獄されるかの二択になったわけ」

フェリックスの眉が上がり、心配の表情がよぎった。「話してくれたらよかったのに」

「そうしたかったけど……できなかったのよ」

「それで、協力するはめになったわけか。なにをやらされているの?」

「それは……はっきりとは話せないのよ。残りを話してしまうまでは」

「続けて」わたしから仰天話を聞かされてなどいないかのように、フェリックスは悠々と煙草を吸った。ふと、隠密仕事をするべく生まれてきた人がいるとしたら、それはフェリックスだ、と思った。冷静沈着で、機略縦横《きりゃくじゅうおう》で、緊急事態にもうろたえない。脚を失った背後にはどんな物語があるのだろうと急に気になった。英雄的な行動をしているときにそうなったのだとしても、全然驚かないだろう。

「ちょっとした問題があって、あなたの助けが必要なの」

フェリックスは煙を吐き出し、それから片方の口角を上げる笑みを浮かべた。「ずいぶん芝居がかっているね？」

「そういう風に聞こえるでしょうね」

「そうだな、もっと話してもらえないかな」

フェリックスが椅子に背を預けた。呑気にくつろいだイメージ。

「奪回しなくてはならない文書があるの。いえ、奪回するだけでなく、完全に別の文書とすり替えなくてはならないの。そこに添付されていなければならない書きつけもある。ある特定の人物の筆跡で書かれた別の書きつけが必要なのよ。わたしの知り合いでそれができるのはあなただけなの」

フェリックスはなにも言わず、煙草を深々と吸い、店の外を見つめながら煙を吐いた。

黙ったままでいてフェリックスに考えさせてあげるべきか、さらに言い募るべきか、わからなかった。沈黙が長引いたとき、もっと続けようと決めた。

「あなたが務めを果たしたのはわかっているわ」彼の脚にちらりと目が向く。「ううん、それ以上よ。でも、これはとても重要なの。その文書を取り戻せなかったら……」

「この作戦の責任者は？」フェリックスが訊いた。

「それを……あなたに明かしていいかどうか、まだわからない。その人に会うとあなたが同意するまでは」

フェリックスは考えこむようにまた煙草をくわえ、大きく吸いこんで煙を吐いた。

「もちろん、なにかしなくちゃならない義務はないわ」わたしは続けた。「でも、あなたが助けてくれたらうれしい。だってね、わたしにとって重要なことになりつつあるから。これは……無理やりやらされている以上のものなの。わたしの務めだと感じているのよ。コルムとトビーがそれぞれの務めを果たしているように。あなたがあなたの務めを果たしたように」

つかの間の沈黙があり、フェリックスに断られるのだろうかという考えがはじめて浮かんだ。

そのとき、彼が顔を上げてにっこり微笑《ほほえ》んだ。今度のは本物の笑みだった。「高潔な女性にノーなんて言えるわけがないだろう？」

25

ティールームを出ると、ヤクブと自動車が待っていた。オフィスまでは遠くなかったけれど、ラムゼイ少佐はフェリックスの脚を気づかって自動車を差し向けてくれたのだろう。

「なかなか贅沢《ぜいたく》だな」ふたりして後部座席に腰を下ろすと、フェリックスが言った。「配給のガソリンを使ってあちこち運ばれるとは」

「そうね。地下鉄で移動したこともあるけれど、少佐が自動車を差し向けてくれるの。たいてい急いで来てほしがってるからなんだけど」

フェリックスがわたしをちらりと見た。「少佐？」

「ええ、彼は……彼が作戦の指揮を執っているの」

いまやフェリックスはしげしげと見つめてきていて、わたしはなぜか目を合わせられなかった。

数分後、オフィスに着いた。オスカーはいつも以上に陰気なようすだったけれど、フェリックスが気になるようだった。「お待ちかねです」胸騒ぎを感じさせる口調だった。

「おじとキンブルはまだいる？」

オスカーが首を横にふった。「ラムゼイ少佐が帰しました」

ミックおじと平然としたキンブルが緩衝材の役割を果たしてくれればと思っていたのだけれど、こうなっては仕方がなかった。フェリックスと会うとき、少佐が感じよくしてくれるのを願うばかりだ。なんとなれば、わたしたちにはフェリックスの力が必要だからだ。

フェリックスを連れて長い廊下をラムゼイ少佐の執務室に向かいながら、この顔合わせがうまくいくよう願った。

その願いは虚しく散った。

彼らがたがいを気に入らないのは予想できた。まったくちがうタイプなのだから。でも、部屋に入った瞬間に敵意を感じるとは思ってもいなかった。わたしがドアを閉めるとラムゼイ少佐が立ち上がり、彼とフェリックスは長々と相手を凝視《ぎょうし》した。

少佐が机の背後から出てきた。「ミス・マクドネル。こちらがミスター・レイシーなのかな？」

「ええ、フェリックス・レイシーです。フェリックス、こちらはラムゼイ少佐よ」

少佐が前に進み出てフェリックスと握手をした。「はじめまして、レイシー」

「はじめまして」フェリックスは愛想のよい表情を浮かべていたけれど、わたしはその表情をよく知っていた。だれかから金品を巻き上げるときに浮かべるものだ。

「頼りになる男だとミス・マクドネルから聞いている」

「そうであればいいんだが」フェリックスが返す。

「話は聞いただろうか？」

「ざっくりとは。ちょっと曖昧《あいまい》じゃないかな？」

「とりあえずのところは。悪いが、カードが配られる前にやるか降りるかを決めてもらわないとならない」

「カード・ゲームではいつもかなり運がいいんだ」フェリックスが軽い口調で言う。

「それなら。きみの運のよさが続くのを願おう」

この友好的なやりとりの下になにかが潜んでいるのを感じた。彼らはふたりとも、どういうわけか相手を嫌おうと決めていて、ほとんどそれを隠そうともしていなかった。

わたしはふたりを見た。彼らはかけ離れていた。ラムゼイ少佐は長身で、ブロンドで、厳格だ。ハンサムな容貌とみごとな体つきは、大昔のヴァイキングのヒーローのモデルにぴったりだ。常に警戒を怠らず、常に注視して、すぐさま行動に出られる、戦士の雰囲気をまとっている。

それに対し、フェリックスにはとても気楽な雰囲気がある。だらしない姿勢をしているわけではないけれど、常にもの憂《う》い感じだ。髪は黒っぽく、口ひげとおだやかな笑顔のおかげで洗練された雰囲気で、映画スターみたいだ。鋭く油断のないまなざしだけが、外面の下にはもっとなにかあるという印象を人にあたえる。

「座ってくれたまえ」少佐が言った。

わたしがラムゼイ少佐の机の前にある椅子に座ると、フェリックスはもうひとつの椅子にどさりと腰を下ろして無造作に脚を組んだ。

「煙草を吸っても?」彼が言った。

「どうぞ」少佐が答える。

フェリックスは上着のポケットから煙草を取り出して少佐に一本勧めたけれど、少佐は首を横にふった。

「単刀直入に言おう」少佐が言う。「きみの手助けを必要としている。ミス・マクドネルから聞いたと思うが、すり替えたい文書がある。文書は偽造できるが、それに添付されている書きつけも偽造しなくてはならない。手書きの書きつけだ」

「書きつけを偽造できなければ?」フェリックスがおだやかにたずねる。

「その場合は、もっと思いきった手段を講じる」

わたし同様、フェリックスもそれが意味するところを理解したけれど、ぎょっとしてはいないようだった。「そっちのほうが簡単じゃないのか?」

わたしははっと彼を見た。代替手段として暴力を提案するなんて、フェリックスらしくなかった。とはいえ、戦争がいろんなものに対する彼の見方を変えたのもわかっていた。

「そうかもしれない」ラムゼイ少佐が言う。「だが、それだとドイツ側に誤った情報をあたえられない。敵に誤った情報をあたえるのがいちばんの目的だ。本物の情報を入手したと相手に思いこませられたら、この特別なやり方を利用して欺《あざむ》き続けられるかもしれない」

「悪くないな」大いに納得したという口調でもなくフェリックスは言った。「書きつけは偽造できるだろう。だが、いくつか考慮しなければならない点がある」

「たとえば?」

「いつまでもエリーにスパイごっこをさせてほしくない、少佐。彼女にとって公平ではないだろう。彼女はこのゲームをわかっていないし、そんな彼女にこの件にかかわってくれと頼むのはまちがっている」

わたしは驚いた。こんなのは計画になかった。

「フェリックス……」

わたしが最後まで言う前に少佐が返事をした。「ミス・マクドネルはリスクをわかっている」

「だからといって、そのリスクを彼女が背負うべきとはならない」フェリックスが返す。

「その点に関する自分の意見を言うのは、わたしがいちばん適していると思うけれど」この場にわたしがいないみたいにふたりが話を続ける前に、口をはさんだ。コルムやトビーに同じようにされるままになったことがなく、このふたりにだって耐えるつもりはなかった。

フェリックスがわたしに目を向け、表情をほんの少し和《やわ》らげた。「これをやりたがっているのは知っているけど、エリー、だからってきみがやるべきということにはならないんだよ。きみがかかわっているのは、害のない簡単な仕事じゃないんだ。ナチスは望みのものを手に入れるためなら人殺しも厭《いと》わない。あるいは、じゃまだてをさせないために」フェリックスはラムゼイ少佐に向きなおった。「ぼくやミック・マクドネルに手助けを頼むのはいい。だが、訓練を受けていない女性にあなたの仕事をさせるなんてとんでもない」

ラムゼイ少佐は落ち着いているように見えたけれど、目が銀の色味を帯びていた。それがなにを意味するか、よくわかっていた。口を開いた少佐の声はおだやかだった。「きみの懸念は理解できる、レイシー。だが、ミス・マクドネルは彼女自身の自由意志でわれわれのために働いてくれている。さらには、きみの手助けがなくてもこの作戦を完璧に遂行できる」

「ぼくはあなたの部下ではない、少佐」フェリックスが言った。その口調は愛想がよかったけれど、目が険悪になっていた。

「この作戦に同意すれば、私の部下になる」ラムゼイ少佐が表情ひとつ変えずに返す。「これはきみのちょっとしたペテンとはちがう。わが国の安全がおびやかされているのだ。だから、きみが私の指示どおりにできるかどうかを知っておく必要がある」

あれよあれよという間に手のつけられない状態になっていき、どうすればいいのかわからなかった。どちらをなだめたほうがいいかを見きわめようとする。フェリックスのほうがたやすく御《ぎょ》せるけれど、作戦の指揮を執っているのは少佐だ。

わたしは伸ばした手でフェリックスの腕に触れた。その腕がこわばっているのが感じられた。

ふり向いたフェリックスに、ほんのかすかな笑みを向ける。わたしを守ろうとしてくれるのはありがたかったけれど、そんなことのために彼をここへ連れてきたわけではない。わたしの表情からそんな思いが伝わったようで、彼が力を抜くのが手の下で感じられた。

ラムゼイ少佐をふり返る。彼はわたしたちふたりをじっと見ていた。フェリックスがうちのソファでひと晩過ごした件でいやみを言われたのを思い出す。好きに考えてくれればいいわ。わたしとフェリックスの関係を少佐にあれこれ言われる筋合いはない。

「話が横道にそれているわ」そう言うと、きみには関係のないことだ、という目でフェリックスと少佐から見つめられた。わたしはそういう表情をさらりと流せない。「わたしたちは戦争に勝つために協力しようとしているのよ、おふたりさん。つまらない諍《いさか》いなんてしている場合じゃないでしょう。それに、わたしはおとなで、ずいぶん前からどんな男性にもなにができてなにができないかを指図させていませんから」

フェリックスが微笑んだ。屈託のない笑みではなかったけれど、こわばりが少し解けてこの状況のおかしさがわかりはじめたようだった。

「彼女が正しいな、当然ながら」フェリックスが少佐を見て言った。「エリーはたいてい正しい」

「では、計画について話を進められるかな？」ラムゼイ少佐が言う。

フェリックスは手をひらひらとやった。「お好きなように」

「ありがとう」

わたしはほっと息をついた。ふたりとも相手になってみせる機会を持ったのだから、この先はうまくいくだろう。少佐もフェリックスも、たとえ相手を気に入らなくても仕事となればちゃんとやってくれるはず。

「偽造する書きつけには正確にはなにを書けばいい？」フェリックスがたずねた。

「本物を見るまではっきりとはわからない」少佐が答える。

わたしは眉をひそめた。本物の書きつけはマシュー・ウィンスロップが持っている。「フェリックスが偽の書きつけを書く前に、どうやって本物を見て内容を知るの？」

「ミスター・ウィンスロップには見張りをつけてある。彼は毎朝夜明け前に屋敷を出て公園で散歩をし、その足でクラブへ行って朝食をとる。侵入はその隙に行なわなければならないだろう。ミスター・レイシーには、きみのおじさんとキンブルが書きつけをすり替えるときに同行してもらう。偽造はそのときにしてもらうしかない」少佐がフェリックスに目を向ける。「すばやくできるか？」

「フェリックスがおじたちに同行するのは危険すぎるわ」わたしは割りこんだ。「彼はここで偽造するだけだと思っていたのに。もし……」

「エリー」フェリックスが口をはさんだ。わたしは彼をふり向いた。ことばはおだやかだったけれど、その裏にもう少し堅いものがあるのを感じた。「ぼくの代わりに戦ってくれなくてもいいんだよ、ラブ」

顔が赤くなった。もちろん、彼の言うとおりだ。フェリックスがわたしのためを思って少佐と口論しそうになったとき、わたしはいらだったのに、いま彼と同じことをしていた。

フェリックスが少佐に向きなおる。「できますよ。ただ、当然ながら前もって筆跡を練習する時間が持てれば理想的なんだが。練習ができれば、すり替えるときにただ書けばいいだけになる」

「女性の筆跡をまねるのはむずかしくはないのか?」ラムゼイ少佐がたずねた。

フェリックスが首を横にふる。「全然。筆跡のサンプルがあればの話だけど」

それが必要だというのは当然わたしの頭の隅にあったけれど、しっかり考えてはいなかった。添付の書きつけしかなければ、フェリックスはすり替えのときに筆跡をおぼえなければならなくなる。そうなると彼らがミスター・ウィンスロップの屋敷にいる時間が長くなり、見つかる危険性が高くなる。

ほかの可能性がちらちらと浮かんだ。ミス・アボットに手紙を書いて、返事が来るのを願うのもありだろう。ただ、社交的な返事は短いものだろうから、フェリックスが練習するサンプルとしては不充分そうだ。

「ミス・アボットの自宅に忍びこむのはどうかしら」わたしは言ってみた。「日記かなにかが見つかると思うの」

「そういうものは、なくなったことに気づかれやすい」フェリックスが言う。

「そうよね」

つかの間の沈黙のあと、ラムゼイ少佐が口を開いた。その声は奇妙に響いた。「サンプルとして使えそうなものを持っている」

26

少佐が座をはずし、執務室にはフェリックスとわたしだけになった。

彼はすぐさま核心に切りこんだ。「魅力的な男だね？　ぼくは合格したかな？」

「ええ。合格じゃなきゃ、あなたに仕事を任せるはずがないもの」

「少佐をよくわかっているんだね」

わたしは肩をすくめた。「わかりにくい人じゃないから。彼の意図はだいたいにおいて明確だし」

「で、きみに対する彼の意図は？」

わたしはフェリックスをきっとにらんだ。「どういう意味？」

彼の口角が片方、ほんの少し持ち上がった。「ぼくに向かって無垢《むく》な目でまつげをパタパタさせる必要はないよ、エリー・マクドネル。どういう意味か、ちゃんとわかっているはずだ」

そう、わかっていた。でも、フェリックスとこんな話はしたくなかった。ここ数年、彼とのあいだではあれこれ定まっておらず、別の男性についてのことばになんと返事をしたらいいかわからなかった。フェリックスとはなにも正式に決まっていたわけではないけれど、彼に見切りをつけて前に進めると心から感じたこともなかった。

どうしてなにもかもがこんなにこじれなくちゃならないの？

「わたしとラムゼイ少佐のあいだにはなにもないわ」精一杯さりげない口調を心がけながら、とうとうそう言った。

「〝ラムゼイ少佐〟か。彼とふたりきりのときもそう呼んでるのかい？」

「当たり前でしょ」思っていたよりもきつい口調になったらしく、フェリックスの表情がまじめなものになった。

「ごめん、エリー。からかったりすべきじゃなかった」

「謝らないで。でも、少佐とわたしのあいだにはなにもないから。ふたりともプロに徹してきたのよ」そのとき、またいらだちに襲われて言い足した。「あなたには関係ないと思うけど」

フェリックスがにっこりした。「そうだね。きみをたいせつに思っているってことをのぞいては、だけど」

わたしは吐息をついた。「そう思ってくれているのはわかってるわ」

「きみは自分がどれほど美しいかに全然気づいていないみたいだな。でも、男は気づく。きみが見ていないときに彼がどんな目できみを見ているか、ぼくにはわかる」

わたしはフェリックスを見上げた。「なにを言っているのかわからないわ」

「そうかもな。きみはそういうことを気にしたためしがないから。でも、彼の目は熱くきらめいていて、男ならそういう目つきに気づくものなんだ」

「ばかなことを言ってるわよ、フェリックス」

「きみはわざと鈍《にぶ》いふりをしているよ」彼が言い返す。

それには答えなかった。この話題であだこうだ話してもむだだ。

「ぼくが言いたいのは、気をつけてほしいってことなんだ。彼はハンサムだけど、のぼせ上がったりしないでくれ」

「女性がのぼせ上がるハンサムな男性がどういうものか、あなたはよくわかっているものね」わたしは笑顔で言った。

フェリックスが笑う。「お世辞がうまいな、エリー。でも、真剣に言ってるんだ。気をつけて。彼のタイプは……」

「わかってる」フェリックスがなにを言わんとしているかは明らかだった。ラムゼイ少佐はわたしに真剣な関心を寄せるような人ではない。ふたりの相違はあまりにも大きい。まあ、少佐はどんな関心だろうとまったく示していないけれど。

頭の隅のどこかに、少佐と交わした口づけの記憶があった。あれはなんの意味もないものだ、役者が芝居のなかでするキスと変わらない、とわかっていた。でも、賢明で現実的な人間でなければ妄想をたくましくして、あのキスにはもっと意味があったのだと思いこんでしまいそうだ。気をつけるよう言ったとき、フェリックスはそれほど的《まと》をはずしていたわけではなかった。

「ありがとう」ようやくそう言い、この話の終え方を探った。「心配してくれるなんてやさしいのね、フェリックス。でも、そんな必要はないわ。自分の面倒は自分で見られるから」

「それはわかっている。それでも、きみの面倒を見たい気持ちは止められない」

そのときドアが開き、ラムゼイ少佐が戻ってきたので話をやめた。

「もうサンプルを手に入れられたんですか？」フェリックスが立ち上がる。「じゃあ、さっそく仕事にかかろう」そう言うと、上着を脱いでシャツの袖をまくり上げた。

少佐は撚《よ》り糸で縛った手紙の束を机にぽんと放った。わたしが座っている場所から見えたのは、封筒に紺青色のインクで書かれた女性らしい字だった。

「サンプルとして使えるだろうか？」少佐がフェリックスにたずねた。わたしのほうは見もしない。

フェリックスがうなずく。「筆跡をまねるには充分以上だ」

「いちばん上の引き出しに紙とペンが入っている。ほかに必要なものは？」

「コーヒーがあったらうれしい」

「デイヴィーズに持ってこさせよう」

「ありがとう」

少佐は向きを変えて部屋を出ていった。

「この手紙の数々を彼はどこで手に入れたんだろう？」フェリックスが言う。

「少佐が北アフリカにいるときに、彼女が送ったものだと思うわ」

「じゃあ、ふたりは交際していたんだ？」

「ええ」わたしはまた、分厚い手紙の束に目をやった。「しばらくのあいだ、社交の場で会う仲だったけど、ずっと前に終わっているると少佐からは聞いている。でも、かなり真剣な交際だったんじゃないかと思ってるわ」

「同感だ。戦地に行っているあいだ、ぼくはこの半分もきみから手紙をもらわなかった」

「しょっちゅう書いたでしょ」わたしは反論した。「あなただって、ろくに返事も寄こさなかったくせに」字を書く能力に長《た》けている人なのだから、もう少し筆まめだと思ったのに。

フェリックスはにやつき、手紙の束を手に取った。「彼女が少佐に律儀に手紙を書いてくれたのは運がよかったんだろうな。どんな内容か見てみようか？」

どういうわけか、わたしは不安を感じた。内容を知りたい気持ちはたしかにあったけれど、プライバシーの侵害のようにも思われた。だって、軍務として遠くに行っている人に送る手紙は、軽いつき合いのボーイフレンドに送るような浮ついたものよりも真情あふれたもののはずだろうからだ。

「か……かなり個人的な内容じゃないかしら」

「それを判断する方法はひとつだけだ」

フェリックスにはわたしのようなためらいがなかった。撚り糸をほどいて束から一通を取り、封筒から便箋《びんせん》を引き抜いた。きれいに書かれた手紙をしばらく黙読したあと、口笛を吹いた。

「ぼくたちのミス・アボットは遠まわしな言い方をしないんだな。最初のページから、かなりお熱いぞ」

なぜかいらっとしたけれど、それがフェリックスのせいなのか、ジョスリン・アボットのせいなのか、わからなかった。

「彼女の筆跡を模倣《もほう》できる？」答えを知りつつたずねた。

「もちろんさ。簡単だよ。特徴的な筆跡だが、文字の書き方は一貫性に欠ける。模倣するのは全然むずかしくない。だが、エリー、これを聞いてくれよ……」

わたしは片手を上げた。「聞きたくないわ、フェリックス」

彼が顔を上げてわたしの目を見る。「どうして？」

「さあ……どうしてかしら。でも、とても個人的なものでしょ」

「ぼくたちが読むのを少佐は知っているんだよ」

「ええ、でも……どうかな。できれば聞きたくないの」

フェリックスは肩をすくめた。「わかったよ。きみを楽しませられるかと思っただけなんだ」

わたしはなにも言わずに椅子に座った。ほかのときなら楽しんだかもしれないけれど、いまはいやだった。

部屋に沈黙が落ち、聞こえるのはフェリックスがペンを走らせる音だけになった。彼は集中するのにひとりにならなくてもいいとわかっていた。じっくり考えなくても他人の筆跡で文章を書けるのだ。でも、わたしは考えに耽《ふけ》っていた。

少佐とジョスリン・アボットの交際が終わったのはどうしてだろう？　気持ちはまだ残っているように思われたのに、なにが原因でふたりは別れ、ミス・アボットが別の男性と婚約することになったのだろう？　あの手紙にその答えがあるのだろうか？　もしそうなら、わたしは知らなくていい。こういうやり方では。

執務室にわたしたちを残したあと、ラムゼイ少佐はどこへ行ったのだろう。ジョスリン・アボットからのラブレターを見るわたしたちと一緒にいるのはきまりが悪すぎた？　そうではないだろう。少佐はきまり悪がったりするような人ではないし、別の見方をすれば、そういう手紙は少佐に対するフェリックスの印象をよくするだけだ。男の人というのは恋愛自慢をしたがるものでしょう？

それでも、手紙を持ってきたときに少佐がわたしの目を避けた理由が気になった。

それ以上に気になったのは、ミス・アボットとの仲がうまくいかなかったのなら、どうして少佐は彼女からの手紙をすべて取っておいたのだろうか、ということだった。

27

少佐が手紙を持ってきてから十分後くらいにオスカーがコーヒーを持ってきてくれ、フェリックスはペンを置きもせずに濃いコーヒーを三杯飲んだ。

作業をしている彼を見るのはとても刺激的だった。錠前を扱わせたらミックおじが芸術家であるのと同じように、フェリックスは贋造《がんぞう》の達人だった。

彼は目の前の手紙をじっくりと見て、まっさらの紙にさまざまなことばを書きはじめ、まねようとしているものにゆっくりと近づくまで傾《かたむ》き方や曲線や文字間を変えていく。特定の文字や単語を急いでまねるのではなく、まるで文体をおぼえようとするかのように時間をかけた。なかなかの見物《みもの》だった。

数行の文字列が均一に流れている紙を見て、ついにフェリックスがうなずいた。「できたと思う」紙をわたしのほうに押し出す。

紙を手に取ってざっと目を走らせると、文体を踏襲しながらもラブレターの内容はまねずにいてくれたらしいのがわかってほっとした。わたしはミス・アボットの手紙を読んでいなかったけれど、机上に散らばっているサンプルとフェリックスの書いたものがそっくりなのはわかった。

フェリックスを疑っていたわけではないけれど。わたしの知るかぎり、彼はこの手のことにとても長けていた。子どものころは、自分や友だちが出たくない行事があると親の筆跡をまねた欠席届を教師に提出していた。

「すごいわ」にこにこしながら席を立った。「少佐に知らせてくるわね」

執務室を出て廊下を玄関広間へ向かった。居間の机についていたオスカーが慌てて立ち上がる。

「立たなくていいわ、オスカー。ラムゼイ少佐を探しているだけだから。少佐は外に行ったの？」

「いえ、たぶん二階にいらっしゃると思います」

この屋敷の階上についてほとんど考えたことがなかったけれど、おそらくはそこが少佐の居室なのだろう。ここに彼がひとりで住んでいて、執務室で長い一日を過ごしたあとに靴下姿で階上を歩いていると考えるのは、ある意味で奇妙だった。

どうして靴下姿の少佐のイメージに惹きつけられたのかわからず、とにかくそれを頭から追い払った。いまは空想をたくましくしている場合ではない。

「ミスター・レイシーの準備ができたので、少佐の都合のいいときにどうぞと知らせたくて」わたしは言った。

オスカーがうなずく。「お伝えします」

少佐の執務室に戻る。見上げたことに、フェリックスはジョスリン・アボットの手紙をすべて封筒に戻し、撚り糸で束ねなおしていた。ラブレターが片づけられているのがわかって、気分がよくなった。

少しして少佐が戻ってきて、壁の時計をさっと見た。「一時間も経っていない。ほんとうに完璧にものにしたのか？」

「自分の目でたしかめればいい」フェリックスは紙を机の上ですべらせた。

少佐が近づいて紙を手に取る。さっと目を通したあと、顔を上げてフェリックスを見た。長い沈黙のあと、少佐が言った。「この手紙は彼女が書いたと言われても信じるだろう」

フェリックスがにやりとする。「ほめことばとして受け取っておくよ、少佐」

ラムゼイ少佐はなにも言わなかった。文書偽造の質でかならずしもフェリックスをほめるつもりではなかったのだろうけれど、この状況では適切なことばだと思った。わたしに言わせれば、いい仕事はいい仕事だから。功績ある者には功績を認めよ、だ。

フェリックスが立ち上がり、まくり上げていた袖を下ろして上着を着た。「では、これで終わりかな、少佐？」

ラムゼイ少佐がうなずいた。「朝早く、そうだな、四時ごろにまた来てくれるか？　可能なら、夜明け前にすり替えを行ないたい」

「わかった」

わたしもフェリックスと一緒に帰ろうと思って立ち上がりかけたけれど、少佐に止められた。「きみは少し残ってくれないか、ミス・マクドネル？」少佐は机上の文書を見たままだった。

ふたりだけの話をしたいわけね。フェリックスをふり向くと、彼も少佐の意図を察して短くうなずいた。

「では、ぼくはこれで失礼する」

「うちの自動車でどこへなりとも送ろう」ラムゼイ少佐が言う。

「歩ける」

「フェリックス……」わたしは言いかけたことばを呑みこんだ。わたしよりも彼のほうが自身の限界をわかっているし、脚の件を口にしたら気まずい思いをさせるだけだ。

フェリックスがわたしをちらちらと見た。「あとでまたな、エリー？」

「ええ、電話するわ」

フェリックスはうなずき、今度はラムゼイ少佐を見た。「ごきげんよう、少佐」

「ごきげんよう」

フェリックスは立ち去り、わたしと少佐のふたりきりになった。

ラムゼイ少佐はなにかを考えているかのようで、つかの間沈黙が落ちた。少佐と知り合ってからの短い時間で、じっと座って考えさせてあげなくてはならないときもあると学んでいた。沈黙は気まずくはなかった。少佐が安心感をあたえてくれたのかどうかはわからなかったものの、わたしは気分が休まった。まるで、答えは静けさのなかでやってくるかのように。

「彼を信頼しているか？」少佐がとうとう言った。

そんなことを訊かれると予測していたわけではなかった。でも、簡単に答えられる問いかけだった。

「信頼していなければ、推薦しませんでした」ほかの状況だったならむっとしたかもしれないが、ラムゼイ少佐が仕事をどれほど重大にとらえているかを知っていた。このすべてがどれほど重大かを。

「私も彼を信頼している」

驚いて少佐を見上げた。そんなことばを聞くとは思ってもいなかった。特に、少佐はあまりフェリックスを気に入っていなかったから。とはいえ、制限つきの賛辞だとわかっているべきだった。

「平時ならぜったいに信頼しない類《たぐい》の男だが、だからこそこの仕事にぴったりなんだ」

いまのことばには愚弄《ぐろう》がこもっていたけれど、わたしは微笑《ほほえ》んでみせた。「フェリックスはその気になればとてもいい人になれるの。それに、仕事の腕はピカ一よ」

少佐はうなずき、もう一度フェリックスの書いたものを見た。「それは明らかだな」

そのあと、ふたりとも机の上に置かれた手紙の束に目をやり、沈黙が落ちた。少佐がなにを考えているかはわからなかった。ただ、わたしとフェリックスは少佐の壊れた関係の断片を漁ってなどいなかったと話さなければ、といきなり感じた。

「わたしは……彼女の手紙を読んでないわ」

少佐が顔を上げた。「読んでもかまわなかったさ。隠したいことなどないからね」

「でも……」

少佐は続きを待っていたけれど、わたしはなにが言いたいのかわからなかった。

「ざ……残念だわ」とうとうそう言った。「その、彼女が関与していて。あなたにとってはおもしろくないでしょうね」

「ジョスリンとの関係は今回の件のずっと以前に終わっている」

「それでも……」ため息をつく。このすべての重みが不意に襲いかかってきた。「すべてがすごくひどい状況よね？　秘密と欺瞞《ぎまん》、だれが信頼できるのかもわからない。まじめなイングランド国民が敵と結託しているかもしれないなんて」

「われわれは人が戦時中によりよくなると思いたがる」少佐が言った。「力を合わせ、助け合い、正しい行ないをすると。だが、いつもそうとはかぎらない。隣人同士が助け合い、知らない人間が親切な行ないをしている分だけ、弱者や無防備な人たちにつけこむ人間がいる。それが人生というものだ」

もちろん、少佐が正しいとわかっていた。一部の人が戦争を利用しているのをすでに目にしていた。祖国のために遠くで戦っているかもしれない人の家に盗みに入って、自分たちだって似たようなことをしてきたのでは？　わたしは胸が悪くなった。いまはそれを正すための行動をしているのが、せめてもの慰《なぐさ》めだった。「なにもかもがぐちゃぐちゃにもつれてしまった」

「それほどもつれてはいない」

わたしは少佐を見上げた。「そう？」

「突き詰めればかなり単純な話だ」わたしを見た少佐の目は、またあの嵐の黄昏《たそがれ》どきのような色合いになっていた。「戦争についてわかるようになったことがひとつある、ミス・マクドネル。人の最善の面か最悪の面を引き出す、ということだ」

翌朝、夜が明ける前にフェリックスやミックおじと一緒に地下牢に戻った。前夜に取り決めたとおり、フェリックスとわたしはミックおじの家で落ち合い、男性ふたりはネイシーが準備してくれた温かい朝食をほとんど会話もせずに手早く食べた。わたしはジャムを塗ったトーストを少し食べただけで、濃い紅茶は二杯飲んだ。

いつもなら仕事前にこれほど神経質にはならないのだけれど、これは通常よりも大きな仕事なのだ。わたしたちのだれにとっても。

ミックおじが真夜中といってもいい時刻に準備してほしいと頼んだ朝食を男性陣が食べるあいだ、ネイシーはあれこれ訊かず、家を出発するわたしのキスを頰に受けたときはむっつりとした顔だった。そして、小声でこう言うのが聞こえた。「三人揃って生きて帰ってきてくださいよ。ごちそうを用意する予定なんですから」

地下鉄の駅に向かっているときもまだ暗かったけれど、町はすでに目を覚ましはじめていて、出勤途中の労働者らがあちらこちらに見られた。よく言われるように、人生は続くのだ。戦時中であろうと。

今朝はわたしも一緒に来るようラムゼイ少佐から指示されたわけではなかった。でも、来るなとも言われていなかった。最悪、フェリックスとミックおじが戻るまでオフィスで待っていれば、ふたりが無事ですべてうまくいったと早く知ることができる。

それに、少佐はわたしをもてなさなければいけないわけでもないし。ひとりきりでフラットで待っていたくないだけだった。いずれにしても、おじたちと同じくらいわたしだってこの任務の一部なのだから。

少佐のオフィスに着くと、オスカーが招じ入れてくれた。今朝の彼は、むっつりしているだけでなく、眠たそうでもあった。

「紅茶を飲みたそうな顔をしているわね」わたしはオスカーに言った。

「すでに三杯飲みました。少佐がお待ちです……その、ミスター・マクドネルとミスター・

レイシーをお待ちです」

「いいのよ。少佐はわたしが一緒でも驚かないから」

わたしは先に立ってラムゼイ少佐の執務室へ行き、ドアをノックした。

「入れ」

ドアを押し開けた。「おはようございます」明るく言った。

少佐が椅子から立ち上がる。またシャツ姿で、ネクタイもしていなければ襟《えり》もとのボタンも留めていなかった。

「おはよう」わたしがオスカーに言ったことは、紛《まが》うかたなき真実ではなかったようだ。少佐はわたしが来るとは思っていなかった。ミックおじかフェリックスが、わたしを家に残らせると思っていたのかもしれない。そうならないことくらい、少佐はとっくにわかっているべきだったのに。

「気持ちのいい朝ですね、少佐」ミックおじが元気に言った。おじは太陽が昇るずっと前に起きて、それでいていつだって信じられないくらい機嫌がいい類の人だ。

フェリックスは会釈した。彼は朝食時にコーヒーを二杯飲んでいたけれど、まだその効果は出ていないようだ。

ラムゼイ少佐はというと、当然ながら髪がきっちり整えられていた。ひげも剃《そ》りたてで、いつもよりは少しだけくだけているとはいえ、軍服のシャツにはアイロンがぱりっとかけられている。こんな時間に見栄えのよい少佐を目にするのは、はっきり言って少しばかり癪《しゃく》に障った。

まだドアを閉めていなかったところ、背後の廊下から足音が聞こえてきて、キンブルが入ってきた。彼はまったくいつもどおりの、完全なる無感情だった。キンブルはほとんどなんの表情も出さないので、実際になにかを感じているのかどうかよくわからなかった。

「準備はいいか？」キンブルが挨拶も抜きに言った。

少佐は作戦のメンバーであるミックおじとフェリックスを見やった。「紳士諸君、行動に移る準備はいいかな？」

ミックおじがにっこりした。「いつだって準備万端さ」

「ばっちりだ」フェリックスも言う。

少佐が腕時計に視線を落とす。「では、かかってくれ。完了したら、まっすぐここへ戻ってくるように」

キンブルがなにも言わずに部屋を出た。ミックおじも続こうとしたけれど、腕に手をかけて止めた。「気をつけてくれるわよね？」

「私はいつだって気をつけているさ、エリー嬢ちゃん」ミックおじがウインクをし、わたしの頭をぽんぽんとやった。「かわいい頭を悩ませるんじゃないよ」それは、わたしたちのちょっとした冗談だった。ボーイズがわたしも交ぜるべきかどうかを口論したとき、いつもわたしを怒らせるためにおじがそう言ったのだった。

フェリックスは部屋を出がけにわたしの手をぎゅっと握った。心の内で幸運を願っているのを知ってくれているとわかっていたので、彼ににっこり微笑んだ。

三人の足音が遠ざかり、玄関ドアの開閉音が聞こえ、彼らは行ってしまった。

わたしは少佐をふり向いた。

「家に残っていられなかったの」

「そうだろうな」

つかの間、わたしたちは見つめ合った。

「ここで待っているように言いたいところだが、やらなければならない仕事があるんだ」

「どうぞ、どうぞ」待っているあいだ、少佐に相手をしてもらうなんて特に期待していたわけではないけれど、それでも彼の態度にちょっぴり傷ついた。そんなそぶりは見せないようにしたけれど。

それ以上なにも言わずに部屋を出て、ドアを閉めた。

机についているオスカーがちょうど電話を切ったところで、彼が立ち上がる前に手をふって制した。「少佐は忙しいんですって。ここにいてもかまわないかしら?」

「もちろんです。私も話し相手がいたらうれしいです。どうぞおかけください」

彼は部屋の片隅に配置された家具を身ぶりで示した。黄色のシルク張りの美しいソファと、二脚の青い椅子があった。ここでラムゼイ少佐が客をもてなしたときの名残にちがいない。

わたしはソファに腰を下ろした。予想以上に快適だった。

「紅茶はいかがですか?」オスカーが言った。

わたしは首を横にふった。「ありがとう。でも、けっこうよ」

「すべてうまくいきますよ」彼が言う。

わたしはオスカーを見上げた。

「彼らの仕事がなんであれ、うまくいきますって」

「少佐から聞いているの? 進行中の案件についてだけど?」

「部分的には。当然ながら、知っておくべきことだけですが。私は人を見る目があるんですが、あなたのおじさんともうひとりの方は自分の仕事を心得ていると思います」

わたしはうなずいた。「彼らはとても有能なの。あなたの言うとおり、なにもかもうまくいくわね」

オスカーが微笑んだ。彼の笑顔を見るのははじめてだった。えくぼが出るのを見て驚く。むっつりしていないときの彼は、ハンサムな若者だった。

「こういうことに対しては勘が働くんです」彼が言った。「自分がただの秘書にすぎないのはわかっていますが……私は私なりに有能なんですよ」

「もちろん、わかっているわ。あなたが有能だと思わなければ、少佐は自分の下で働くよう言ったりしないはずだもの」

オスカーの表情がほんの少し曇《くも》った。「こんな風に戦時を過ごしたかったわけではありません」

「そうなの？」

「はい。戦いたかったんです。でも、左目を失明していまして」

「まあ」まったく気づいていなかった。「お気の毒に」

オスカーは肩をすくめた。「子どものころの事故が原因です。気にしたことはありませんでしたが、この戦争が起きてそれも変わりました。外見からはわからないからです。臆病だから戦わないいんだと思われてしまって」

「人がどう思おうと関係ないわ」そうは言ったものの、わたしも彼も、関係なくはないとわかっていた。「それに、ラムゼイ少佐はあなたを高く買っているし」

オスカーの笑いは苦々しいものだった。「少佐はだれよりも私を嫌っています」

「そんなはずはないわ」

「少佐が私に怒っているのは、この仕事のために北アフリカから呼び戻されたとき……私が……その、父に口添えを頼んだからなんです。ラムゼイは私のいとこなんですよ」

不意に合点がいった。「あなたが伯爵の息子さんなのね！」

オスカーがまっ赤になった。「私は……いえ……つまり……」

「大丈夫」慌てて口をはさんだ。「だれにも言わないから」

「私たちの周囲ではこの話はしないようにしているんです。ある種の人たちのあいだで騒がれる可能性があるので、母方の姓を名乗っています。でも、なにかしたいんです。役立たずに感じながらじっとしている以外のことならなんでも。だから、ラムゼイが北アフリカから帰国したとき、父が私の居場所をここに作ってくれたんです。でもラムゼイは、私を力になる人間ではなく世話をしなくてはならない者と考えているようで。サンドハースト（陸軍士官学校の所在地）やらなんやら、とにかく若いときから軍が彼の人生で、すごく真剣にとらえているんですよ。そこへ、私という重荷を背負いこむはめになったわけで」

それで、この若者に対して少佐が敵意を持っているみたいに感じたことの説明がついた。オスカーがいつも惨《みじ》めそうにしているのも、おそらくそのせいかもしれない。もっとできるのにチャンスをあたえられず、いろんな意味で実力以下と思われる仕事に縛られている。

「でも、あなたは役に立っているじゃないの、オスカー……」彼が伯爵の息子だとわかったのだから、ほかの呼び方をするべきだろうか。「これからもオスカーと呼んでいい？」

「もちろんです！　ほかの呼び方なんてやめてください」

「でも、あなたは……子爵かなにかじゃないの？」

彼は頭をふった。「私は跡継ぎではないんですよ。跡継ぎは兄なので。それに、弟がふたりいます。予備がたっぷりいるわけです」

わたしは笑った。

「でも、できれば私から聞いたとは言わないでください」

「わかったわ。わたしたちの小さな秘密にしましょう」

オスカーには仕事に戻ってもらい、わたしはソファのクッションに体を預けてどれくらい待つだろうと考えた。ミックおじが屋敷に入れるようにする。おじとキンブルが文書と書きつけを探して見つける。フェリックスが書きつけを読んで書きなおす。それから文書をすり替えて退散する。

どれくらいかかるだろう？　文書の在処《ありか》とそれを見つけるまでの時間による。文書が金庫に入れられていたり、しっかり隠されていたりしたら、もちろんさらに時間がかかる。でも、ウィンスロップはずさんかもしれない。そう願うしかない。

早起きがこたえたらしく、そのつもりもなかったのにソファのクッションにもたれてうとうとした。

しばらくして、人の声で目が覚めた。どこにいるのかを思い出し、キンブルとミックおじとフェリックスが話している声だと気づくのにしばしかかった。

戻ってきたんだわ！　うまくいったの？　まだ寝起きのぼんやりした頭だったので、彼らが話している内容にしっかり注意を向けられなかった。

ふらふらとソファから立ち上がってオスカーの前を通り、三人を追って廊下を進んだ。

三人はちょうど執務室のドアを開けたところだった。近づくと、キンブルがこう言っているのが聞こえた。

「ちょっとした問題がある」いつもの彼らしい淡々とした口調だ。キンブルが控えめなもの言いしかしないのをわかっていたから、どっと恐怖に襲われた。残念ながら、わたしの心配が当たってしまったようだ。「ウィンスロップが姿を消した。どうやら文書と一緒に消えたと思われる」

ラムゼイ少佐が悪態をつきながら、弾かれるように椅子を立った。「姿を消したとはどういう意味だ？」

「私たちは計画どおりに仕事をした」キンブルが返事をする。「だが、屋敷に入ってみると、慌てて引っかきまわしたみたいに室内はめちゃくちゃになっていた。あなたの探している文書はどこにもなかった。ウィンスロップが持っていったんだと思う」

小さな喘《あえ》ぎ声が出てしまい、フェリックスがふり向いてみんなの後ろにいるわたしに気づいた。彼が手を伸ばしてわたしの手を握る。

「きみの部下が屋敷を見張っているのだと思っていたが」ラムゼイ少佐の目はキンブルに据えられていた。

「見張っていた。部下のひとりの話では、いつもどおりウィンスロップが屋敷を出るのを見たそうだ。変わったところはなかったらしい。だが、ウィンスロップがいつも散歩をする公園とクラブに部下を行かせたところ、やつはいなかった」

ラムゼイ少佐がまたひどい悪態をついた。

「じゃあ、ミスター・ウィンスロップは文書を持ってドイツ側の連絡員に会いに向かっているわけね」わたしは言った。

「そうだ。彼は文書を渡すためにドイツのスパイと会おうとしている」ラムゼイ少佐は硬い表情だ。

もう手遅れだ。

こういう報《しら》せを聞いたとき、大半の人はそう言うものだ。なにしろ、わたしたちは彼が向かっている先を知る術《すべ》がないのだから。連絡員と接触するのに地理的に適しているのはサウス・コーストだろうけど、広いその場所のどこでマシュー・ウィンスロップはドイツのスパイと会おうとしているのか？

たいていの人はこの時点で諦めると思う。だって、わたしたちになにができるっていうわけ？

でも、この部屋にいる人たちは、もっと頑丈にできていた。少佐、ミックおじ、フェリックス、キンブル、そしてわたしはごたまぜのグループだけれど、共通点がひとつあった。不《ふ》撓《とう》不《ふ》屈《くつ》の決意だ。戦わずして諦めはしない。

「なにか方法があるはず」わたしは言った。

だれも返事をしなかった。

千もの考えが一気に押し寄せてきて、頭がぐるぐるしていた。なにか重要なことが頭の隅に引っかかっていた。パーティの夜にマシュー・ウィンスロップから聞いた話を思い出そうとする。彼の言ったことばのなにか、小さななにかが頭の後ろに残っていた。なじみのあるなにか。

それがなにか、いきなり気づいた。勝ち誇った顔を上げる。「彼はトーキーに向かっているんだわ」

28

　ラムゼイ少佐がはっとわたしを見た。「どうしてトーキーなんだ?」その口調に疑念はなく、ただ指揮官然としているだけだった。北アフリカで砂漠の偵察などをしてきた部下にならだれだろうと、少佐はそういう表情を向けただろう。

「サー・ナイジェルが〈雲雀《ひばり》の歌〉という名前のビーチ・ハウスをそこに持っているのよ」ピースをはめながら説明した。「前に新聞で読んだことがあるの。それに、パーティでマシュー・ウィンスロップが、彼の書いた詩について話してくれたのよ。『夕暮れどきの雲雀の歌』という題だったと思う。でも、鳥の歌じゃなかった。場所を歌ったものだったのよ。彼は〈雲雀の歌〉に行ったことがあって、おそらくまたそこへ行こうとしているんだわ」

「筋は通るな」少佐だ。「最初から、この背後にはウィンスロップより大物がいると考えていたんだ。もっと力のある者が」

　わたしはうなずいた。「サー・ナイジェルならそれにぴったりだわ。彼の甥《おい》がトーキーに滞在したあとの帰路で交通事故に遭って亡くなっている。彼は見てはいけないものを見て殺されたにちがいないわ」

自分の甥を殺すとは、なんておそろしく非情なのかしら。でも、汚れ仕事はきっとジェローム・カーティスにやらせたのだろう。

少佐がわたしを見ていた。どうやってその情報を手に入れたのだろうと訝《いぶか》っているにちがいない。

「新聞図書館で少し調べものをしたの」わたしは言った。

「新聞には、そのビーチ・ハウスの場所は書かれていたかい、エリー？」ミックおじがたずね、探るような少佐のまなざしからわたしを引き離した。

わたしは首を横にふった。

「トーキーをちょっと過ぎたあたりの崖の上だ」キンブルが言う。「海岸沿いの引っこんだ場所」どうやらキンブルも、サー・ナイジェルの暮らしを細かく知っているらしい。

「受け渡しに最適の場所だな」フェリックスが言った。

少佐は選択肢を秤《はかり》にかけているかのように、しばし無言でいたあと、うなずいた。「いいだろう。トーキーへ行こう」

少佐が引き出しを開けて軍支給のリボルバーを取り出した。わたしは目を瞬《しばたた》いた。たしかに銃は必要なのだろうけど、少佐がやすやすと扱うのを目にして驚いた。洗練された外見の下には、砂漠での任務でタフになった経験豊富な軍人がいるのだ、と思い出させられる。

銃を見ているのはわたしだけではなかった。

「いまも文書をすり替える計画かな、お若いの」ミックおじがたずねた。こうなったいま、暴力が唯一の選択肢なのだろうかと考えているのだ。「それとも、その計画はすでに手遅れなのだろうか?」

「わからない」ラムゼイ少佐の返事だ。「間に合うように目的地に着けるかどうかによる」

「ウィンスロップがそれほど先を行っているとは思えない」フェリックスが言った。「彼より先に到着できたら、なんとかなるかもしれない」

「やつは鉄道で向かった可能性が高い」キンブルも言う。「われわれは自動車を使えば、やつより先にトーキーに着けるかもしれない」

「慌てる必要はないと思う」あっさりと言ったミックおじに全員が顔を向けた。「書きつけを証拠として持参しているなら、ドイツのスパイに直接渡さなくてはならない、という認識で合っているかな? そして、海辺の町なら、それは十中八九船で行なわれる。ドイツのスパイが明るいうちに海岸に漕ぎ着けるなどありえない」

「たしかに」ラムゼイ少佐が言った。「あなたの言うとおりだ。夕暮れまで時間がある」

わたしたちが少佐の指示を待つあいだ、しんとなった。いくらも待たなかった。

「キンブル、きみは私と一緒に来てくれ。レイシー、書きつけを入手できたらきみに偽造してもらわなければならないから、同行を頼む。ミスター・マクドネル、あなたにも来てもらったほうがいいだろう。ビーチ・ハウスに侵入する必要が出てくるかもしれない」

「わたしはどうすれば？」わたしはたずねた。

「きみはここで待っていてくれ」

わたしは少佐を凝視《ぎょうし》した。「本気のはずないわよね」

「ミス・マクドネル……」

「〝ミス・マクドネル〟なんて呼ばないで、ラムゼイ少佐」ぴしゃりと言った。「わたしは最初からこの作戦に参加していたわ。いまになってはずされるなんてありえない」

少佐とわたしがやり合っていると、部屋のなかが静まり返った。少佐には軍人としての経験があるかもしれないけれど、わたしは戦う気満々だった。引き下がる気はさらさらなかった。

「きみが一緒に来る理由はない」少佐が言う。

「失礼ながら、少佐」ミックおじが割りこんだ。「ビーチ・ハウスに侵入するための人間が必要なら、エリーが適任だ。申し訳ないが、私は怪我をしてしまってね」

ミックおじが手を見せた。白い包帯ががっちり巻かれているのにはじめて気づく。その包帯から血がにじみ出ていた。

「ミックおじさん！」わたしは叫んでおじの手を取った。「なにがあったの？　大丈夫なの？」

「ほんのかすり傷だよ」こともなげに言う。「ウィンスロップの屋敷から撤退するときに、フェンスでやってしまったんだ。慌ててたからな」

「危うく骨まで達するところだった」キンブルが感情も見せずに言った。

わたしは喘いだ。「すぐに病院に行かないと！」

「ネイシーに手当してもらうさ。だが、トーキーではたいして役に立てそうにない」おじが少佐を見た。「錠前破りには両手が、最低でも利き手が必要だ」

「それなら、代わりにわたしを連れていって」ラムゼイ少佐をにらみながら、わたしはおじのことばに続けた。

少佐はためらった。譲歩したくないのだ。でも、これが単なる主義の問題ではないと気づけるだけの冷静さがわたしにはあった。少佐のなかには、こういうことから女性を守るべきと思っている部分があるのだ。そんなばかげた騎士道精神がしっかりしみついていると、なかなか克服できないものだ。

少佐はわたしをはねつける。それが感じられた。

「お願いよ」やんわりと言った。少佐にそのことばを言うのははじめてだった。「わたしにとってたいせつなことなの。さ……最初は選択の余地がないものだったのはわかってる。でも、実際にやって、協力する道を選び続け、国のためになることをしていると信じる道を選び続けた」

「たしかに」少佐が言った。「きみがいなければここまでやってこられなかった。だが、も

ったいに。少佐の前では。ぜったいに。

「あまりに悔しくて腹が立って、涙がこみ上げてきた。でも、泣かない。少佐の前では。ぜったいに。

　少佐はわたしの気持ちを感じ取ったように見えた。感情的な相手にはがまんできない人だけれど、ほんのかすかに気持ちを和《やわ》らげたみたいだ。「きみの立場はわかる」いつもほどきびしくない口調だった。「そう思ってくれるのはありがたい。だが、これはきみ自身の安全のためなのだとわかってほしい」

「安全なんてものはないわ。イングランドにナチスがいたら」

　少佐は長々とわたしを見つめた。彼の目が銀色っぽい灰色になっていた。なにかに葛藤しているときにそうなるのだ、とわたしは気づいていた。

「ビーチ・ハウスに忍びこませてくれる人間が必要だ」キンブルが言った。「私がやれば錠を壊すだけだが、われわれの存在を気づかれたくないのなら、それは悪手《あくしゅ》だ」わたしは彼を見た。キンブルが味方についてくれて、驚くと同時にうれしかった。

　フェリックスはなにも言わなかった。自分が意見を言っても、少佐を説得できそうにないとわかっているのだ。それでも、背後にいる彼から無言の支えを感じた。

　ついに少佐がいらだちの息を吐いた。「いいだろう。だが、常に私の指示どおりにすること」

わたしはうなずいた。「わかりました」必要なときにはちゃんと指示に従える。見境なく逆らうわけじゃないのだ。

少佐がわたしから視線をそらした。「キンブル、きみはレイシーと鉄道で向かってくれ。道中で情報を聞き出せないかやってみるんだ。ミス・マクドネルと私は自動車で行く。一七〇〇時に合流しよう。ちょうどいい場所を決めるから地図を用意してくれ」

そのあとは、事態がすばやく進んだ。少佐はキンブルとオスカーに命令を発し、地図を見て、電報の送信文を手早く書くなど、てきぱきと動きはじめた。

そんな混沌のなか、フェリックスがわたしに近づいてきた。「ほんとうにいいのかい？」

「もちろんよ」

「ぼくはいつだってきみの味方で、ボーイズにきみを仲間に入れるよう言ってきたって知ってるよな。でも、これは木に登ったりブリティッシュ・ブルドッグ（鬼ごっこのような遊び）をやったりするのとはわけがちがうんだぞ」わたしは口を開きかけたけれど、フェリックスが手を上げて制した。「きみに能力があるのはわかっている、ラブ。それを疑っているわけじゃない。だが、きみが……傷つくのを見たくないんだ、エリー」

やさしい気持ちとそれ以上のなにかがこみ上げてくるのを感じながら、彼を見上げた。

「わたしも同じ気持ちよ。だから、ふたりとも気をつけましょう、ね？」

フェリックスがにっこりして、わたしの手をぎゅっと握った。

そのとき、ミックおじが近づいてきた。親しげな場面をわざとじゃましにきたのだろう。ミックおじはフェリックスをすごく気に入っているけれど、昔からわたしたちのあいだに恋愛感情のようなものが芽生えないよう立ちまわってきたから。

「心がまえは大丈夫かな、エリー嬢ちゃん?」返事がわかっているのにそう訊いてきた。

「大丈夫よ」

「これを持っていくといい。必要になるだろう」ポケットから財布ほどの大きさの革袋を取り出した。おじの道具キットだ。それをわたしの手に押しこんで目を見てきた。ことばにされないものが伝わってくる。

「ほんとうに手の怪我は大丈夫なの?」しばらく見つめ合ったあと、包帯が巻かれた手にそっと触れた。

「ああ、ああ。大丈夫だよ、ラブ。私のことは心配いらない。しっかり集中するんだよ」

「わかってる」

するとおじがじっと見つめてきた。真剣なまなざしで、心配のせいでいつもの陽気さが翳《かげ》っていた。「気をつけてくれるね?」

「ええ。心配しないで。なにもかもうまくいくから。そう感じるの」

実のところ、危険が待ちかまえているかもしれないのはわかっていたけれど、それはどうでもよかった。重要なのは成功することだ。そして、マクドネル家はいつだって成功するのが得意だった。

少しすると、わたしたちはロンドン市外へと向かっていた。少佐はヤクブの運転を断って自分でハンドルを握っていた。わたしは助手席に乗っていた。

少佐は怪しまれないために私服に着替えていたけれど、灰色のスーツを着ていてもいかめしくてこわそうに見えた。

クロムウェル・ロードを走り、テムズ川を渡って南西方向へ進み、トウィッケナムとサンベリー＝オン＝テムズを通った。

オフィスを出てから少佐はほとんど無言だったので、怒っているのだろうかと訝る。わたしを同行させたがっていなかったのは知っている。でも、わたしが役に立つのは彼だってわかっているはず。

それに、わたしをキンブルやフェリックスと一緒に鉄道で行かせず、自動車に同乗させたただひとつの理由は、信用していないからではないか、とも思った。まあ、理由がなんであれ、同行できるだけでうれしかった。

ロンドン郊外あたりまで来たとき、静けさに耐えられなくなってきた。おしゃべりな家族のなかで育ったので、ほかにすることもないのに話をしないなんて変な感じがした。

「ずっと黙ったままのつもり？」わたしは言った。

少佐はわたしを見なかった。「そのつもりだった」

そう言われて、しばらくくじけた。見るともなしに窓の外に目をやり、それから少佐に視線を戻した。

彼の横顔を観察する。がっしりとした顎《あご》、まっすぐな鼻、窓から射しこむ陽光でライラック色に見える目。肌の日焼けがほんの少し薄れているのに気づく。あと何週間かしたら、砂漠にいた名残は消えそうだ。

「おじさんがあなたを北アフリカから連れ戻したってほんとう?」少佐が触れられたくないだろうことをどうして訊いたのかわからなかったけれど、気づく前に口から出ていたのだった。

長い沈黙があり、少佐は答えないか、いいかげんにしろと言われるだろうと思った。でも、ついに返事があった。「北アフリカでは軍情報部で働いていた。ロンドンで今回の作戦を練り上げるにあたり、将校が必要になった。その任務には私が適任だと指揮官は考えた。おじはなんの関与もしていない。少なくとも、私の知るかぎりでは」

「でも、あなたは呼び戻されたくなかったんでしょ」

「そうだ」少佐は道路に目を据えたままだった。「望んでいなかった」

「縁《えん》の下の力持ちでいるよりは、戦っていたかった?」

「ああ。自分の務めを果たしたかった」

「いまだって務めを果たしているじゃないの」

はじめて少佐がわたしを見た。つかの間、心に隙ができていらだちが現われた。

「仲間が戦って命を落としているのだから、自分もそのなかにいるべきだ、とわかっているときの感覚を説明するのはむずかしい」

「砂漠で命を落とすより、ここイングランドでスパイを止めたほうが貢献できるかもしれないわよ」

それに対して少佐はなにも言わず、自動車はまたしばらく沈黙のなかで進んだ。すでにロンドンをあとにしていて、いまは田舎道を走っていた。夏の午後の陽光を浴びた風景が美しかった。花々が咲き、羊が遠くの野原で草を食《は》み、鳥が生け垣の周囲を飛びまわっている。なにもかもがあるべき姿をしているように思われた。

いまは戦争中なのだと思い出すのは、むずかしいときもあった。いまみたいに静かなとき、わたしたちの知っている世界が危険にさらされているのを忘れられ、あの鳥たちのように胸が幸せに羽ばたくこともある。

でも、戦争という現実が両肩に重く戻ってくると、自分がこれほど愛しているこの場所を守るためならなんだってやろう、という決意がますます強くなった。

少佐の声がして、わたしはいまこのときに引き戻された。「きみは私に質問をした。今度は私に質問させてくれ」

「どうぞ」少佐の口調のなにかが、わたしの気を引き締めさせた。「どういう意味？」

「どうして盗みを働く？」

そんなことを訊かれるとは思ってもみなかった。

「犯罪人生だ。なぜそれを選んだ？」

わたしはしばらく答えなかった。たしかに公平に思われた。こちらが少佐の触れられたくない質問をしたのだから、お返しに少佐も鋭い質問をしてきたわけだ。でも、どう答えればいいかわからなかった。

「理屈のうえでは、金のためだと考えられる」わたしが返事をせずにいると、少佐が続けた。「だが、それだけじゃないんだろう？　育てられた環境が理由かもしれないが、ほかの仕事だって選べたはずだ。それなのに、きみはおじさんの生き方を継いだ。なぜだ？」

「楽しいから」ぞんざいに答えた。

「ちがうだろう。わざと軽薄にしているな」

人からそんな風に言われることはあまりなく、むっとした。癇癪《かんしゃく》が募ってくるのを感じたけれど、守勢にまわったせいなのだとわかっていた。自分の思いを奥深くに埋めて隠すことに慣れていたけれど、少佐はそれを明るみに出そうとしていた。

「わたしについて調べたファイルがあるんでしょ」とうとうそう言った。「あなたが教えてくれないかしら？」

思っていたほど鋭く言えなかった。ずっと走っていたかのように、急に疲れを感じた。ある意味ではずっと走り続けていたと言えるだろう。

「きみは法律を恨んでいる。生い立ちのせいなのか？　刑務所で生まれたからか？」

わずかにたじろぎ、常に懸命に抑えこんでいる感情がこみ上げてきたので歯を食いしばった。

「それとも、環境のせいなのか……？」

わざとだ。少佐はわざとわたしを追い詰めて飛び降りるしかないようにしている。隠す意味なんてあるのかしら？　彼が知りたいのなら、話してやろうじゃないの。

「ちがう」苦々しさのこもった声になった。「母は父を殺していないのに、絞首刑を宣告されたからよ」

29

ほら、言ったわよ。もっとも暗いわたしの秘密。

父は一九一五年十二月に自宅で肉切り包丁で胸を刺されて殺された。父が死んでいるのを発見したのは、錠前屋の仕事を終えて帰ってきたミックおじだった。二カ月後、母は無実を訴えたのに有罪判決を受け絞首刑を宣告された。

けれど、わたしを妊娠していたため、刑の執行を猶予された。わたしは父が殺害された六カ月後にホロウェイ刑務所で生まれ、ミックおじに引き取られた。メアリおばはすでに亡くなっていたので、おじはわたしとボーイズの世話をしてもらうために遠縁のネイシーを雇った。

その後スペイン風邪が世界中で猛威をふるい、母は絞首台へ歩いていくという不面目を逃れた。無実を訴えたまま亡くなり、刑務所内の墓地に埋葬された。わたしは一度も墓参りをしていない。

それは、家族のあいだでは秘密でもなんでもなかった。ミックおじはなにごとも黙っていられず、真実を隠そうとしたことがなかった。それでも、深く考える話題ではなかった。単なる事実だった。父は殺され、母が有罪になった。それだけの話だ。

ミックおじは父と仲がよかったらしいので、つらかっただろうと思う。コルムとトビーが笑い合う姿を見ているときに、弟と過ごしたときの思い出が心をよぎっているのがおじの目に見えることがあった。おじと父がコルムとトビーの半分も仲がよかったのなら、ほんとうにきつい思いをしていたにちがいない。

裁判中に新聞に載ったものをのぞいて、両親の写真を一枚だけ持っている。銀のフレームに入った結婚式の写真だ。母はサテンとレースのドレスを着ている。微笑むのは当時の流行ではなかったけれど、唇《くちびる》にかすかな笑みがうかがえ、うれしそうなまなざしは隠しようがなかった。父はミックおじとよく似ているけれど、おじより若くて立派な口ひげを生やしていた。父は目をきらめかせていた。

そんなふたりを見たら、結婚生活が流血で終わるなど不可能に思われる。

ティーンエイジャーのころ、父の殺人事件と母の裁判について多くを知った。新聞や、手に入る薄汚いゴシップ紙の記事をすべて読み、なにがあったのかを理解しようとした。可能なかぎりの情報を得たと判断すると、それをファイルしてしまいこんだ。

いまのわたしはその話をしない。考えることすらしないように努めている。でも、頭の後ろのほうに暗い影のようにいつもそこにある。

わたしを突き動かしているのは、その暗い影だった。金庫をひとつ破るたび、法律をひとつ破るたび、母のための小さな復讐のように感じられた。筋なんて通っていないけれど、わたしたち人間を突き動かす、奥深くに埋めた感情に筋が通っていることなどほとんどないだろう。

わたしがことばを発したあと、長いあいだ静かだった。自分の思いに耽っていたせいで、どこにいるのかを忘れそうになった。

「裁判記録の写しを読んだ」ラムゼイ少佐がついに口を開いた。

驚いた。少佐がわたしの経歴をそこまで深く掘り下げるとは思ってもいなかった。でも、考えてみたら、少佐の徹底ぶり、仕事のどんなに小さな部分にも全力を投じる姿を何度も目にしてきたのだった。だから、彼がわたしの母の事件を調べたと聞いても、驚くべきではなかったのかもしれない。

「それで?」わたしは促した。

ほんのかすかな間があった。「陪審が別の結論を出す可能性はないと思った」

少佐ならそう言うだろうと予想していたけれど、それでも腹部にパンチを食らったような気がした。「陪審がまちがっていたことだってあるわ」とうとうそう言った。

「そうだな」少佐は同意したけれど、最後に〝だが〟ということばがうろついていそうだった。少佐はそのことばを口にはしなかったけれど、わたしの母が無実だとも思っていなかった。

「母もギリシア神話が好きだったの。それで、わたしをエレクトラと名づけた。父の死の復讐者」

「エレクトラの父アガメムノンは妻に殺された」少佐の口調には残酷な色はまったくなかった――それに、実のところ声はやさしいとすらいえそうなほどだった――けれど、それでも事実を指摘することばには傷ついた。

「母は別の意味をこめたのだと思うけど」

「だからきみは、盗みを働くことによってある意味でお母さんの復讐をしている?」少佐はばかにしているのではなく、理解しようとしているだけだった。でも、説明などできないと気づいた。少佐には。自分自身にだってちゃんと説明できないのだ。わかっているのは、ラムゼイ少佐と出会うまでわたしの人生には虚空があって、盗みのスリルでそれを埋めようとしていた、ということだ。そして、母を不当に奪った法律を愚弄しているのだ、と自分自身に言い聞かせて正当化していた。

「盗みをするのは、それがわたしの知っている唯一の生き方だから」わたしは言った。「それから、母に関してはいまできることはなにもないから、話をしても意味がない。もうどうでもいいこと」

でも、当然ながらそれはほんとうではなかった。どうでもよくなどなかった。もしわたしが信じているように、もしフェリックスの兵士仲間がほのめかしたように、母が無実だったのなら、父を殺した犯人はまんまと逃げおおせたのだから。

明るい午後の黄金色の日射しを浴びたトーキーは美しかった。薄い色合いの建物は港を囲むようにきっちり配置されており、おだやかな水面でたくさんの船が揺れている。この場所は絵はがきなどで見たことはあっても、実際に来たことはなかった。〝イングランドのリヴィエラ〟は、わたしたちみたいな人間が多くの時間を過ごすような場所ではなかった。

雲ひとつない空の下の海は明るい青色で、おだやかでのどかだった。百マイルも離れていない場所でナチスがチャネル諸島を占領しているなんて信じがたかった。もっと信じがたいのは、わたしたちが必死で奪回しようとしてきた文書を手に入れるために、まさに今夜、暗闇に乗じてドイツ側のスパイが海を渡って向かってこようとしていることだ。

残念ながら、トーキーを見られたのは短いあいだだけだった。町をしっかり見られるほどの時間はなかった。少佐は自動車を走らせ続けた。高く積まれた砂嚢《さのう》のせいでほんの少し翳りがもたらされている明るい店やカフェのある通りを抜け、大きめの家々やホテルが崖沿いに建つほうへとくねくねと曲がる道を上っていく。

こちらのほうが建物の間隔が広く、あいだには緑の芝、花壇、雑木林などがある。

ついに少佐が、生け垣の背後に自動車を隠すように停めた。

「ビーチ・ハウスは一マイルほど上にあるはずだ」シートのあいだに置いた地図を見ながら

少佐が言った。「ここからは歩くぞ」

「了解」

少佐がドアを開けて自動車を降りたので、わたしもそれに倣《なら》った。

「できるだけ道路は避ける」少佐が生け垣の背後を示す。そこは雑草がはびこっていて、その先は木々の葉がうっそうと茂っていた。

わたしはシルクのストッキングに目をやった。パーティの晩からこっち、毎晩丁寧に手洗いして干しながらずっと穿《は》いていた。大義のためにストッキングを犠牲にする気はある？

答えははっきりしていた。そうしなければならないのでないかぎりはノーだ。

「あっちを向いて」

少佐が眉をひそめた。「なんだって？」

「あっちを向いて。ストッキングを脱ぐから」

「ミス・マクドネル……」

「なんの問題もないストッキングをだめにする必要はないでしょ」

いらだちのため息を隠そうともせず、少佐が背を向けた。

わたしは靴を蹴《け》り脱いでスカートをたくし上げ、ガーターをはずしてすばやくストッキングを脱いだ。ほんとうはズボンだったらよかったのだけど、今朝服を着たときはスパイを追って森のなかを歩くなんて知らなかったのだ。人生なんてそんなもの。

自動車のドアを開け、ストッキングをなかに置いた。ここなら安全だ。靴を履きなおす。

「もういいわ」スカートをなで下ろす。「準備ができました」

少佐はわたしをふり向きもせずに歩きはじめた。

わたしたちは沈黙のなかを歩いた。というか、正確には鳥の鳴き声と遠くで砕ける波の音を聞きながら歩いた。海に沿って移動していて、潮風が木々を吹き抜けていく。

少佐が少し先を歩いているおかげで下草に径《みち》のようなものができて少しは通りやすくなったものの、それでも歩きにくい場所もあり、小枝や茨《いばら》で引っかき傷がいくつもできた。ストッキングを脱いでおく頭があってよかった。穿いたままだったらぼろぼろになっていただろう。ぼろぼろになっているのが自分の体だけなのが救いだ。近ごろでは、シルクのストッキングよりも新しい皮膚のほうが手に入りやすいから。

わたしたちはついに道路に出た。長い私道の手前で、入り口には門がある。少佐が止まるよう身ぶりをした。

「ここにちがいない」彼が言った。

その機会にわたしはセーターを脱いで、ブラウスのボタンを上からふたつはずした。木々が日陰を作ってくれ、潮風もあったけれど、歩くうちにかなり暑くなっていたのだ。セーターを腰に巻きつけ、少佐のそばへ行く。

「家はすぐ上だ。この木々のあいだを行こう」私道沿いに木が植わっている場所を手ぶりで示す。「ウィンスロップが先に着いていないかどうか、しばらく観察してたしかめる。ぜったいに動かず静かにしていなければならない。できるか？」

「子どもじゃないのよ、少佐」わたしはいらいらと言った。

「それはよくわかっている」少佐の視線がほとんどわからないくらいに下がった気がした。その視線の先には、ブラウスのボタンをはずしたせいで思っていた以上にさらされた肌があった。でも、きっと勝手な想像だろう。

「よし、では行こう」少佐が木々のなかへと向かい、わたしも物音をできるだけたてないようについていった。

少しして、家に続く芝と木々の境目で立ち止まった。

わたしは目の前の建物に目をやった。サー・ナイジェルがトーキーに所有するビーチ・ハウスは、わたしが考えていたものとはまったくちがった。豪奢《ごうしゃ》な町屋敷を見ていただけに、崖っぷちからあまり離れていない場所に建つ趣《おもむき》のあるコテージという光景に心の準備ができていなかった。わたしたちが隠れている場所と同じように陰を作る木々と、伸びすぎた花壇に囲まれていた。

総じて控えめで、こぢんまりとすらしていて、人目を引きそうな場所ではなかった。だからこそ、ドイツのスパイと会うのにお誂《あつら》え向きなのだろう。

わたしたちはしっかりと身を隠した状態で、長いあいだビーチ・ハウスを監視した。敵の先まわりができたと信じるしかなかった。もし先まわりできていなければ、すべてがむだに終わってしまうからだ。

監視をしながら待ち続けた。マシュー・ウィンスロップがすでに到着しているようすはなかった。なんの動きもなく静かだ。おまけに暑かった。うなじを汗の玉が伝い落ち、スーツの上着を着ているラムゼイ少佐はどうしているかと訝った。当然ながら、北アフリカでは軍服を着た状態でもっとひどい状況だって経験しているのだろう。

ちらりと少佐を見る。彼は汗をかいていないみたいだった。そよ風が吹いたとき、ひげそり用石けんの香りがかすかに漂ってきたので、自分がその半分でもいいにおいがしているのを願った。

快適な状況ではなかったけれど、標的の偵察は大得意だ。ミックおじとわたしとで何十回も経験ずみだった。体を完璧にじっとさせたまま目は監視を続けた状態で、心をさまよわせる術を知っている。その技はラムゼイ少佐でもけちをつけられないはずだ。

一時間ほど経ったと思われたころに少佐がふり向いて、そよ風に吹かれた葉音のなかではとんど聞こえないくらい小さな声で話しかけてきた。「近づいてみる。合図を送るまでここで待っていてくれ」

わたしはうなずいた。

少佐は木々のなかから出て、長身でがっしりした体つきの人にしては珍しく、猫のような優雅さで芝を横切った。プロの目で評価しながら見ていると、少佐が家に近づいて脇にまわった。

家が無人なのはほぼ確信があったけれど、それでも待っているあいだは少し緊張していた。だって、ラムゼイ少佐が撃たれでもしたら、わたしは苦境に陥《おちい》るから。

けれど、ついに反対側の角から少佐が姿を現わし、手招きした。

わたしは木々のあいだから出て、スカートについた数枚の葉っぱを払い落とした。脚の引っかき傷数カ所から血が出ていたけれど、ひどいものではなかった。ボーイズと一緒に乱暴に育ったわたしは、もっとひどい怪我をした経験があった。

「問題なし?」少佐に近寄りながらたずねた。

少佐はわたしの髪から葉っぱを取って地面に落とした。「そのようだ。錠を頼めるか?」

「もちろん」

ミックおじから預かった道具キットをポケットから出し、海に面したほうの脇から裏手にまわった。裏手には手入れの行き届いていない小さな花壇と、木製の椅子何脚かがあった。砂の小径が崖に向かって消えていて、そこからビーチに下りられるようだ。

けれど、いま関心があるのは家のほうだ。道具キットから細いピックを取ってドアに近づく。標準的なドアを開けるのは、金庫を開けるよりうんと簡単だ。ピックを挿しこんでいろんな角度に動かしながら、もう一方の手でノブをそっとひねる。すぐに錠が降参し、わたしはドアを押し開けた。

「おみごと」少佐がわたしの前に出て戸口でしばし立ち止まり、耳を澄ます。大丈夫だと判断するとなかに入り、わたしに続くよう示した。指示に従って入り、ドアを閉めた。

外観はシンプルだったけれど、内部はサー・ナイジェルのきびしい基準を満たしているようだ。ぴかぴかのキッチンには現代的な器具と、優美なテーブルと椅子があり、よくある古きよきビーチ・ハウスの内装とはかけ離れていた。

ラムゼイ少佐が隣りの部屋へ移り、わたしもついていった。そこは居間で、やはり現代的なスタイルで設《しつら》えられていた。白いソファと薄青色のラグがあり、壁にはたくさんの芸術品が飾られている。数多くの陶磁器が陳列された棚も数本あった。わたしは陶磁器に関しては専門家でもなんでもない。なんとなれば、講演時間のほとんどのあいだ、サー・ナイジェルの屋敷をこそこそと探り、少佐とネッキングしていたのだから。それでも、こういうものを見る目を持っているわたしからすれば、本物とは思えなかった。戦時中にセキュリティのしっかりしていないビーチ・ハウスには高価なものを置いておかないほうがいいのだろう。

「なにを探せばいいの?」わたしは少佐に訊いた。

「手はじめに、サー・ナイジェルの有罪を示す証拠だな」

「彼の家が使われているという事実だけで充分ではないの?」

少佐は首を横にふった。「彼とつき合いのある人間なら、だれでもこの家について知っている可能性が高い。そんな人間が私たちと同じようにこの家に入るのはたやすい」

居間を通って玄関広間に入る。少佐はまた別の部屋へと移動した。おそらく書斎だろう。わたしは二階へ行くことにした。

階段を上がると、家の幅と同じ長さの廊下があり、その両側にいくつかドアがあった。最初のドアを開けると、殺風景な寝室だった。客用の予備の寝室なのだろう。ほかの部屋も似たり寄ったりで、水泳大会だって開けそうなほど大きな浴槽のあるバスルームもあった。

ここには見るものがほとんどなかった。最後に廊下の突き当たりにある寝室に入る。どうやらだれかがこの部屋で寝起きしていたようで、それも最近のことのようだった。というのも、ベッドは乱れているし、部屋の奥にあるタンスの扉が開いていてそこに服がかかっているのが見えたからだ。

少佐に知らせようとしたちょうどそのとき、自動車が私道をやってくる紛《まぎ》れもない音が聞こえてきた。

30

　だっと部屋を出て廊下を走り、階段を下りはじめる。少佐は半ばまで上がってきており、踊り場をまわったわたしは彼にまっすぐ突っこんだ。まるで壁にぶつかったみたいだ。少佐は片腕でわたしをつかまえ、手すりに手を置いてふたり分の体を支えた。

「二階に戻るんだ」少佐がわたしの髪に向かってささやいた。「裏から出る時間はない」

　半分わたしを抱きしめている少佐の腕から逃れ、真後ろに彼を従えて下りてきた階段をふたたび上りはじめた。

「ここよ」わたしは小声で言って、最初の寝室のドアを開けた。二階を調べているときに、この部屋は使われてなさそうだと気づいたのだ。ここへ来たのがだれだか知らないけれど、うまくすればこの部屋を覗かないでくれるだろう。

　少佐があとから入ってきて、ドアを閉めた。

「だれだったの？」

　少佐は頭をふった。「見ていない」

　なかなかまずい状況だ。どうやったらこの窮地を脱せるのかわからなかった。少佐が銃を使う以外に。でも、その結果はあまり気に入らない。

「どうするの?」

「待つんだ」

ふたたび待つのも気に入らなかったけれど、仕方なさそうだ。

「窓から離れているんだ」少佐が命じた。でも、わたしはすでに窓ににじり寄っていた。こらえられなかったのだ。わたしの一部は、自分たちがなにを相手にすることになるのかを知らずにはいられなかった。

窓の近くに置かれた幅広のトランクが目に入ったのは、そのときだった。古いもので、飾り鋲《びょう》の金具がついた革のストラップがごわごわになった、どっしりした木製のトランク。でも、わたしの目を引いたのは錠だった。最近できたような大きな傷がいくつもついていたのだ。

「だれかがこの錠をこじ開けようとしたんだわ」錠についた傷をなでる。「そして、失敗した」

少佐が横に来た。「開けられるか?」

「ええ」単純な錠だった。道具キットをまたポケットから出して、先端が平らになったヤスリを取る。それをトランクの錠に慎重に挿しこみ、角度をつけて押し、時計まわりにゆっくりとまわす。ピンがはずれるのを感じ、ヤスリをしっかり握って引いた。錠が降参する。このトランクを開けようとした人物に錠を扱った経験がないのは明らかだった。

つや出しされた真鍮《しんちゅう》の掛け金ふたつをはずし、トランクの蓋《ふた》を押し開けた。

少佐とふたりでなかを見る。帽子がひとつ。中身にはがっかりした。丁寧にたたまれた男性ものの服が何点か。帽子がひとつ。履き古されてはいるけれど、きちんと手入れされたブーツが一足。何度も読み返されたらしき複数の本。ウールのコート。念のためにコートのポケットを探ったけれど、空っぽだった。

自動車のドアが閉まる音がして、トランクから注意がそれた。私道を走ってきた自動車が到着したのだ。慎重にするのも忘れて立ち上がり、窓辺へ行った。思いきって窓から覗き、目を瞬く。わたしの知っている人物だった。マシュー・ウィンスロップではない。彼よりよく知っている人だ。

その人物の顔が見えると、思っていた以上に大きな声が出てしまった。「コルム!」


くるりと向きを変えて急いで部屋を出て、階段を駆け下りる。少佐があとを追ってきた。

「ミス・マクドネル……」彼が声をかけてきたけれど、わたしはかまわず走った。

玄関のドアを開けて外に出ると、コルムと一緒にフェリックスとキンブルが自動車のそばにいた。

「どういうつもりだ?」少佐がキンブルに嚙みつく声を聞きながら、わたしはいとこに近づいた。

「コルム！」また叫んだ。

「ああ、エリー、ダーリン！」コルムに抱き上げられ、わたしは泣きそうになった。少しのあいだ、力強いコルムの腕に抱きしめられる安心感を楽しんだ。

それから、身を離した。「ここでなにをしているの？」

「フェリックスがおれを探しにきたんだ」コルムは、そばでにこにこしているフェリックスにちらりと目をやった。「おまえに助けが必要かもしれないと聞いた」

「コルムはトーキーに配属されているときみに教えてもらったからね」フェリックスが笑顔で言った。

「でも、どうやって……」

「キンブルは才覚のある男でね」フェリックスが答える。「一時間もせずにコルムの居場所を突き止め、この任務に誘い、自動車を用意してくれた」

最後に休暇で帰ってきたときから変わっていないかと、いとこを見上げた。一カ月ではたいした変化もないかもしれないし、実際、目に見える変化はなかった。コルムはいつもどおりの彼に見えた。たくましくて、元気いっぱいで、丈夫そうに。

それでも、コルムにたずねたいことが千もあった。「元気にしてたの、コルム？　すべて順調？　あなたは……」

矢継ぎ早にくり出した質問は、険しい顔の少佐が近づいてきてさえぎられた。少佐は指揮官然とした表情に戻っていた。最高の兆候とは言いがたい。

「少佐、彼はわたしのいとこのコルム・マクドネルです」少佐が不機嫌そうな顔をしているにもかかわらず、明るさをこらえきれない声になった。「コルム、こちらはラムゼイ少佐よ。この作戦の責任者なの」

「そのはずだが」少佐はキンブルにこわい顔を向けた。

キンブルが肩をすくめる。「あらゆる手を尽くせって命令でしたからね。レイシーは脚が不自由だし、私はもう若くない。この大男がいれば助かると判断した。ひとり増えたところで害はないでしょう」

少佐がコルムを値踏みするように見た。コルムはたしかに大柄だ。ふたりの身長は同じくらいだったけれど、コルムはがっしりした少佐以上にたくましかった。しょっちゅう〝無敗男〟と称されてきた。実際、彼が喧嘩で負けるのを見たことがないし、コルムを目にしただけで喧嘩から手を引いた男だって何人もいた。

「少佐」コルムが握手の手を伸ばした。

少佐がその手を握る。「マクドネル」

コルムは少佐についてフェリックスからなにを聞かされたのだろうと、わたしは訝った。というのも、わたしがヘンドンの男の子とアイスクリームを食べに出かけたときと同じ目つきをしていたからだ。目を光らせているからな、というまなざし。

「自動車でここまで上がってきても注意を引かないと思ったのか?」少佐が怒りの矛先をキンブルに戻した。

キンブルは、例によって動じなかった。

「前もって電報を送っておいたので、部下が駅でウィンスロップを待ちかまえていた。部下は彼をホテルまで尾行したが、彼はチェックインしてから部屋を出ていない。ウィンスロップは日が落ちる前にここに来ることはないと判断した」

筋は通っていたけれど、ラムゼイ少佐は満足そうには見えなかった。

そのとき、廊下の突き当たりの寝室で見つけたものを思い出した。「だれかがここに滞在しているわ。二階の突き当たりの寝室は、ベッドが整えられていなくて、タンスには服があったの」

「では、ここに泊まっていたのがだれにしろ、じきに戻ってくるかもしれないわけだ」少佐はそう言ったあと、しばし黙って考えているようだった。それから、いつものように命令を発しはじめた。「キンブル、きみとレイシーはホテルに戻ってウィンスロップを見張ってくれ。彼がホテルを出たらここまで尾行するんだ。ただし、距離を空けて、姿を見られないように気をつけてほしい。ミスター・マクドネルと私で、ウィンスロップがエージェントと接触する前に取り押さえ、文書を入れ替えられるだろう。きみたちがビーチ・ハウスに戻ってきたら、レイシーに書きつけを偽造してもらう」

「文書を入れ替えるのを知られたくないのだと思っていたけれど」わたしは言った。「ウィンスロップを捕まえたら、どうしたって知られてしまうでしょう」

少佐は頭をふった。「こうなっては内密に決行できるチャンスはほぼない。だが、ここでウィンスロップを捕獲できれば、文書を入れ替えてそれをドイツ側のエージェントに渡すことはできる。運がよければ、敵は文書を渡す私がウィンスロップでないことを知らず、彼はどうしたのかとたずねずにいてくれるだろう」

わたしは、ラムゼイ少佐が彼になにをするつもりかをたずねなかった。

「で、わたしは？」

少佐がわたしを見た。もしもトーキーに戻ってこれが終わるのを待てとほのめかしでもしたら、向こうずねを蹴飛ばしてやるつもりだった。

「ここにいていい」少佐がようやく返事をした。「だが、脇に控えていること。わかったか？」

「わかりました」むっとした声で言った。

少佐はわたしを無視してコルムに向きなおった。「きみはなかから見張っていてくれ。私は森から見張る。ウィンスロップがビーチ・ハウスに入ったら、私もなかに入って彼を無力化する。きみにも手を貸してもらいたい。ミス・マクドネルには外で待っていてもらう。そこにいれば、万一武器を使う展開になっても安全だ」

「少佐は暗い森のなかできみとふたりきりになりたがっている」フェリックスが近づいてきて、薄ら笑いを浮かべながらささやいた。

「ばかを言わないで」

「自分がなにを言っているかわかってるよ」にやにや笑いが大きくなる。「ぼくだってきみとふたりで森にいたいと思っているから」

「やめてよ、フェリックス。危険な任務がはじまろうとしているのに、ふざけている場合じゃないでしょ」

フェリックスがまじめな顔になる。「いつだったらいいんだい、エリー?」

彼の表情に驚いた。いつもより真剣なようすに不意打ちを食らう。「このすべてが終わったら、かしらね」できるだけ軽い口調になるよう心がけた。

「問題はないか?」少佐の声がした。グループの端でこそこそと話していたフェリックスとわたしに向けてのことばだった。

わたしは少佐の目を見た。「問題はないわ、少佐」

コルムがうなずく。「いい計画だと思いますよ、少佐。ひとつだけ訊きたいんですが」

「どうぞ」

「どうやってエリーをここまで手懐けられたんですか? 弟とふたりがかりでも、ひとつも言うことを聞かせられなかったのに」

結局、向こうずねを蹴られたのはコルムだった。

そういうわけで、全員が持ち場について日が落ちるのを待った。歴史にどんな印《しるし》を刻むことになるのかを。

とても暗かった。木々の陰にいるせいで、目の前に手を持ってきてもほとんど見えないくらいだ。特に、月が雲に隠れると。けれど、風が吹いて波音も聞こえたので、心が和《なご》んだ。ドイツのスパイがこちらに向かっているところであろうと、売国奴《ばいこくど》がそのスパイと合流するつもりであろうと、関係ない。世界が崩壊しつつあるとしても、変わらないものもあり、どんな将来が来ようと不変のまま続いていくのだと、波音のおかげで思い出せた。

少佐とわたしは木々の暗がりのなかでそばに立っていた。少佐の体温が感じられたけれど、それでも夜風で体が冷えた。

「寒いのか?」少佐がいきなりたずねた。

またセーターを着ていて、それをきつく引き寄せて寒さをしのごうとしていたけれど、それを認めるつもりはなかった。「いいえ」小声で返した。

しばらくすると、先ほどよりも近くで少佐の声がした。「ここにいろ。動くなよ。すぐに戻ってくる」

返事をする間もなく、少佐が暗闇のなかへ姿を消した。

ひとりにされて、ちょっぴりいらついた。フェリックスがほのめかしたみたいに、ふたりきりで暗がりにいる状況に少佐がつけこむなんて思っていなかったけれど、ふらっと立ち去ると思っていたわけでもない。

左手で小さな音がした。道路のある方角で、少佐が向かったのとは反対だ。わたしはじっとして耳を澄ました。なんだってありえた。ネズミ、ひょっとしたらウサギ、あるいはフクロウ。じゃなきゃ、ナイフでわたしを刺して、暗い森のなかでひとりきりで死なせるのもへっちゃらなナチスのスパイかも。最高。

身じろぎすらしないように努め、聞き耳を立てる。さっきの物音がなんだったにしても、二度と聞こえてこなかった。安堵すればいいのか、警戒すればいいのか、わからなかった。だって、闇がとても濃いせいで、近くにだれかが潜んでいても気づけないのだから。

このすべてがとてつもなくばかげていた。慎重に何歩か前に出て、それからさらに何歩か歩く。背後の暗がりでまた物音が聞こえた気がして、動きを止めて耳を澄ました。わたしはラムゼイ少佐を探し、ラムゼイ少佐は殺人者を探し、おそらくその殺人者はわたしを探している。きれいにまとまった小さな輪じゃないの！

続く数分間、まったくなんの音もしなかったので、また動いても安全だと考えた。自分の立ち位置を把握し、雲の背後から月がふたたび顔を出しても無防備にならないようにしておく必要があった。

ビーチ・ハウスに向かってさらに少し移動した。

いきなり手で口をふさがれ、ウエストに腕がまわされた。

「叫ぶなよ」ラムゼイ少佐がわたしの耳もとで言った。

顔をぐいっと動かして彼の手から逃れた。「その命令はやめて」小声で嚙みついた。

実のところ、少佐につかまれたときにとっさに叫びかけたのだけれど、相手は彼だろうとすぐさま気づいたのだった。ひとつには、もしスパイだったなら、わたしを引き寄せるよりも喉を掻き切っていただろうから。

「大音をたてて森のなかをうろつくとは、どういう了見なんだ？」少佐が押し殺した声で嚙みつき返す。彼の腕はわたしにまわされたままだ。

「物音が聞こえたのよ」大音をたててなどいなかった。完璧に静かにしていた。でも、その点については反論しなかった。背中に当たる彼のがっしりした胸の温もりにちょっとばかり気を散らされていたからだ。

しばらくのあいだ、ふたりともじっとして聞き耳を立てた。少佐の胸が上下するのが感じられ、わたしの呼吸が少しだけ速くなったみたいだった。

「なにも聞こえない」とうとう少佐が言った。「私を待っているべきだったな」

「勝手な思いこみじゃないから」わたしは言った。

少佐がいらだちの息を吐いた。「そうは言ってない。だが、きみは命令に従う能力が皆無のようだな」

そう言われてかっとなってしまったらしい。少佐の腕からもがき出て、顔と顔をつき合わせた。月が雲から出ていたので、頭上の枝を通して注ぐ月光のおかげで少佐の顔が見えた。

「わたしはあなたの兵士じゃないのよ、少佐」

「だからこそ、よけいに私の言うとおりにしてもらう必要があるんだ。怪我をしないために、指示どおりにすることを学んでもらわないと困る」

「あなたは、みんながみんなあなたみたいにはなれないことを学ぶ必要があるわね」わたしは言い返した。「偉大なるラムゼイ少佐。完璧な軍人。あなたは石でできてるんじゃないかと、ときどき本気で考えてしまうわ」

わたしが離れた分、少佐が近づいてくるのを見るというよりも感じた。少佐から発せられる熱と緊張を感じた。その温もりで肌がちくちくした——ほかのなにかでも。

「石でできてなどいないと断言する、エレクトラ」少佐が低い声で言った。

エレクトラ。少佐がわたしを洗礼名で呼んだのはこれがはじめてで、ぞんざいな感じに低く言われたせいか、全身の感覚がざわついた。

顔を上げ、少佐がどれほどそばにいたかに気づく。少佐とわたしの口は、ほんの何インチか離れているだけだった。彼はまたわたしにキスをするのかしらと訝った——じゃなくて、思った。まるで時が止まったみたいだった。

けれど、ふたりして次になにが起こってほしいと思っていたにせよ、私道に自動車が入ってくる音で注意がそれた。

少佐は悪態をついたように思ったけれど、小さな声だったので確証はない。彼が離れると、わたしは冷たい夜気にまた包まれた。

「ここで待っているんだ。ぜったいだぞ」少佐が言った。

言い返す間もなく、彼はいなくなっていた。

わたしのいる場所からだと、ビーチ・ハウスの玄関ドアがかろうじて見えた。自動車が停まり、マシュー・ウィンスロップが降りてきた。

彼はしばしその場に立ったまま周囲を見まわした。暗い森のなかにいる姿を見られるはずがないとわかっていたけれど、それでもわたしは凍りついた。

波と風の音しか聞こえないのがわかると、ウィンスロップは玄関へ行き、鍵を取り出し、ドアを解錠してなかに入った。

一瞬後、銃を抜いたラムゼイ少佐が芝生を横切ってビーチ・ハウスに突入するのが見えた。

31

森のなかに隠れたままでいるようにと命じられていたし、命令されたとおりにできない件についてきつく叱責《しっせき》されたばかりでもあるしで、おそらくは森のなかに留《とど》まっているべきだったのだろう。

けれど、待つ時間が長引くにつれ、なにかまずいことが起きたんじゃないかと心配が募った。ウィンスロップがラムゼイ少佐に怪我をさせたなんてことはある？　まさか。少佐が静かにすばやく動くところをこの目で見ている。それに、少佐のほうがウィンスロップよりかなり体格がいい。ウィンスロップが見かけ以上に強かったとしても、少佐とコルムのふたりを相手に勝てるわけがない。

銃撃戦になったのであれば、音が聞こえるはず。

ううん、ふたりが売国奴を捕まえて文書を確保したと、なかにいる彼らと同じくらい確信があった。

それでも、なんの物音もしないまま十分が過ぎると、がまんできなくなって忍び足でビーチ・ハウスへと向かった。海に面していない玄関まで来たとき、二台めの自動車がこちらに向かってくる音がした。暗がりのなか、ビーチ・ハウスにぴたりと背中をつけた。

すぐに自動車が停まり、降りてきたのがフェリックスとキンブルとわかって安堵の息をつく。少佐の指示どおりに、ホテルからウィンスロップを尾行してきたのだ。これでフェリックスがジョスリン・アボットの書きつけを偽造でき、ドイツ側のエージェントと接触する準備が整う。

「わたしよ」ささやきながら前に出た。

「すべて順調かい、エリー?」フェリックスがそばにやってきた。

「だと思う。マシュー・ウィンスロップが来て、少佐が彼に続いてビーチ・ハウスに入ったの。そのあとは、なんの物音もしていない」

フェリックスがにやつく。「ウィンスロップに抵抗するつもりがあったとしても、コルムを見て諦めたと思うな」

わたしはうなずいた。

「なかに入ろう」キンブルが言い、先頭に立って玄関へ行ってドアをゆっくり静かに開けた。フェリックスとわたしがあとに続く。

なかに入ると、マシュー・ウィンスロップが居間の椅子に縛りつけられ、少佐とコルムがそばに立って見張っていた。盗まれた文書が机の上に載っており、ミス・アボットが筆写した書きつけの入った、文書より小さい封筒も一緒にあった。

少佐が顔を上げ、まっすぐにわたしを見つめた。きっとにらまれると思ったけれど、少佐はわたしがいることに関心がないようだった。その瞬間の彼は、特別にわたしに集中しているわけではないと気づく。

「さて、ウィンスロップ」少佐が若者に向きなおる。「すべて話してしまわないか?」

「なにも話しませんよ」マシュー・ウィンスロップは目の前の壁に視線を据えたままだった。

「サー・ナイジェルがこの陰謀の裏にいるんだろう?」少佐は続けた。「ここはサー・ナイジェルのビーチ・ハウスだし、きみは蒐集家《しゅうしゅうか》クラブを隠れ蓑《みの》に使って彼のために働いてきた」

ウィンスロップはつかの間少佐に目をやったあと、なにも言わずに視線をそらした。

「受け渡しは今夜何時に予定されている?」

ウィンスロップはあいかわらずだんまりを決めこんでいる。

「ドイツ側の連絡員とはビーチで落ち合うのか?」

こんな風に、少佐が質問をし、ウィンスロップが黙秘を続ける状況が延々と続くように思われた。

すると、キンブルが前に出た。「私にやらせてくれないか?」

「時間のむだですよ」ウィンスロップが言った。「なにをされたって、ぼくはなにもしゃべりませんから」

「二分で鳥みたいに歌わせられる」キンブルの口調は淡々としていた。

ウィンスロップは、自分を脅《おど》した男の冷酷で無表情な顔を不安げにさっと見た。

ミックおじと一緒に捕まったあの最初の晩、わたしを尋問したのがキンブルだった。あのとき、彼はすべてに対して無関心で退屈そうにすら見えた。でも、あの晩見たのはキンブルの礼儀正しい面だったのだ、と気づくに至っていた。

「いいかな、少佐？」キンブルがたずねた。

わたしの心臓が鼓動を少し速めた。彼らはウィンスロップを痛めつけたりはしないわよね？　けれど、男性陣が揃って険しい表情をしているのを見て、必要とあらばなんでもするつもりでいるのがわかった。こういう展開が予想されたから、ラムゼイ少佐はわたしを外で待たせておきたかったのかもしれない。

「彼をぼくに近づけるなど許さないからな」マシュー・ウィンスロップの声は震えていた。彼は無情なスパイではなく大学生の詩人で、これは彼の手にあまる状況だった。

少佐が肩をすくめた。「せいぜい一分半しかかからないと賭けよう」

「せっかくだから、その賭けに乗りますよ」フェリックスが言った。「一ポンドはどうです？」

「二ポンドにしよう」ラムゼイ少佐が返す。

「決まりだ」

「おれが時間を計る」コルムが言い、腕時計を見るために袖をたくし上げた。

この時点で汗をかきはじめていたマシュー・ウィンスロップは、ふたたびラムゼイ少佐に目をやった。「こいつにぼくを痛めつけさせたりできないはずだ」

少佐は申し訳なさそうな吐息をついた。「悪いが、こういう状況下で私が許可しないことはそう多くはない」

マシュー・ウィンスロップの顎《あご》がこわばる。わたしはとっさに仲裁に入りそうになり、それをこらえるために唇《くちびる》をぎゅっと結んだ。彼にしゃべらせるための虚仮威《こけおど》しにちがいない。

「エリー、おまえは見るんじゃない」コルムが急に声をかけた。「二階に行ってろ」

わたしは根が生えたように動けなかった。

少佐はわたしではなくフェリックスを見た。彼が戸口に向かって顎をしゃくると、その無言の命令に従ってフェリックスがわたしのところに来て、腕を取り、部屋から連れ出しにかかった。

「ようい……はじめ」コルムが言った。

わたしはふり返らずにはいられなかった。キンブルがマシュー・ウィンスロップに一歩近づいた。

彼らは本気でマシュー・ウィンスロップを痛めつけはしない、これはただのはったりだ、と信じたかったけれど、あまり考えないようにした。戦時中は冷酷と映るだろう行為が数多く行なわれるのだとラムゼイ少佐から言われていたし、キンブルはそういうことを平然とする類《たぐい》の人に思われた。

　いずれにしても、マシュー・ウィンスロップは虚仮威しに賭けるのをやめた。「午前二時にドイツのスパイに文書を渡す手はずになっている」陰鬱《いんうつ》な表情で早口に言った。

「二秒だ」コルムが言う。

「場所は？」少佐が詰問した。

「このビーチ・ハウスで。彼は……ビーチから上がってくる」

「裏口につながる小径《こみち》を通ってか？」少佐が確認する。

　ウィンスロップは首を横にふった。「ちがう。それだと目立ちすぎるから。別の小径で道路の少し下に出て、それから私道を上がってくる計画だ」

「相手はひとりだけか？」

「そう、ひとりだけです」

　マシュー・ウィンスロップはキンブルに視線を据えたまま、ドイツ側のスパイとの接触についてべらべらとしゃべり続けた。

　わたしはこの経験でちょっと動揺したので、外の空気を吸いたくなった。

「ちょっとだけ外に出てくるわ」小声でフェリックスに伝えた。

「一緒に行くよ」

「いいの。あなたは書きつけを偽造しなくちゃならないでしょ。ひとりで大丈夫」

わたしは彼を置いてひんやりした夜気のなかに戻ったので、このあとのかなり重要な情報を知り損ねた。のちに聞いた話では、こんな具合だったらしい。

コルムがぶらぶらと机のほうへ行き、そこに置かれた文書をちらりと見た。そして、眉をひそめた。文書を手に取り、目を通す。

「これはなんだ?」長々と見たあと、彼が言った。

「国家機密にかかわる兵器の図面だ」ウィンスロップから目を離して、少佐が答える。「もとの場所に戻してくれ。機密文書なのだから」

「これは兵器の図面なんかじゃない」コルムだ。

短い間。コルムが部屋でなにかを爆発させたかのように、全員がすぐさま微動だにしなくなった。

「どういう意味だ?」ラムゼイ少佐の声は硬かった。

コルムが文書をかざした。「これはでたらめだ。ごみだ。こんな図面じゃなにもできない」

「どういう……」フェリックスが言いかけたけれど、少佐がさえぎり、わたしのいとこに近寄った。

「どうしてわかる?」

「おれは整備士なんですよ。エンジニアじゃないかもしれないが、図面がどういうものかはわかってます。この図面ではなにも作れない。この図面を書いた人間はへべれけに酔っていたか、思いつきででっち上げたかです」

コルムは数字が得意なミックおじの才能を受け継いでいた。高等教育は受けていなかったけれど、エンジニアでも化学者でも簡単になれただろう。そのコルムが図面がでたらめだと言ったのなら、その図面はでたらめなのだ。

当然ながら、少佐はフェリックスやわたしほど彼を知らなかったけれど、コルムの口調にはなるほどと思わせるものがあったのだろう。自分が正しいとわかっていることからくる絶対的な自信のオーラに気づいたのかもしれない。

理由はなんであれ、少佐はコルムをしげしげと見つめたあと、机のところへ行って封筒を手に取った。それを破り開けて書きつけを取り出す。ジョスリン・アボットの筆跡で書かれた書きつけではなかった。

「入れ替えがすでに行なわれている」ラムゼイ少佐が男たちをふり返る。「ウィンスロップは囮《おとり》だ。別の人間がドイツのスパイとビーチで会うんだ」

そのころわたしは、容疑者が捕まったと信じ、絶壁にほど近い森へ向かってぶらぶらと歩いていた。そこにいれば、海に浮かぶボートからは見られない。月光のなかの海は美しく、ビーチ・ハウスでの刺激的な体験のあとだと波音に心が和んだ。作戦が成功したという気持ちで大きな安堵を感じた。

そのせいで、背後の森でまたかさこそという音がしたとき、きっと動物だろうと思ったのだった。

でも、ぎょっとするくらい近くで小枝の折れる音がして、ふり返る間もなく喉にナイフの冷たい刃を感じた。

「音をたてるな」耳もとで脅す声がした。

どことなく聞きおぼえのある声だったけれど、あまりに尋常でない声音だったので、どこで聞いたのかわからなかった。

「海に向かって歩け」男が命じた。「逃げたり叫んだりしようとしたら、あんたを殺さなくてはならない」

声の調子から、わたしは男の言うことを信じた。だから、歩きはじめた。

背後から男に押されながら、枝や茂った下生えをものともせずに森のなかを歩いた。木の根や落ちた枝に一度ならずつまずいたけれど、誤ってナイフで喉を掻き切られてはたまらないと慌てて体勢を立てなおした。

心臓がどきどきしていたけれど、冷静でいようと懸命に努めた。

この男はだれだろう。アクセントがイングランドのものだったので、ドイツ人スパイではなさそうだった。もちろん、イングランドのアクセントをまねるのがうまいスパイもいるだろうし、イングランドで育ったスパイだっているだろうけれど、この男には会ったことがあるという感覚は消えていなかった。

開《ひら》けた場所に出ると、目の前には崖へと続く草地が広がっていた。

「歩き続けろ」男がわたしの腕をつかみ、暗がりのなかで押して先に歩かせた。明かりはほとんどなかったけれど、崖に向かってまっすぐ歩くよう努めた。ビーチへ下りる小径があるのは知っていた。日中に目にしていたから。

崖の端まで来た。赤土の急勾配の小径らしきものがかろうじて見える。

「行け」男に乱暴に言われ、わたしは歩き続けた。赤土が足もとで崩れ、ナイフを持った男が背後にいる状態では、急勾配の小径を下りるのはむずかしかった。これを生き延びられたらサーカスの出し物に出られるわね、と陰鬱に考える。

ついにビーチまで下りると、男は片腕をわたしの胸にまわしてナイフを喉に突きつけたまま、空いている手でポケットからなにかを取り出した。懐中電灯だった。

男は懐中電灯をつけて海に向けた。

一瞬後、沖合から応答の合図があった。ドイツ人スパイがやってくるのだ。

どうしたらいい？

ひとつだけ、いやになるほど明らかなことがあった。わたしを生かしておくしかるべき理由がこの男にはない、ということだ。彼らは、利用価値がなくなったハーデンやメッセージを渡したウェイターを殺した。わたしにも同じことを躊躇《ちゅうちょ》なくやってのけるだろう。

これを生き延びたければ、なにかしなければ。それも、早急に。

そう決めると、行動に移すまで時間はかからなかった。

男の腕をつかんでナイフが動かないようにし、その腕の下をするりと潜って抜け、走り出した。男に捕まる前に崖を登れるかどうかわからなかったけれど、やるしかなかった。男のナイフに対抗するには、ラムゼイ少佐の持っている銃に頼るしかない。

崖をよじ登ると、ひと足ごとに土が崩れた。靴を片方なくしたけれど、土や、粒子の粗い土でもしたたかに生えている雑草をつかんで登り続ける。逃げることしか頭になかった。全身全霊で逃走に集中していて、体はほとんど勝手に動いていた。

半分ほど登ったところで、背後に迫った男を感じた。男は飛びかかってきて、もがくわたしのウエストをつかんで引きずり下ろしにかかった。男が足をすべらせ、ふたりして体をからませ転げ落ちた。

地面に激しくぶつかる。わたしはうつぶせで倒れ、男が上になったので、肺の空気がすべて出ていった。目と口に砂が入った状態で、なんとか呼吸をしようともがく。すぐにもナイフで切りつけられるのを覚悟したけれど、どうやら男は落下するときにナイフを落としたらしかった。両手でわたしを押さえつけてきたからだ。

男の攻撃を受けながらも、なんとかあおむけになって荒い息を吸いこんだ。酸素がどっと入ってきたおかげで頭が少しはっきりし、あいかわらずわたしを押さえこんでいる男の顔をはじめてちゃんと見た。あまりのショックで、つかの間固まった。
オスカー・デイヴィーズだったのだ。

32

呆然と彼を見上げ、状況を把握しようとした。オフィス以外の場所で会ったことがない彼がここにいる、という事実を理解できずにいた。彼がわたしを殺そうとしている事実を。

「すまない、エリー」小競り合いのせいで少しばかり息切れした声だった。「傷つけたくはなかったのに。あなたが首を突っこんだのがいけないんだ」

「わ……わからないのだけど」

「簡単な話だ。私がドイツ側に文書を渡すんだ」

「だめよ、オスカー」わたしは小さな声で言った。

「あなたはまちがっている。だめじゃないし、そうするつもりだ」

彼は腕を乱暴につかみ、わたしを引っ張り上げて立たせた。砂のなかで光るものが見えた。ナイフだ。取れるだろうか？

だめだ。オスカーもナイフを目にし、わたしを引っ張って拾いに行き、砂のついた刃をズボンで拭《ぬぐ》った。

「オスカー、やめるのはまだ遅くないわ」声にパニックがにじまないよう懸命だった。切迫した状況下でも、これまではいつだって落ち着いていられたけれど、こんなことに直面するのははじめてだった。

どういうわけでオスカーがこの件に関与するようになったのかを考えようとしたけれど、正直になるならば、いまのわたしにとってその問題の重要度は二番めだった。この状況から生きて抜け出す方法を考えるほうが重要だった。

諭《さと》すことはできるだろうか？　可能性はほとんどないと直感した。ここまできて、いまさらあとには引けないだろう。そうなると、殺されないために別の道を見つける必要がある。

「それもまちがいだ」百年前に言ったみたいに思えるわたしのことばに、彼が返事をした。「もう手を引くのは遅すぎる。とっくの昔にそうと気づいていた。だから、務めを果たさなければならないんだ」

「あなたの務めは国に奉仕することでしょう」つかの間、憤《いきどお》りが恐怖にまさった。

「このままでは、この国はあと一年もたない」オスカーが言う。「ドイツはものの何週間かでフランスを制圧した。イングランドがどれだけ持ちこたえられると思う？」

「必要なだけ」反抗的に答えた。

オスカーが悲しげな笑みを浮かべた。「あなたは耳に心地のいいチャーチルのスピーチを聴きすぎたんだ、エリー。ドイツにはこんなスローガンがある――私が学校でドイツ語を学んだのはラッキーだったと思わないか？――アイン・フォルク、アイン・ライヒ、アイン・

フューラー。意味は、〝ひとつの民族、ひとつの帝国、ひとりの総督〟だ。最後はそういう結末になる。ドイツが世界を支配するんだ。私はその一部になりたい。外から負け戦《いくさ》を戦うのではなく」

「でも、そもそも……どうやって今回の件に関与するようになったの？」正直に言ってどうでもよかったけれど。オスカー・デイヴィーズにも、彼が家族、母国、主義に背《そむ》くことになった悲しい物語にも、興味なんてまったくなかった。でも、このごたごたから抜け出すための方法を考えつくまで、彼にはしゃべり続けてもらう必要があった。

「マシュー・ウィンスロップとは大学で出会った」オスカーが言った。「友人になり、連絡を絶やさなかった」

「あなたもマシュー・ウィンスロップの秘密の極右グループの一員だったのね」声に軽蔑《けいべつ》の念がにじもうと気にしなかった。

オスカーは首を横にふった。「ちがう。信条なんてどうでもよかった。でも、戦利品は勝者のものって言うし、だれが勝者になるかは明らかだったからね」

つまり、イデオロギーではなくお金の問題だったのね。それも軽蔑に値する。より大きな軽蔑に値するかも。

「あなたはほんとうにラムゼイ少佐のいとこなの？」

「ああ、そうだよ。でも、伯爵の息子じゃない。おもしろいかなと思って粉飾してみただけだ。ほんとうは伯爵の甥《おい》なんだ。母が伯爵の妹でね。でも、老いぼれ伯爵は私に甘くて、ゲイブリエルの下で働けるようにしてくれた」

「そのときには、少佐の仕事がどういうものかを知っていたの？」

「ゲイブリエルが軍情報部にいるのは知っていた。一族はいつだって彼の軍歴をほめ讃えていた。彼がロンドンに戻ったのは、きっと諜報活動に関連する仕事のためだろうと考え、私にもできることがあるんじゃないかと思った。仕事に就いて少ししたころにマシュー・ウィンスロップと偶然再会した。彼はドイツの大義について探りを入れてきたよ。儲《もう》かりそうな陰謀めいたものに彼が関与しているのがはっきりすると、私は彼と運命をともにする決意をし、すべてがかなりいい感じにおさまった。トマス・ハーデンが工場から文書を持ち出したのを知った政府が彼を見張りはじめたときですら、私は事態を監視し、ドイツが関心を大きくするよう内部から操作する理想的な立場にいた」

「ラムゼイ少佐はあなたを疑いもしなかったのね」

「そうだ」オスカーが鼻で笑った。「彼にとって私はちっちゃないとこのオスカーで、ほとんど気づきもしない存在だった。あのとき話したことはほんとうだ。ゲイブリエルはいつだってわがもの顔で闊歩《かっぽ》し、子どものころから年下のいとこたちに命令してた。彼は伯爵のお気に入りのゴールデン・ボーイなんだ。一族が彼をちやほやするようすといったら！　事故――そのときに私は片目の視力を失ったんだ――はただの一例でね。みんなで馬で出かけたとき、弟の馬が急に暴走した。私はゲイブリエルと一緒に弟を追いかけたが、馬にふり落とされて頭を強打した。ゲイブリエルが弟の馬を止めて窮地を救った。私は片目の視力を失った子となり、ゲイブリエルはまたもや栄誉を手に入れた。そのときから、彼が大嫌いになった」

オスカーに同情したこともあったけれど、いまはもうちがった。それでも、彼の気持ちを逆なでするのは愚《おろ》かだ。

「オスカー、お願い……」おだやかに言う。「ちゃんと考え抜いたら……」

「考え抜いたさ。悪いね、エリー、でも、こうするしかないんだ」

わたしはオスカーの表情に気づいた。道理に耳を貸すつもりがないときのいとこたちが浮かべる表情だ。自分が正しいと頑固に思いこんでいる表情。彼の気持ちは変えられない、とそのとき悟った。

たがいの大義が妥協点を見つけることはないと知りつつ、わたしたちは見つめ合った。いまこの瞬間にもこちらに向かっているドイツ側のスパイがいて、目的を果たせるのはどちらかひとりだけだった。

オスカーがいきなりわたしを引き寄せた。わたしの背中が彼の胸につく形だ。皮肉にも、少し前にラムゼイ少佐から同じようにされたことを思い出した。

彼が持ち上げたナイフがきらりと光る。

「すまない」

オスカーはわたしの喉を掻き切るのだ。あるいは、そうしようとする。戦いもせずに切りつけられるつもりはない。身がまえた体がこわばる。けれど、行動を起こす前に背後から声がした。

「オスカー！」

オスカーがわたしごと勢いよくふり返った。顔を上げると、崖の上に人の姿があった。ラムゼイ少佐だ。

希望がちらつくのを感じたけれど、そのあとナイフが喉に押しつけられる痛みを感じた。

「彼女を放すんだ、オスカー」少佐は風と波の音に負けないように声を張っていたけれど、完璧に落ち着いていた。

オスカーのゲームは終わりだ。わたし同様、彼もそれをわかっていた。こうなったいま、オスカーがドイツ側に文書を渡すのはもはや不可能だし、犯した罪で逮捕を免れることもありえない。

でも、だからといって腹いせにわたしを殺せないわけではない。

「彼はあなたを好きなんだと思う」オスカーがわたしの耳もとでささやいた。「あなたが死ぬところを見せられて苦しむだろうな。かわい子ちゃんなのに、もったいないが」

引き金を引いたのは〝かわい子ちゃん〟ということばだった。オスカーが背信行為を明かしたこの何分かで怒りが募り、噴火直前の火山のようになっていたところに、そのとどめの一撃がくわわって限界を超えた。憤怒《ふんぬ》が熱い波となって全身でうねり、わたしはそれに身を任せた。

本能的な動きだった。長年にわたってボーイズと遊び、彼らの得意なことでこちらが勝つ方法を学んだ経験が戻ってきたのだ。足を踏ん張り、下半身の体重を後ろに移しながらオスカーの腕をしっかりつかみ、全身の力をこめて彼を前に引っ張る。なめらかな一連の動きでオスカーを地面に叩きつけた。

いまより若くて短気なエリーだったら、彼が倒れているあいだにおまけとして何発か殴っていただろうけれど、ちょっとした良識がまだ残っていたので少佐のいる崖の方向に駆け出した。

予想以上に早くオスカーが立ちなおり、すぐさまナイフを手に起き上がった。

銃声が鳴り響き、背後でオスカーが倒れるどさりという音がした。

目眩《めまい》を感じながら崖に向かって何歩かふらふらと進んだあと、わたしはひざからくずおれた。

「ミス・マクドネル。エレクトラ。私を見るんだ、エレクトラ」

ラムゼイ少佐がわたしのそばにしゃがみこんでいた。崖を下りてきたのに気づいていなかった。

った。頭を抱え、吐いてしまわないよう歯を食いしばるのに必死だったから。

少佐はわたしの両手をそっとはずさせ、目を合わすように強いた。暗がりのなかで少佐の目は銀色に見え、わたしはしばしその目に意識を集中して頭をはっきりさせようとした。激しい動きと、恐怖と、少し前に肺の空気がすべて出ていったせいで、息はまだ荒いままだった。

「もう大丈夫だ」少佐の声は、これまででいちばんやさしいものだった。「すべて問題なしだよ」

顔をめぐらせて背後を見ると、砂地にオスカーが倒れていた。

「死んだ」ラムゼイ少佐が言う。

動かない彼を見たまま、わたしはうなずいた。オスカーの手にはまだナイフが握られている。あと少しで彼に殺されるところだった。

「エレクトラ、私を見るんだ」ふり返って少佐を見ると、両手をきつく握られた。「オスカーの心配をする必要はない。私に意識を集中しろ。深呼吸をするんだ。そう。もう一回」

わたしは言われたとおりにし、そばにいる少佐の落ち着きぶりに慰《なぐさ》めを得たけれど、彼が思っているほどひどい状態ではなかった。目眩がして、肺の空気を持っていかれたせいで少し息切れしていて、アドレナリンの出すぎでがくがく震えていたけれど、思考は充分明瞭だった。

しばらくすると複数の声が聞こえてきて、そちらをふり向くとコルムとキンブルが崖の小径を下りてくるところだった。フェリックスは崖の上に立ってこちらを見下ろしていた。小径を下りられないのだ。

少佐に握られた手を片方引き抜き、大丈夫だと知らせるためにその手をフェリックスに向かってふった。

手をふった先を少佐が目で追い、それからわたしに視線を戻した。彼が立ち、握ったままのわたしの手を引っ張って立ち上がらせてくれた。両脚が少し震えていたけれど、それ以外は問題なかった。少なくとも肉体的には。

「大丈夫かい、ラブ?」コルムがそばまでやってきた。

「ええ。平気よ」

コルムはわたしの上腕を両方ともつかみ、しっかりと立たせてまじまじと見た。「ほんとうに?」

「ええ、ほんとうよ。ネイシーみたいに両手を揉《も》みしだいて心配しなくてもいいから」

コルムがみんなに向かってにやりとした。「おれに小言を言えるなら、エリーは大丈夫だ」冗談めかしていたけれど、顔に浮かんだ安堵の表情は隠せていなかった。

わたしは彼ににっこり微笑《ほほえ》んでから、少佐に向きなおった。まだ終わりじゃなかった。

「オスカーとドイツのスパイが信号を送り合ったわ。スパイがやってくる。どうすればいい？」

　少佐はしばらく考えた。

「キンブル。マクドネル。死体をどこかに隠せ。必要ならビーチのもっと離れた場所に。急げ」

「でも、銃声が……」わたしは言った。

「見えないくらい遠くにいるのなら、おそらくは波音にじゃまされて聞こえていないだろう。もしそれについて訊かれたら、もっともらしい話をでっち上げる」

　わたしは少佐を見た。彼はとても落ち着いていた。つい先ほど人の命を、それも彼自身のいとこの命を奪ったという事実にも、まったく動じていないみたいだ。

　もちろん、少佐の頭のなかでなにが起きているのかはわからない。ひょっとしたら、彼なりのやり方であとでいとこの死を悼むのかもしれない。でもいまは、少佐にはやるべき仕事があり、そこに感情が入りこむ隙はなかった。

「文書はポケットのなかだろう」ラムゼイ少佐はそう言って、死体に近づいた。思い出に浸って時間をむだにすることもなく、オスカーのポケットを叩いた。文書の束が見つかり、少佐がそれを引き出した。

「運がよければ、スパイが到着する前にレイシーが偽造を終わらせてくれるだろう」

　わたしは海に目をやった。まだボートはまったく見えない。ひょっとしたら、ほんとうにひょっとしたら、この作戦をやり遂げられるかもしれない。

「でも……」急に不安になる。「ドイツ側はオスカーに会うのだと思っているはず」

「スパイが連絡員と会ったことがあるとは思えない。文書とジョスリンからの書きつけがあれば、こと足りるはずだ」

「オスカーは……ドイツ語をしゃべれると言っていたけど」いまもまだ頭が少しくらくらしていた。「敵はドイツ語をしゃべれる人間が来ると思っている可能性が高いわ」

少佐が小さく微笑んだ。「それなら、私もドイツ語をしゃべれてよかったわけだ。行こう。時間がない」

少佐はわたしの腕を取り、崖へといざなった。キンブルとコルムがぐにゃりとしたオスカーをビーチ沿いに移動させている光景を見せまいとしているのだとわかっていたけれど、かまわなかった。もう充分以上に目にしていたから。

小径を上がるとき、少佐はずっと腕をつかんで支えてくれた。上がりきると、フェリックスがわたしの手をつかんで引き寄せて、きつく抱きしめた。つかの間、もう安全だという思いがようやく浮かんできて彼に身を預けた。

「大丈夫なのかい、エリー？」彼がわたしの髪に向かってささやいた。

わたしは彼の肩にもたれたままうなずいた。

「ほんとうに？」

「じゃまをして悪いが」そっけないくらいの声でラムゼイ少佐が割りこんだ。「時間があまりない。きみには急いで偽造してもらわなければならない、レイシー」

「ええ、フェリックス」

「イエス、サー」フェリックスが気取って言った。彼がわたしに腕をまわしたまま、三人で急いでビーチ・ハウスへ戻った。

少佐とフェリックスが文書を調べているあいだ、わたしはソファに座り、濡らした布で腕や脚のすり傷の血を拭いた。本物の文書を偽物と取り替え、それが本物である証《あかし》にジョスリン・アボットが一部を書き写したように、フェリックスが彼女の筆跡をまねて偽の文書の一部を書き写した。

ついにフェリックスが書きつけを少佐のほうへ押しやった。ラムゼイ少佐はそれを一瞥《いちべつ》してうなずいた。書きつけをたたむと、偽文書と一緒にポケットにしまう。別のポケットには銃を入れた。

「幸運を、ボス」フェリックスが言った。

「気をつけて」わたしは急に不安になってそう言った。

少佐がうなずき、わたしの目をつかの間見つめた。

それから背を向けて、ドイツ側のスパイと会うためにビーチ・ハウスを出た。

33

空気の張り詰めた長い待ち時間となった。

フェリックスは煙草を吸い、わたしはあざや切り傷のできた手脚を見つめ、ふたりともあまりことばを交わさなかった。

崖を転がり落ちたり、ビーチで揉み合ったりと、緊張の一日だったせいで体中が痛かった。ずきずきと頭痛もしている。総じて、トラックに轢《ひ》かれたみたいな気分だった。

自分は巡航戦車並みに強い人間だと自負していたけれど、今夜のできごとでかなりのへこみができたかもしれない。

少佐が出ていって少ししたとき、ビーチ・ハウスの玄関で物音がした。顔を上げると、戻ってきたキンブルとコルムだった。

コルムがフェリックスにうなずいてみせた。オスカーの死体を無事に隠したという意味だろう、とわたしは解釈した。それについては考えないようにする。オスカーは売国奴で殺人者だったけれど、ビーチに打ち上げられた物みたいに彼の死体が砂に横たわっているというのは気に入らなかった。ラムゼイ少佐のおばにあたるオスカーの母親は、息子をきちんと埋葬したがるだろう。

でもそれは、このすべてが終わってから考えることだ。

なんといっても、まだ対峙《たいじ》すべき危険があるのだから。対決すべき敵がいるのだから。

コルムがソファのわたしの横に座ったとき、かすかなドスンという音がした。マシュー・ウィンスロップだ。フェリックスから聞いた話だと、尋問を終えたあとでほかの部屋に閉じこめたらしい。

「捕虜のようすを見てくる」キンブルが部屋を出ていった。

それであることを思い出した。今日の午後、最初にこのビーチ・ハウスを探ったときに二階の寝室で見つけた服は、だれのものだったのだろう？　マシュー・ウィンスロップはホテルに滞在していたのだから、彼のものではなさそうだ。それに、オスカーは毎日ロンドンにいた。それなら、サー・ナイジェルのビーチ・ハウスで寝泊まりしていたのはだれだったのだろう？　明らかにだれかが最近ここにいた。共犯者がまだいるのだろうか？

その疑念を口にしようとしたとき、裏口のドアが開く紛《まぎ》れもない音がした。

わたしとコルムが立ち上がる。みんなでキッチンのほうを見た。

戸口に現われたのは少佐だった。わたしたちは彼を凝視《ぎょうし》した。少佐のことばを息を殺して待つ気分だった。

そのとき、少佐が微笑んだ。

自分がなにをしているかを考える間もなく、歓喜のあまり彼に駆け寄って抱きついた。少佐はほんの一瞬体をこわばらせたあと、わたしを抱きしめてくれた。

「あなたはやり遂げたのね」誇らしい気持ちで胸がはち切れそうだった。

「われわれみんなでやり遂げたんだ」わたしを見下ろして少佐が言った。目が合ったつかの間、少佐の目にははじめて見る温もりがあった。

「おみごと」わたしの背後でフェリックスが言った。

彼の声ではっとして、顔を赤らめながら少佐の腕から出たけれど、自分たちがなし遂げたことで骨の髄《ずい》まで興奮していた。

「ドイツ側のスパイはなにも疑わなかったの？」わたしはたずねた。

「ああ。ほとんどことばも発しなかった。スパイはただ文書を受け取って、海に戻っていった」

「じゃあ、成功ですね」フェリックスが言った。

「文書が本物だと裏づけるきみの書きつけを、ミス・アボットの書いたものだとドイツ側がだまされているかぎりは」

フェリックスがにっこりする。「ぼくの偽造は、ジョスリン・アボット自身だってだませますよ」

わたしには、まだ納得できないことがいくつかあった。この物語で、いまだに頭を混乱させている部分が。

「でも、わからないの」わたしはそっと言った。「なにが……どうなって……ウィンスロップとオスカーとジョスリン・アボットがどうからんでいたのかが」

答えたのは少佐だった。「ウィンスロップとジョスリンは、どちらもサー・ナイジェルの蒐集家クラブのメンバーだ。バーナビー・エルハーストの飛行機をフランスで撃ち落として彼を捕虜にしたドイツ軍は、エルハーストの命と引き換えに情報を寄こせとジョスリンにメッセージを送りはじめた。彼女は、蒐集家クラブで知り合いだったハーデンが必要な情報を入手できるかもしれない立場にいるとわかっていた。ハーデンは了解し、マシュー・ウィンスロップがドイツ側との受け渡しに手を貸すことに同意した。彼女はマシュー・ウィンスロップの政治的な傾倒を知っていたのだろう。だれもが知っていたから」

「そこでオスカーも関与することになったのね」わたしは言った。「彼から聞いたのだけど、おじさまのおかげであなたの下で働く仕事を得られたそうね。で、ウィンスロップと再会した彼は、儲けられると考えた」

少佐がうなずく。「デイヴィーズは昔からあれこれ手配するのに長《た》けていた。計画をまとめたのは彼だと思う。仲間に対する裏切りだな。エルハーストがどうなろうと、デイヴィーズは気にもかけていなかった。彼の望みは、ドイツ側が情報に支払いをしてくれることだった」

「でも、ハーデンがためらいを見せはじめたのね」作戦開始当初に発見した、かわいそうな死者のことを考えた。大昔のできごとみたいに感じられた。

少佐がうなずいた。「ハーデンは彼らに文書を渡すのを拒否しようとしていたか、当局に行こうとすら決めていたかもしれない。彼らはなんとしてもハーデンを止めなければならなかったわけだ」

答えをほんとうに知りたいかどうかわからないまま、わたしは質問をした。「じゃあ、ハーデンを殺したのはオスカーだったの？」

少佐がうなずいた。つかの間、彼の目に感情がよぎったけれど、それがなにかわかる前に消えていた。

「デイヴィーズがハーデンを殺して文書を手に入れた。だが、ドイツ側は文書が本物であるという裏づけに、その一部をジョスリン・アボットに書き写させろという要求をしていた。婚約者の命が危険にさらされている状態で、彼女が嘘をつくとは思わなかったんだな。そこでデイヴィーズは文書を彼女に渡し、その文書——と、それを裏づける書きつけ——をあの日ティールームでジョスリンから回収しろと、パーティでウィンスロップにメッセージを送った。そして、不都合が起きないよう、ウィンスロップにメッセージを渡したウェイターを殺した」

オスカー。あのむっつりした顔の、明らかにおとなしい若者に、わたしたちのだれも気づかなかった暴力的な傾向があったなんて。喉に突きつけられたナイフの冷たい刃を思い出し、震えをこらえるために歯を食いしばった。

「でも、どうして今夜彼がここに来たの?」わたしは訊いた。「どうしてウィンスロップに任せなかったの?」

「オフィスでの行動から、われわれがウィンスロップを疑っているのを知ったからだ。だからわれわれの目をそらすために彼を囮《おとり》にし、自分がビーチでドイツ側と接触することにした。きみのいとこの洞察力があれほど鋭くなかったら、その計画はうまくいっていたかもしれない」

「ドイツ側はエルハーストを解放すると思いますか?」フェリックスがたずねた。

「そうは思えない」少佐は答えた。「だが、彼の不利に賭けるつもりはないよ。エルハーストのような男は生き延びる術《すべ》を知っているからな」

「選択肢がなくて、ミス・アボットはああするしかなかったのね」わたしは思いを口にした。「婚約者を救いたい一心だったのよ」

「選択肢ならあった」少佐は険しい顔だった。

ミス・アボットを好きではなかったけれど、わたしの一部が彼女を弁護しなければと感じた。だって、脅迫されていたのだから。自分から進んで背信に加担したわけではない。ミス・アボットがマシュー・ウィンスロップに嫌悪の表情を向けていたのをこの目で見ていた。

彼女はひとりの男性の命を救おうとしていたのだ。それって考慮に値しないの？

そんな思いに浸っていたせいで、男性陣がいきなり立ち上がって驚いた。

顔を上げると玄関ドアが開いていて、サー・ナイジェル・ランドルフの用心棒であるジェローム・カーティスが戸口にいた。

ラムゼイ少佐が銃に手を伸ばし、ジェローム・カーティスは驚きの表情を浮かべていた。

「いったい……」

「そこから動くな、カーティス」少佐は銃を相手に向けて表情ひとつ変えずに言った。

「どうなってるんだ？」ジェローム・カーティスが強い調子でたずねた。「あんたたちはここでなにをしてる？」

「座らないか？」少佐は銃でソファを示したけれど、口調は礼儀正しかった。

カーティスは唾を吐きそうなほど怒った顔をしていたけれど、言われたとおりに腰を下ろした。そうするしかなかったのだろう。座るとき、彼がちらっと見てきたので、わたしは曖《あい》昧《まい》に微笑んでおいた。

「さて」少佐が口火を切った。「ここでなにをしているのか、話してもらおうか」

「ここはサー・ナイジェルのビーチ・ハウスだ」カーティスが言う。「サー・ナイジェル・ランドルフの。おれは彼の下で働いてる」

「それは知っている」少佐が返す。「聞きたいのは、どうして今夜ここに来たかだ」

「ふた晩前からここに泊まってる。ナイトクラブで夕食をとって酒を少し飲んで帰ってきたところだ」

カーティスからアルコールのにおいがしていたので、その部分は真実とわかった。

「二階の荷物はあなたのもの？」わたしはたずねた。「奥の寝室の？」

「そうだ。サー・ナイジェルに監視を頼まれた。だれかが地所に勝手に入っている気がすると言っていた」

少佐と一緒にサー・ナイジェルの書斎にいたときに耳にした会話を思い出す。ジェローム・カーティスの話の少なくとも一部は裏づけられたようだ。

「サー・ナイジェルはだれを疑っていたの？」わたしは訊いた。

ラムゼイ少佐がわたしを見た。どうやら少佐は、自分が尋問しているところに口をはさまれるのがお気に召さないという印象を受けた。わたしは彼を無視して、目の前にいる残忍な巨漢に意識を集中した。

「マシュー・ウィンスロップだ」カーティスが返事をした。「サー・ナイジェルから聞いたんだが、ウィンスロップはパーティで粗悪な陶磁器コレクションについて冗談を言ったらしい。サー・ナイジェルが安物を置いている場所はここだけだ」

カーティスは、壁に並んだ陶磁器に向かって顎をしゃくった。先刻わたしが気づいたコレクションだ。

「サー・ナイジェルはウィンスロップがビーチ・ハウスに入りこんでいるんじゃないかと思い、ようすを見てくるようおれを送りこんだ。サー・ナイジェル自身は、甥が死んでからはここに来ていない。このビーチ・ハウスにだれもいないことはみんなが知っていて、予備の鍵は玄関ドアの上にある」

便利な情報だわね、とわたしは思った。

「たしかに何者かがここにいた」ジェローム・カーティスが続ける。「なかを見てまわったら、いくつかなくなっているものがあった。銀製品とか。何者かが金目《かねめ》のものを盗んでいた。キャビネットの錠も開けようとして失敗していた」

手前の寝室にあった幅広のトランクの錠に傷がついていたのを思い出す。そして、そのなかにきちんと保管されていたあれこれも。マシュー・ウィンスロップは価値のあるものをもっと盗もうとしていただけなのか、あるいはサー・ナイジェルの甥のジョン・マイロンの死に関与していたのだろうか?

「ウィンスロップがサー・ナイジェルの甥御さんを殺したの?」わたしはたずねた。

カーティスが眉根を寄せた。「いや。ミスター・マイロンは自動車に乗っていて事故に遭った。暗いなかをロンドンへ帰るとき、スピードを落とさずにカーブを曲がろうとしたせいだ。サー・ナイジェルはひどいショックを受けて、甥のものをまとめてしまいこみ、それ以来ここには戻っていない」

わたしはトランクに入っていたものに思いを馳せた。高価ではないけれど、丁寧に保管されていた。罪を犯した人間ではなく、感傷的な人間の手によるものに思われた。サー・ナイジェルの甥の死が、わたしたちの発見とはなんの関係もないなんてことがあるだろうか？

ラムゼイ少佐に目をやる。彼はいまの話を信じた？　どういうわけか、わたしは信じるほうに傾《かたむ》いていた。蒐集家クラブのメンバー何人かがこの陰謀に関与していて、サー・ナイジェルは明らかにそのリーダーに思われたのだけど。

でも、ジェローム・カーティスがどんな人であれ、役者でないことだけはたしかだ。ビーチ・ハウスに入ったときにわたしたちを見て、彼が浮かべた驚きと困惑の表情は本物だった。それに、彼からは煙草と安酒のにおいがぷんぷんしていた。森のなかをうろついたり、ビーチでスパイを待ったりして、そんなにおいがついたとは思えなかった。

「いいだろう」ラムゼイ少佐がついに言い、銃を置いた。きっとわたしと同じ結論に達したのだろう。

「おれの質問に答えてないぞ」カーティスがたくましい腕を胸のところで組んだ。「あんたらはここでなにをしている？」

つかの間、沈黙が落ちた。わたしは少佐を見て、カーティスになんと話すつもりだろうと訝《いぶか》った。少佐が真実を話したので、少しばかり驚いた。

「売国奴を捕まえにきた」とうとうラムゼイ少佐が言った。「マシュー・ウィンスロップはドイツの連絡員に機密文書を渡そうとしていた。彼はビーチ・ハウスを拠点として使っていた」

ジェローム・カーティスが怒りの表情になり、もとから不格好だった顔がさらにゆがんだ。

「汚らしいスパイだったのか？　おれらの国の秘密をドイツに渡してたのか？」

そのあと彼は、わたしが聞いたこともなく、口にするのはネイシーがぜったいに禁じる類の悪態を蕩々《とうとう》と吐いた。彼のことばは、わたしが今夜感じていた多くをある意味で要約していた。

ひとしきり悪態をついたあと、ジェローム・カーティスがわたしに言った。「そいつらは、おれとあんたのラディおじ貴の手にかからずにすんで命拾いしたな」

34

ヤクブがわたしのフラットのドアをノックして、少佐のオフィスへいらしていただけませんかと言ったのは、二日後だった。

トーキーから戻ったあとは静かなものだった。すり傷やあざだらけで、疲れ果てていて、帰宅してすぐにベッドに這いこみ、ほとんど丸一日ぶっ続けで眠った。

目覚めると、ネイシーが用意してくれたごちそうを平らげた。ネイシーは不安なときにはいつだって料理を作りすぎ、わたしは自分サイズの女性に食べきれる以上を食べた。

「元気でよかったわ、エリー」ネイシーは言った。「あなたが頭がいいのはもちろん知っているけど、無事に帰ってきてくれてほんとうにうれしい」

「わたしも帰れてほっとしてる」いままでにないくらい本気だった。

ただひとつ残念だったのは、コルムをトーキーに置いてこなくてはならなかったことだ。

ビーチ・ハウスの外で彼を抱きしめたとき、こらえても涙がこぼれた。

「泣くなよ、エリー」コルムはわたしの背中をぽんぽんと叩いた。「近いうちにまた休暇で帰省するから。元気を出せよ。おもしろい夜だったよな？　当分忘れられない体験になった」

わたしはうなずき、涙を拭ってなんとか笑顔を作った。しょっちゅうお別れを言わなくてはならないのが戦争の一面で、それにはぜったいに慣れられなかった。

食後はちょっぴり落ちこんで、ミックおじを探した。おじは、いると思っていた場所にいた。作業場だ。なかに入ると、おじは作業台で忙しそうに仕事をしていた。帰宅してベッドに倒れこむ前に、すぐさますべてをおじに話してあった。だから、いまは心地よい沈黙のなかでただ座り、自分たちの人生が竜巻と化してなどいないふりを少しのあいだできるのがありがたかった。

無言のまま机の椅子にするりと座り、おじの手が目の前に広げた道具の上をすばやく動くのを見つめた。おじの仕事を見ているのは、熟練の手にかかってすべてが組み立てられる——あるいは分解される——のを見ているのは、心を落ち着かせるものがあった。なにかがおかしいと気づくのに、しばらくかかった。顔をしかめ、それがなんなのかを突き止めようとする。そして、わかった。

「包帯はどこ?」

顔を上げてわたしを見たミックおじの目に、かすかなきらめきがあった。「包帯?」

「そうよ。手を怪我したでしょう」

おじは、わたしたちがトーキーに出かける前にひどい怪我をしたはずの手を見せた。「すっかりよくなったよ。ばっちりもとどおりだ」

わたしは大きく笑った。「怪我なんてしてなかったのね、ミックおじさん。とんだペテン師だわ！」

「私は状況を理解していたんだよ、エリー嬢ちゃん。ウィンスロップが姿を消したとわかったとき、行方を突き止めなければならないのははっきりしていた。錠前師として私が同行できたら、少佐はおまえをロンドンに残していただろう。だが、これはおまえの戦いだ。おまえがやりたがっているのはわかっていた」

「そのとおりよ、ミックおじさん」しんみりと言った。「ありがとう」

姪《めい》であるわたしを娘のようにかわいがってくれている過保護なおじにとって、わたしを行かせるのがどれほどつらかったかは想像に難くなかった。

椅子から立ち上がっておじのところへ行く。「やさしいのね」おじの頬にキスをした。

キンブルはおじのことばを裏づけたのだった。つまり、ある意味で彼はわたしを認めてくれたことになる。まさかキンブルに感謝する日が来るとは思ってもいなかったけれど、彼が公正な人でよかった。

ヤクブの運転で少佐のオフィスに向かいながら、この大きな黒い自動車に乗るのもこれが最後だろうかと考えた。そうだった場合に備え、ヤクブには明るい声で別れの挨拶をするようにした。

オフィスに着くと、玄関までの階段をゆっくりと上がった。呼び鈴を鳴らし、ラムゼイ少佐がドアを開けてくれるのを待ち、オスカーを思い出させる無人の受付の前を通るものだとばかり思っていた。

でも、階段を上がりきったとき、ブロンドで明るい青い瞳の溌剌《はつらつ》とした若い女性がドアを開けてくれた。

「こんにちは」若い女性が言った。

「こんにちは。エリー・マクドネルです。ラムゼイ少佐に会いにきました」

「はい、うかがっています。お入りください。少佐がお待ちです」

「はじめまして……ですよね」なかに入ると、わたしは言った。

「ええ。少佐の新しい秘書のコンスタンスと申します」

「そうでしたか」ラムゼイ少佐は時間をむだにしなかった。いつもどおりの手際のよさ。

「少佐の執務室までご案内いたしましょうか？」

「いえ、けっこうです。場所ならわかっていますから」

廊下を進み、少佐の執務室をノックした。

「どうぞ」

ドアを開ける。少佐はいつもどおり机についてはいなかった。片手に本を持ち、本がぎっしり詰まった書棚のそばに立っていた。

わたしが入ると少佐がふり向いた。「やあ」

「こんにちは」

ふたりはしばし見つめ合った。数多くのことを一緒に乗り越え、同じ歴史を分かち合った。それが、わたしたちのあいだにあった力関係を変えていたけれど、どう変わったのか、あるいはそれをどう扱えばいいのか、どちらもよくわかっていないようだった。

とうとう身にしみついた礼儀作法が表に出てきて、少佐が椅子のひとつを身ぶりで示した。

「かけてくれたまえ」

わたしが腰を下ろすと、少佐は本を持ったまま机についた。

「オスカーのことはお気の毒でした」わたしは小声で言った。少佐とふたりきりになる機会がなくて、これまで言えなかったのだ。その件がずっと頭にあったので、不安に負ける前に伝えておきたかった。

「ありがとう。私も残念だ」

つかの間、少佐はそれで終わりにするのだろうと思ったけれど、顔を上げた彼の黄昏《たそがれ》色の目に悲しみのようなものが垣間見えた。

「私たちは親しかったわけではない」とうとう少佐が言った。「だが、私の家族にとっては打撃だった。もちろん、真実など話せなかった」

「そうですよね」そっと言った。それは、少佐が守っていかなければならない秘密で、折に触れて押し潰されそうになるだろうけれど、わたしたちみんなと同じように彼も最善を尽くしてその秘密を心の奥に追いやって深く埋めるだろう。

「やらなければならないことをしたまでだ」少佐がわたしの目を見ながら言った。「詰まるところ、それが戦争だ。だれもがすべきことをする」

「そうね」やさしく言う。

「ジョスリン・アボットは関係当局に引き渡された」少佐は意図的に話題を変えたけれど、彼の思考がそちらに向かった理由ならわかっていた。ミス・アボットもやらなければならないことをしただけだと考えたにちがいない。

「彼女は……刑務所に入れられるの？」

「それはまだわからないが、投獄は逃れられるんじゃないかと思う。ドイツ側は彼女の関与がバレたのを知らないから、われわれはまだ彼女を利用できるかもしれない」

わたしは〝われわれ〟ということばを聞き逃さなかった。少佐と彼女は一緒に働くのだろうか。そうだとしたら、ミス・アボットが少佐にふたたび信頼してもらうには必死で努力しなければならないだろう。

そのとき、ふとあることを思った。もっと前に考えておくべきだったことを。「ふたりは……別れたかもしれないけれど、彼女はどうしてあなたに相談しなかったの？　わたしだったら、あなたに助けを求めたわ」最後の部分はどうして言ってしまったのかわからなかったので、言わなかったふりをしようとした。

「そうしたかったと彼女は言っている」少佐が答えた。「だが、デイヴィーズが私のところで働いていたから、私を信頼できるかどうかわからなかったそうだ」

じゃあ、少佐はミス・アボットと話したのね。どんな会話だったのだろう。ふたりにとって、どれほどつらい会話だったのだろう。

いずれにしても、少佐に助けを求めなかった言い訳はいいものではなかった。ラムゼイ少佐を知っている者ならだれでも、彼を信頼できるとわかっているからだ。

「ドイツ側はバーナビー・エルハーストを解放したの？」

「まだだ。彼らは情報を得るためにジョスリンを使い続けたがると思う。もしそうなら、こちらから誤情報をたっぷりあたえてやれる」

「彼女にとっては不愉快なものでしょうね。あなたにとっても」

少佐がわたしを見た。「今回のことよりずっと以前に私とジョスリンの関係は終わっていた。私たちは……人生に求めるものがちがっていたんだ」

どう返事をすればいいかわからなかった。少佐がことばにしなかった思いを理解できたからだ。人生に求めるものがちがっていたとしても、おたがいを求める気持ちが消えたとはかぎらない。

「ほかの人たちは?」今回気まずい話題から話を変えたのはわたしだった。

「サー・ナイジェルとレスリー・ターナー＝ヒルは、どちらも関与していた証拠がない。ふたりが陰謀に加担していたと考えている者はひとりもいない。偏った信条が悪い人間を引き寄せてしまっただけかもしれない」

「ふたりが自分たちの過《あやま》ちに気づいてくれるといいわね」

「今後次第だな」

しばらく沈黙が落ちる。

「きみを呼んだのは」少佐が言った。「どういう結果になったかを伝えたかったからだ。こういった状況下でできるだけすっきりと決着をつけるために」

少佐の口調には、どこか決定的なものがあった。

「じゃあ、これで終わりなのね?」わたしは言った。

「きみは取り決めを果たした」なじみとなった曖昧な笑みを彼が唇に浮かべる。「いや、それ以上だな。私が頼んだのは金庫を開けることだった。きみはそれより遙かに多くをなし遂げてくれた」

どうして急にとんでもなく悲しい思いになったのか、わからなかった。だって、この作戦に引きずりこまれて腹を立てていたのだから。ラムゼイ少佐に協力したいなんて思っていなかった。無理やり協力させられたのだ。

でもそれは、裏切り者とドイツ側スパイを阻止し、祖国を救う役割を果たす前の話だ。いまのはちょっとおおげさだったかもしれないけれど、ほんとうに重要なことをなし遂げた、自分たちは歴史の小さな一部を担った、という感覚があった。おそらくはけっして語られない一部なのだろうけれど、それでも重要な一部に変わりはない。

それが終わってしまった。

「きみはみごとに任務をやってのけた」少佐がそのことばを使った意味が、わたしにはわかった。

「脅迫されてやらされたんですけどね」わざとそう言った。

「だが、最後はきみが自ら選んだ。重要なのは最後だ」

最後。

顔を上げ、微笑みたくもないのに笑みを浮かべて少佐を見た。「いろいろとすごく勉強になりました、少佐。楽しかったわ。ほんとうに」

つかの間の沈黙のあと、少佐は手に持っていた本を机に置いてわたしのほうへと押しやった。「きみが好きそうだと思って」

分厚くて、革装に金の浮き彫り細工が施《ほどこ》された大著だった。手に取ってタイトルを見る。『神々と英雄たち――ギリシア神話における勇気と狡猾《こうかつ》さの物語』。

不意になにも言えなくなった。なにか言いたくても、喉の塊《かたまり》がじゃまをしていた。

「それを読むとき、物語のなかの戦士は神話の人物で、人間ではないと思い出してほしい」低く、温かみのある声だった。「アキレスやアイアスやヘクトルといった英雄も、求められれば不可能をなし遂げようと取り組むごくふつうの市民にはかなわない。きみのような人たちには、エレクトラ・マクドネル」

涙が急にこみ上げてきたけれど、少佐がわたしの目をじっと見つめているので拭えなかった。

「ありがとう」ささやき声で言った。

「こちらこそ、ありがとう」

喉が詰まってそれ以上なにも言えなかったので、うなずいてから立ち上がり、ドアに向かった。ドアの前まで来たとき、少佐に声をかけられた。「ミス・マクドネル」

わたしはふり向いた。

「きみはいまも雇われている身だ」指揮官然とした口調に戻っていた。「きみとおじさんは厄介ごとに巻きこまれないようにして、私から連絡があったらすぐに動けるようにしておいてくれ」

不思議な幸福感がどっとあふれてきて、わたしはにっこりした。「わたしたちの居場所はご存じでしょう、ラムゼイ少佐」

そう言い置いて少佐の執務室を出ると、ドアを閉めた。

朗《ほが》らかなコンスタンスに別れの挨拶をすると、建物から新鮮な湿った空気のなかに出た。オフィスにいるあいだにざっと雨が降ったらしいけれど、いまは太陽が輝いていた。目を閉じて深呼吸をする。なにもかもが明るく澄んでいて、自分が密かに母国を敵から守るのにひと役買えたのだと、改めて実感した。向きを変え、通りを歩きはじめる。ごくふつうのロンドン市民が家に帰るのだ。

「同じ方向かな？」声がした。

ふり向く。「フェリックス！」驚きの声をあげた。「ここでなにをしているの？」

ピンストライプのスーツを着た小粋でハンサムな彼がわたしのそばに来た。

「きみに会いにいったら、おじさんがのらりくらりと行き先を教えてくれなくてね。きっとここだろうと当たりをつけたんだ」

わたしは微笑んだ。「少佐と総括していただけなの」

「すべて問題なしなんだね？」

わたしはうなずいた。

「じゃあ、家まで送ろうか？」

「ぜひお願いしたいわ」

わたしたちは心地よい沈黙のなかでしばらく一緒に歩いた。

「海軍で一緒だった例の男に手紙を書いたよ。それほどかからずに返事が来るんじゃないかと思う」

「ありがとう、フェリックス」母の無実について情報を得られるかもしれない件を、いまはあまり考えられなかった。返事が来るのを待とう。今日はすごく満足のいく日だったから、過去に思いを馳せたくはなかった。

「今回の冒険が終わったら、人生はふつうに戻るだろうと思っていたんだ」しばらくすると、フェリックスが言った。「でも、もはや〝ふつう〟は変わったんだと気づいてしまってね」

フェリックスの言うとおりだった。

人生がかつての〝ふつう〟に戻ることはあるのだろうか？　そうはならないのではないかと思う。無理だ。この戦争のあとは、なにひとつ以前と同じにはならないだろう。最後まで耐えるという思いがあっても、自分たちが勝つという揺るぎない自信があっても、わたしたちは変わってしまうだろう。だれひとり、かつての自分には戻れないのだ。

ひょっとしたら、それはいいことなのかもしれない。

フェリックスの腕を取り、反対の手にはラムゼイ少佐の本を持ち、最高の気分で地下鉄の駅に向かって歩いた。

謝辞

執筆は孤独な作業に思われるかもしれませんが、どんな作家に訊いても、本の制作にはとても多くの人の手が入っているのだという答えが返ってくるでしょう。そのプロセスの一端を担ってくれたすべての人にとてつもない感謝の念を感じています。

すばらしいエージェントというだけでなく、いい友だちで、すぐれたアドバイスをくれ、最初からわたしの物語を信じてくれたアン・コレットにありがとうを。

最高の編集者であるキャサリン・リチャーズには、これ以上は無理というくらい感謝しています。彼女の技術、洞察力、それに細部に対する観察力のおかげでこの物語がまとまり、エリーたちに命を吹きこめました。

有益なインプットをしてくれ、どんなときも明るく支えてくれたネッティ・フィンにたくさんの感謝を。そして、わたしの原稿をすてきな本にしてくれたミノタウロス・ブックスのみなさんもありがとう。

執筆の最後まで励まし、つき合ってくれ、慰めてくれたおおぜいのすばらしい友人に。ことばに言い尽くせないくらいお世話になりました。アンジェラ・ラーソン、ステファニー・

シュルツ、サブリナ・ストリート、ベッキー・ファーマーには、同業仲間で集まってくれたことや、深夜に励ましてくれたことへの感謝を。シャランダ・ウィルソン、アマンダ・フィリップス、コートニー・ルボーフ、タイ・シーダーズには毎日の笑いと深い会話のお礼を。

そして最後に、愛と支えと楽しい時間をくれた最高の家族——ダン・ウィーヴァー、ディアン・ウィーヴァー、アメリア・リー、ケイレブ・リー、ラーソン・リー、ショーナ・ウィーヴァー——にもたくさんのありがとうを捧げます。

心の奥底からの感謝をみなさんに！

解説

上條ひろみ

「清濁併《せいだくあわ》せ呑む」ということばがあります。手元の角川必携国語辞典によると、「広い心で、よいものも悪いものもすべてうけいれる」という意味です。ネットの「故事ことわざ辞典」(https://kotowaza-dictionary.jp)では、「善人でも悪人でも、来る者はすべて受け入れる度量の大きさを表すたとえ」「大海が清流も濁流も隔《へだ》てなく受け入れることから、心の広い人のこと」。生きるために金庫破りや泥棒をし、その技術を使って国家のために奔走することになる『金庫破りときどきスパイ』のヒロイン、エリーの生き方には、そんなことばが似合うような気がします。

商店主やバウンティハンター、家政婦からゲストハウス経営、結婚相談所経営など、コージーミステリの主人公たちの生業《なりわい》は実にバラエティ豊か。仕事を通じて日々の暮らしの様子が語られ、事件との関わりが示唆《しさ》されることで、さりげなく謎解きのヒントが提示されるわけですが、純粋にお仕事小説として愉《たの》しんでいるコージーミステリファンもいらっしゃるでしょう。でも、金庫破りはめずらしい。コージーですからケイパーもののようなハードな犯罪小説とまではいかないにしろ、スリルに満ちた日常を覗き見ることができそうです。
ミステリの世界で金庫破り／解錠師といえば、破壊者でありながら英雄でもあるトリックスター的な存在と言うことができるかもしれません。スティーヴ・ハミルトンの『解錠師』では解錠は主人公を悩ます許されざる特技とされているし、ジェフリー・ディーヴァーの『真夜中の密室』では、どんな鍵でも開けてしまうロックスミスと名乗る男が名探偵リンカーン・ライムと対決します。解錠＝謎を解くことを連想させ、ミステリマインドが刺激されますね。さて、今作のヒロインはどんな華麗な金庫破りを見せてくれるのでしょうか。

ときは第二次世界大戦まっただなかの一九四〇年八月、ところは英国ロンドン。腕のいい金庫破りである二十四歳のエリーことエレクトラ・ニール・マクドネルは、灯火管制下の闇に乗じて、師匠でもあるおじのミックとともにとある屋敷に泥棒にはいります。たしかな情報を元に綿密に計画を立て、匠《たくみ》の技で難なく屋敷の扉と金庫を開けると、そこにはダイヤモンドやルビーなどの宝飾品がたんまり。びっくりするほど簡単に手にはいったお宝とともに退散しようとしたそのとき、エリーとミックは数人の男たちに囲まれ、手錠をかけられてしまいます。連れていかれた先は、警察署ではなく謎の邸宅。ふたりのまえに現れたおそろしく眉目秀麗《びもくしゅうれい》な陸軍少佐、ゲイブリエル・ラムゼイは、みごとな金庫破りだったと褒《ほ》めたあと、その腕を見込んである作戦に協力してほしいと持ちかけます。手助けをしてくれたら、今回の件は忘れるとのこと。犯罪の証拠をにぎられているわけですからノーと言えるはずもなく……そう、都合よく住人が留守にしていた屋敷や、盗んでくださいとばかりに置かれていた宝石類は、エリーたちを味方に引き入れるための罠だったのです。

問題のミッションは、ある紳士が所有する機密文書を金庫から回収すること。どうやらその紳士はドイツに通じているスパイで、機密文書をドイツ側にわたそうとしているらしい。つまり、ラムゼイ少佐に協力すれば、祖国に奉仕することになる。銃後にいる身の無力さを感じていたエリーは、これなら自分も国のために力になれるかもしれないと思い、やる気になります。ハンサムすぎる少佐は高圧的でいけ好かないけど、「この戦争に勝ちたければ、私たちのだれもが役目を果たさなければならないんだよ」とミックおじさんにも言われたし。そもそも、刑務所にはいりたくなければやるしかないんだけど。こうして「清濁併せ呑む」エリーが誕生します。

ところが、簡単そうに思えたミッションはなかなか成功に至らず、どんどん複雑な事態に。何度も作戦を立て直してチャレンジするうちに、エリーと少佐の仲は急接近？

勝気で肝《きも》が座ったエリーは、これでもかというほどハイスペックなヒロインです。黒髪に緑色の瞳のアイルランド系美人で、引っこむべきところは引っこみ、出るべきところは出ているという恵まれた容姿に加え、頭脳明晰《めいせき》で教養があり、勇敢で冷静なうえ、記憶力や演技力も抜群。金庫破りはもちろん、掏摸《すり》だってお手のもの。ここまで完璧だとついやっかみたくもなりますが、実はエリーには壮絶な秘密があり、心に深い闇を抱えています。だからでしょうか、つねに自分を律して何事にも負けまいとする姿が痛々しくもあるのです。

エリーはある特殊な事情により幼いころにおじのミックに引き取られました。きちんとした教育を受け、年上のいとこのトビーとコルムからは妹のようにかわいがられて育ち、やがておじの家業を手伝うようになります。その家業というのが、おもて向きは錠前屋、その実態は解錠の技術を生かした泥棒だったというわけです。

エリーの力を借りるラムゼイ少佐のスペックの高さも見逃せません。年齢は三十ちょっと、長身のブロンドで肩幅が広く、がっしりとした体つきで、軍服を着た姿は想像しただけでため息が出そう。男性的で均整のとれた顔つきに、瞳は薄青色。暖炉の光を受けるとラベンダー色に近く、日の出前の空を思わせる紫色が混じっているとか、冬の薄暮れどきの色などと描写されていて、なんともすてきです。過去に何かあったのか、クールで愛を信じないラムゼイ少佐が、恋人役を演じるエリーとともに親独派の社交界の名士が集まるパーティに潜入するシーンは萌えポイント満載。あやしまれないように適度な（ときに濃厚な）スキンシップが必要とされるミッションに、読んでいる方はムヒムヒが止まりません。内心は動揺しながらも、プロに徹している当事者たちの行動は意外と冷静でもあり、そこがまたいいんですよね。「しっかりやってちょうだいよ」と発破をかけるエリーがまたかっこいいんですよ。

エリーからすればラムゼイ少佐は本来ならいちばん親しくなりたくないタイプのはずなのですが、思いがけない状況の連続に運命を感じ、だんだんと心を許すようになっていきます。最初は高圧的だった少佐の態度も、エリーへのリスペクトが高まるにつれやさしくなっていって……危険なミッションをこなしながらきゅんきゅんさせてくれるラブコメ展開もしっかりはいっているところがすばらしい！　やはりイケメンで、これまた変わった特技を持つエリーの初恋の人（?）フェリックス・レイシーを交えた三角関係も読みどころです。三人の美しいビジュアルを想像しながらお愉しみください。

戦争がからんでくるコージーミステリといえば、リース・ボウエンの〈貧乏お嬢さま〉シリーズや、アリスン・モントクレアの〈ロンドン謎解き結婚相談所〉シリーズなどがありますが、前者は第二次世界大戦前夜、後者は終戦直後のイギリスが舞台。『金庫破りときどきスパイ』の時代設定は第二次世界大戦まっただなかで、世界情勢も人びとの暮らしも大きく変わっていこうとしています。灯火管制下の街は金庫破りにとって人目につかなくて都合がいいかもしれませんが、まっ暗な家が留守とはかぎらないのでかえって危険だったりして、平時には思いもよらない事態にも陥《おちい》ります。でも、想像もしていなかった冒険にも出会える。配られた札で勝負する前向きなエリーには教わることばかりです。暗い時代においても、つねに希望を忘れないエリー。そこには、歴史の小さな一部を担っているという誇りもあるのでしょう。

エリーはふと、この戦争が終わったら、人生はまた〝ふつう〟に戻るのだろうか、と自問します。そして、「なにひとつ以前と同じにはならないだろう」と感じます。だれひとり、かつての自分には戻れないだろう、でもそれはいいことなのかもしれない、と。コロナ禍《か》を経験し、それを乗り越えつつある現在の世界にも同じことが言えるかもしれません。以前と同じ世界は、もう〝ふつう〟ではない。新しいスタンダードがすでに生まれつつあります。エリーがさまざまなことを乗り越え、バージョンアップしていくように、以前と同じでなくなるのはかならずしも悪いことではないのかもしれません。


著者のアシュリー・ウィーヴァーはルイジアナ州オークデール在住。十四歳のときから図書館で働いているという大の本好きで、ルイジアナ州立大学で図書館情報学の修士号を取得し、現在はルイジアナ州アレン郡図書館で図書館員をしているそうです。

本書はシリーズの一作目で、二〇二二年六月には二作目の *The Key To Deceit* が刊行されています。またもやラムゼイ少佐が予告なしに現れて、エリーは引き続き金庫破りの腕を生かして政府のための仕事をすることになるようです。テムズ川から諜報員らしき女性の死体があがり、彼女が身につけていた錠のかかったブレスレットのようなものから、どちら側のスパイなのか、なぜ死ぬことになったのかを解明するとか……エリーがどんな活躍をするのか、ラムゼイ少佐との仲は進展するのか、気になりますね。

アシュリー・ウィーヴァーにはもうひとつ、一九三〇年代のイギリスが舞台のシリーズがあって、こちらは現在七作目まで刊行されており、日本では一作目が翻訳されています（『奥方は名探偵』武藤崇恵訳／ハヤカワ・ミステリ文庫）。二〇一五年のアメリカ探偵作家クラブ（ＭＷＡ）賞最優秀新人賞の候補作にもなったデビュー作の『奥方は名探偵』は、キュートな貴族の奥方エイモリーが、ハンサムで自由奔放な夫マイロに振り回されながら、ブライトンの風光明媚《ふうこうめいび》なホテルで起きた殺人事件の謎を解くコージーミステリ。アガサ・クリスティ風味の展開に思わず引き込まれる謎解きミステリで、仲がいいんだか悪いんだかわからないちょっと変わった夫婦探偵エイモリーとマイロの関係も魅力的なシリーズです。

訳者紹介　翻訳家。大阪外国語大学英語科卒。マクリーン『愛がふたたび始まるならば』、ブリトン『放蕩子爵のやっかいな約束』、ハチソン『蝶のいた庭』、コシマノ『サスペンス作家が人をうまく殺すには』など訳書多数。

検印
廃止

金庫破りときどきスパイ

2023年4月28日　初版

著　者　アシュリー・ウィーヴァー
訳　者　辻《つじ》　早《さ》苗《なえ》

発行所　（株）東京創元社
代表者　渋谷健太郎

162-0814／東京都新宿区新小川町1-5
電　話　03・3268・8231-営業部
　　　　03・3268・8204-編集部
URL　http://www.tsogen.co.jp
DTP　工友会印刷
暁印刷・本間製本

乱丁・落丁本は、ご面倒ですが小社までご送付ください。送料小社負担にてお取替えいたします。

ISBN978-4-488-22208-6　C0197